*A ESPIÃ*

*LOUISE FITZHUGH*

# A ESPIÃ

Tradução:
ISA MARA LANDO

*6ª reimpressão*

O selo jovem da Companhia das Letras

Copyright © 1964 by Louise Fitzhugh

O selo Seguinte pertence à Editora Schwarcz S.A.

Título original:
*Harriet the spy*

Capa:
*Silvia Ribeiro*

Foto de capa:
*Feco Hamburger*

Preparação:
*Márcia Copola*

Revisão:
*Cecília Madarás*
*Ana Paula Castellani*

Dados Internacionais de Catalogação na Publicação (CIP)
(Câmara Brasileira do Livro, SP, Brasil)

Fitzhugh, Louise.
  A espiã / Louise Fitzhugh ; tradução Isa Mara Lando. —
São Paulo : Companhia das Letras, 1997.

  Título original: Harriet the spy
  ISBN 978-85-7164-641-4

  1. Romance norte-americano I. Título

97-0597                                         CDD-813.5

Índices para catálogo sistemático:
1. Romances : Século 20 : Literatura norte-americana  813.5
2. Século 20 : Romances : Literatura norte-americana  813.5

[2017]
Todos os direitos desta edição reservados à
EDITORA SCHWARCZ S.A.
Rua Bandeira Paulista, 702, cj. 32
04532-002 — São Paulo — SP
Telefone: (11) 3707-3500
www.seguinte.com.br
contato@seguinte.com.br

🅵 /editoraseguinte
🐦 @editoraseguinte
▶️ Editora Seguinte
editoraseguinte
📷 editoraseguinteoficial

# PRIMEIRA PARTE

# 1

Harriet estava tentando explicar a Sport como brincar de Cidade. "É assim: primeiro você inventa o nome da cidade. Daí você escreve o nome de todas as pessoas que moram lá. Não dá para ter muitos nomes, senão fica muito difícil. Em geral eu escrevo uns vinte e cinco." "Hã." Sport fez uma embaixada, jogando bola sozinho. Estavam no quintal da casa de Harriet, na rua 87 Leste, em Manhattan, Nova York.

"Daí, quando você já sabe quem mora lá, você inventa o que eles fazem. Por exemplo, o senhor Henry é dono do posto de gasolina ali na esquina." Harriet falava pensativa, de cócoras debaixo de uma árvore grandona, inclinada sobre o seu caderninho. Seu cabelo, comprido e liso, já encostava no papel.

"Você não quer jogar futebol?", perguntou Sport.

"Escuta, Sport, você nunca brincou de Cidade, mas é muito legal, você vai ver. Olha, bem aqui, perto dessa curva na montanha, vamos pôr o posto de gasolina. Daí, se acontecer alguma coisa na montanha, a gente se lembra onde fica o posto."

Sport enfiou a bola de futebol debaixo do braço e foi chegando perto de Harriet. "Que montanha? Isso aqui é só a raiz da árvore."

"É uma montanha. Daqui para a frente fica sendo uma montanha. Entendeu?" Harriet olhou direto na cara dele.

Sport deu um passo para trás. "Para mim parece só uma raiz velha", murmurou.

Harriet jogou o cabelo para trás e olhou sério para ele. "Sport, o que você vai ser quando crescer?"

"Você já sabe. Vou ser jogador, quero jogar bola."

"Pois muito bem, eu vou ser escritora. E quando eu digo que isso aqui é uma montanha, então é uma montanha." Satisfeita, voltou para sua cidade.

Sport pôs a bola no chão e se ajoelhou ao lado dela, olhando por cima do seu ombro para o caderninho onde ela rabiscava furiosamente.

"Bom, então depois que você anotar todos os nomes dos homens, mulheres e crianças, daí você vai imaginar a profissão de todo mundo. A gente tem que ter um médico, um advogado..."

"E um chefe índio", interrompeu Sport.

"Não. Alguém que trabalha na televisão."

"Como você sabe que nessa cidade tem um canal de televisão?"

"Porque eu estou dizendo que tem. E de qualquer forma, meu pai tem que estar na história, não é mesmo?"

"Bom, nesse caso, põe o meu também. Põe um escritor na história."

"OK, podemos fazer o senhor Jonathan Fishbein ser escritor."

"E manda ele ter um filho como eu, que cozinha para ele." Sport se pôs a balançar nos calcanhares, para a frente e para trás, recitando numa cantilena: "E faz ele ter onze anos, que nem eu, e ter uma mãe que foi embora e ficou com todo o dinheiro, e faz ele crescer e virar jogador de futebol".

"Nããão senhor!", disse Harriet, impaciente. "Desse jeito você não vai estar inventando nada. Você não entende?"

Sport fez uma pausa. "Não", disse ele.

"Escuta, Sport. Agora que nós já anotamos tudo, eu vou mostrar para você qual é a graça da brincadeira." Harriet parecia uma executiva. Levantou, depois ajoelhou na terra fofa e molhada, e se inclinou sobre o vale formado entre as duas grandes raízes da árvore. Às vezes consultava seu caderninho, mas a maior parte do tempo fitava intensamente as terras recobertas de musgo, no fundo do vale que constituía a sua cidade. "Pois muito bem. Certa noite, bem tarde, o senhor Henry está no seu posto de gasolina. Está pronto para apagar as luzes e ir embora, porque já são nove da noite e é hora dele ir para casa dormir."

"Mas ele é adulto!" Sport olhou intensamente para o lugar ocupado pelo posto de gasolina.

"Nesta cidade todo mundo vai para a cama às nove e meia", disse Harriet com determinação.

"Ah!" Sport balançou mais um pouquinho. "Meu pai vai dormir às nove da manhã. Às vezes eu cruzo com ele quando levanto."

"Outra coisa: o doutor Jones está ajudando a senhora Hart a ter bebê, aqui no hospital. O Hospital Geral de Carterville é bem aqui." Apontou para um ponto do outro lado da cidade. Sport olhou para a raiz esquerda:

"O que está fazendo o senhor Fishbein, o escritor?" Harriet apontou para o centro da cidade. "Está no bar, que fica bem aqui." Olhava a cidade como se estivesse hipnotizada. "Escuta o que aconteceu. Bem, esta noite, quando o senhor Henry já está pronto para fechar o posto de gasolina, vem chegando um carro todo negro, um carrão velho, e lá dentro uma porção de homens armados. O carro chega superdepressa e o senhor Henry fica assustado. Eles pulam do carro, correm e assaltam o senhor Henry, que fica petrificado. Roubam todo o dinheiro do posto, enchem o tanque e partem a toda a velocidade noite adentro. O senhor Henry fica no chão, todo amarrado e amordaçado."

Sport estava de queixo caído. "E aí?"

"Aí, nesse mesmo minuto, nasce o bebê da senhora Hart e o doutor Jones diz: 'Senhora Hart, a senhora teve uma linda menina, uma linda, linda menina, ha, ha, ha!'."

"Faz ser um menino."

"Não, é menina. Ela já tem um menino."

"Como é a menininha?"

"É feia. Bom, também nesse mesmo minuto, do outro lado da cidade, bem aqui depois do posto de gasolina, quase chegando na montanha, os ladrões pararam numa fazenda que pertence ao velho Donald.

Eles entram e o encontram comendo mingau de aveia, porque ele já não tem mais dentes. Eles jogam o prato de mingau no chão e exigem alguma outra comida. Ele não tem mais nada, só mingau, por isso eles dão uma surra nele. Daí se acomodam para passar a noite. Bem, nesse mesmo minuto, o chefe da polícia de Carterville, que se chama chefe Herbert, está passeando pela rua principal. Ele tem uma intuição de que alguma coisa não anda bem, e começa a se perguntar o que será..."

"*Harriet*. Levante já dessa lama." Uma voz áspera veio do terceiro andar do pequeno prédio atrás deles.

Harriet olhou para cima, com uma ponta de ansiedade no rosto. "Ah, Bá, eu não estou na lama."

O rosto da babá, apoiada na janela não era o mais lindo do mundo, mas mesmo todo enrugado e com as sobrancelhas franzidas, havia bondade nele. "Harriet M. Welsch, levante-se do chão imediatamente."

Harriet levantou-se sem hesitação. "Mas, escuta, assim a gente vai ter que brincar de Cidade em pé!", queixou-se ela.

"Acho bom mesmo", veio a resposta áspera, e o rosto desapareceu.

Sport levantou também. "Nesse caso, por que a gente não joga futebol?"

"Não. Olha, se eu sentar desse jeito, não vou ficar na lama." Assim dizendo, ficou de cócoras ao lado da sua cidade. "Bom, ele tem uma intuição de que alguma coisa está errada..."

"Mas como? Ele não viu nada e está do outro lado da cidade."

"É o sexto sentido dele, só isso. Ele é um *ótimo* chefe de polícia."

"Bom, nesse caso...", disse Sport, sem muita convicção.

"Então, como ele é o único policial da cidade, ele vai andando e falando com todo mundo, e dizendo: 'Tem alguma coisa estranha nesta cidade. Sinto isso na medula dos meus ossos', e todos vão atrás dele, e pegam seus cavalos..."

"*Cavalos?!*", gritou Sport.

"Eles entram no carro de polícia e vão andando pela cidade até..."

"*Harriet.*" A porta de trás bateu e a Bá marchou bem na direção deles, atravessando o quintal. Seus sapatos pretos faziam *slap-slap* nos ladrilhos.

"Ei, aonde você vai?", perguntou Harriet, dando um pulo. Isso porque a Bá estava com suas coisas de sair. Ela só tinha coisas de ficar em casa e coisas de sair. Nunca usava nada reconhecível como uma saia, um casaco ou um suéter. Tinha apenas uns tecidos de lã, metros e metros de fazenda em que ela se enrolava como se fossem um monte de cobertores, e que inchavam como um balão quando ela andava. A esses panos ela chamava de suas coisas.

"Vou levar você a um lugar. Já é hora de você começar a ver o mundo. Você está com onze anos e chegou a hora de ver alguma coisa." Parou na frente dos dois, tão alta que quando os dois olharam para cima, viram o céu azul atrás da sua cabeça.

Harriet sentiu uma pontada de culpa, pois já vira muito mais do mundo do que a Bá pensava. Mas disse apenas: "Oba!", e deu uns pulos.

"Vá buscar seu casaco, depressa. Vamos sair agora mesmo." A Bá sempre fazia tudo agora mesmo. "Vamos, Sport, não vai fazer mal a você dar uma olhada por aí."

"Tenho que voltar às sete horas para fazer o jantar." Sport também falava dando pulos.

"Vamos voltar muito antes disso. Eu e Harriet jantamos às seis. Por que você janta tão tarde?"

"Primeiro ele toma um drinque. Eu sempre tenho amendoim e azeitonas em casa."

"Muito bem. Agora vão vocês dois buscar seus casacos."

Sport e Harriet entraram correndo, batendo com toda a força a porta do quintal.

"Mas que barulho é esse?", perguntou a cozinheira, a Cuca, que se virou bem a tempo de vê-los voar cozinha adentro e subir a escada aos pulos. O quarto de Harriet ficava no último andar, portanto tinham três lances de escada para subir e estavam sem fôlego quando chegaram lá em cima.

"Aonde vamos?", gritou Sport atrás de Harriet, que parecia ter asas nos pés.

"Não sei", disse Harriet, ofegante, quando entraram no quarto, "mas a Bá sempre arranja uns lugares legais."

Sport agarrou seu casaco e já estava na metade da escada quando Harriet disse: "Espera, espera, não estou achando meu caderninho!".

"Ora, pra que caderninho?", gritou Sport lá da escada.

"Não vou a lugar nenhum sem ele, nunca", veio a resposta abafada.

"Ora, Harriet, vamos logo." Lá do quarto vinha uma tremenda barulheira. "Harriet? Você caiu?" Uma voz abafada mas muito aliviada respondeu: "Achei! Tinha caído atrás da cama". Harriet reapareceu, agarrando com toda a força um caderninho de capa verde.

"Você já deve ter uns cem caderninhos desses", disse Sport enquanto desciam a escada.

"Não, tenho catorze. Este aqui é o número 15. Como é que eu poderia ter cem? Só estou trabalhando nisso desde os oito anos, e tenho só onze anos agora. Eu nem era para ter esses quinze; é que no começo eu escrevia com uma letra tão grande que só a minha rota diária ocupava quase o caderno inteiro."

"Você vê as mesmas pessoas todos os dias?"

"Sim. Este ano eu tenho a família Dei Santi, o Zé Mostarda, o casal Robinson, aquele Harrison Withers, e uma nova, a dona Ágata Plumber. Essa é a pior, porque eu tenho que me esconder dentro do elevadorzinho que leva comida, lá na cozinha dela."

"Posso ir com você um dia?"

"Não, seu bobo. Já viu espião levar amigo no trabalho? E se nós dois fôssemos juntos, íamos ser pegos. Por que você não faz sua própria rota de espionagem?"

"Às vezes eu fico olhando da minha janela a janela da frente."

"E o que acontece lá?"

"Nada. O homem chega em casa e abaixa a persiana."

"Não é lá muito interessante."

"Não mesmo."

Encontraram a Bá à espera, batendo o pé com impaciência, na porta da frente. Caminharam até a rua 86, tomaram o ônibus e logo estavam zarpando no metrô, sentados em fila, um atrás do outro — a Bá, depois Harriet, depois Sport. A Bá olhava fixo em frente. Harriet rabiscava furiosamente no seu caderninho.

"O que você está escrevendo?", perguntou Sport.

"Estou tomando notas sobre todas essas pessoas aí sentadas."

"Para quê?"

"Ora, Sport!", respondeu Harriet, exasperada, "porque eu *vi* essas pessoas e quero me *lembrar* delas."

Voltou para o seu caderno e continuou as anotações:

HOMEM DE MEIAS BRANCAS ENROLADAS, PERNAS GORDAS. MULHER VESGA DE NARIZ COMPRIDO. GAROTINHO HORROROSO COM A MÃE LOIRA GORDA, ELE SEMPRE ASSOANDO O NARIZ. MULHER GOZADA, PARECE PROFESSORA E ESTÁ LENDO. ACHO QUE EU NÃO GOSTARIA DE MORAR LÁ ONDE ESSAS PESSOAS MORAM, NEM FAZER NADA QUE ELAS FAZEM. APOSTO QUE ESSE GAROTINHO É TRISTE E VIVE CHORANDO. APOSTO QUE ESSA MULHER VESGA SE OLHA NO ESPELHO E SE SENTE PÉSSIMA.

A Bá virou para trás e disse a eles: "Estamos indo para Far Rochaway. Fica a três estações daqui. Harriet, quero que você veja como essa pessoa vive. É a *minha* família".

Harriet ficou sem respirar. Olhou espantadíssima para a Bá, mas esta apenas olhava pela janela do metrô. Harriet continuou escrevendo:

É INCRÍVEL. SERÁ QUE A BÁ TEM FAMÍLIA? NUNCA PENSEI NISSO. COMO SERÁ QUE A BÁ PODE TER MÃE E PAI? COMEÇA QUE ELA JÁ É MUITO VELHA PARA ISSO, E NUNCA DISSE NEM UMA PALAVRA SOBRE ELES, E EU A CONHEÇO DESDE QUE NASCI. TAMBÉM NUNCA RECEBE CARTAS. PENSAR NISSO. PODE SER IMPORTANTE.

Chegaram à estação e saíram para a rua com a Bá. "Puxa!", disse Sport quando chegaram à calçada, "estamos perto do mar." Dava para sentir o cheiro de sal, e até mesmo uma brisa suave de mar, que soprou no rosto deles com delicadeza e logo se foi.

"Sim", disse a Bá bruscamente. Harriet notou nela uma mudança. A Bá caminhava mais depressa, com a cabeça mais erguida.

Estavam descendo uma rua que levava até a praia. As casas eram recuadas, cada uma com seu gramado na frente, a parede de tijolos amarelos, com alguns vermelhos entremeados. Nada de muito bonito, pensou Harriet, mas quem sabe eles gostavam das casas desse jeito, mais do que das casas de tijolos vermelhos lisos como em Nova York.

A Bá ia andando mais depressa, e parecendo ainda mais severa. Parecia que já estava arrependida de ter vindo. De repente virou à direita e se dirigiu a uma casa. Subiu a escadinha da frente com decisão, sem olhar para trás, sem dizer uma palavra. Sport e Harriet a seguiram, de olhos arregalados, pelos degraus acima até a porta da frente, passando pelo corredor e saindo pela porta de trás.

"Ela ficou maluca", pensou Harriet. Sport e Harriet se entreolharam, de sobrancelhas erguidas. Daí viram que a Bá estava indo para uma casinha com jardim próprio, atrás de um prédio de apartamentos. Harriet e Sport ficaram parados, sem saber o que fazer. Era como uma casa de campo, do tipo que Harriet via quando ia passar o verão em Water Mill. A parede da frente da casa era de madeira cinza sem pintura, com o telhado de um cinza mais escuro.

"Vamos, crianças, vamos tomar uma xícara de chá bem quentinho." A Bá, de repente alegre, fazia sinal para eles lá da varanda, uma varanda engraçada, com a madeira toda podre.

Harriet e Sport começaram a correr para a casa, mas pararam de súbito quando a porta da frente se abriu com muito barulho. E de repente, ali na porta, estava a mulher mais grandona que Harriet já tinha visto na vida.

"Olha só quem está chegando!", gritou a mulherona. "Olha só esses bandidinhos!" E sua carona gorda se enrugou toda num largo sorriso desdentado. Deu então uma grande e gostosa gargalhada.

Sport e Harriet ficaram olhando de boca aberta. A gordona parecia uma montanha, de mãos na cintura, um vestido estampado de flores e um enorme casaco de lã bem largão. Provavelmente o maior casaco do mundo, pensou Harriet; e provavelmente também o maior par de sapatos do mundo. E que sapatos! Pretos e muito compridos, na verdade umas botinas altas de amarrar que chegavam até o meio da canela, quase estourando no esforço de segurar aqueles tornozelos, com os cadarços apertados transformando em sorrisos brancos o branco das meias por baixo. Harriet estava com cócegas na mão de tanta vontade de tomar notas sobre ela.

"Onde você arranjou essas duas coisinhas tão fofas?" O vozeirão alegre dela ecoava pelo quarteirão inteiro. "Essa que é a garotinha dos Welsch? E esse é o irmão dela?"

Sport deu uma risadinha.

"Não, é meu marido", gritou Harriet.

A Bá fez cara feia. "Não seja atrevida, Harriet, e não banque a espertinha."

A mulherona riu de novo, com o rosto chacoalhando todo. "Ela parece uma massa de pão", pensou Harriet, "uma massa pronta para se transformar num pão italiano daquele redondão." Ela queria dizer tudo isso a Sport, mas a Bá já estava levando os dois para dentro, e eles tiveram que se esgueirar rente àquela barrigona que parecia uma montanha, pois a gordona continuava parada, estupidamente, bem na porta da entrada.

A Bá foi logo marchando até a chaleira e acendeu o fogo. Daí virou-se com um jeito bem prático e fez as apresentações: "Crianças, esta é minha mãe, senhora Golly. Mamãe — pode fechar a porta, mãe. Esta é Harriet Welsch".

"Harriet M. Welsch", corrigiu Harriet.

"Você sabe perfeitamente que não tem nenhum segundo nome, mas já que você insiste, vá lá: Harriet M. Welsch. E este é o Sport. Qual é o seu sobrenome, Sport?"

"Rocque. Meu nome é Simon Rocque."

"Rocque, Rocque, Rocque, rock'n'roll, ha, ha, ha!", disse Harriet de repente, e se sentiu fazendo uma coisa muito feia.

"Não se deve caçoar do nome de ninguém", a Bá falou inclinando-se para olhar Harriet bem de perto, e a menina viu que ela estava falando sério.

"Eu retiro", disse Harriet depressa.

"Ótimo." A Bá afastou-se, alegre. "Agora vamos sentar, todo mundo, e tomar um chá."

"Mas que menininha bonitinha!" Harriet percebeu que a sra. Golly, mãe da Bá, ainda estava ligada nas apresentações. Continuava parada ali feito uma montanha, balançando as mãozonas feito dois presuntos.

"Sente, mãe", disse a Bá com gentileza, e a sra. Golly sentou-se.

Harriet e Sport se entreolharam. Os dois estavam pensando a mesma coisa. Essa senhora gorda não era lá muito inteligente.

A sra. Golly sentou-se à esquerda de Harriet, inclinou-se por cima dela e olhou diretamente nos seus olhos. Harriet sentiu-se como um bicho no jardim zoológico.

"Agora, Harriet, dê uma boa olhada", a Bá disse, servindo o chá. "Trouxe você aqui porque você nunca tinha visto uma casa dessas por dentro. Você já viu uma cozinha que tem uma mesa, quatro cadeiras, uma cama e uma banheira?"

Harriet afastou um pouco sua cadeira para olhar atrás da sra. Golly, que continuava inclinada para ela, imóvel, olhando-a fixamente. A cozinha era mesmo *estranha*. Havia um tapetinho triste perto do fogão. "Harrison Withers só tem uma cama e uma mesa", pensou Harriet. Mas como não queria que a Bá soubesse que ela andava espiando pela clarabóia de Harrison Withers, não disse nada.

"Acho que você nunca viu nada assim", disse a Bá. "Dê uma olhada em volta. E tomem seu chá, crianças. Querem mais leite? Mais açúcar?"

"Eu não tomo chá", disse Sport timidamente.

A Bá lançou-lhe um olhar. "Como assim, não toma chá?"

"Assim, nunca tomei."

"Como, você nunca experimentou chá?"

"Não", disse Sport, parecendo meio assustado.

Harriet olhou para a Bá. Esta fez expressão que queria dizer que ela se preparava para citar um pensamento famoso:

"'Há poucas horas na vida mais agradáveis do que a hora dedicada à cerimônia conhecida como chá da tarde.'" Isso a Bá falou calma e pausadamente, e depois reclinou-se na cadeira, dando uma olhada satisfeita para Sport. O rosto dele mostrava um vazio total.

"Henry James", disse a Bá, "que viveu de 1843 a 1916. De *Retrato de uma senhora.*"

"Que retrato é esse?", Sport perguntou a Harriet.

"É um romance, seu bobo", disse Harriet.

"Ah, que nem esses que meu pai escreve", disse Sport, e não se interessou mais pelo assunto.

"Minha filha é inteligente", murmurou a sra. Golly, ainda olhando direto para Harriet.

"Veja bem, Harriet", disse a Bá, "uma mulher que nunca teve nenhum interesse por ninguém, nem por nenhum livro, nem por nenhuma escola, nem por nenhum modo de vida; só viveu a vida dela inteirinha aqui nesta casa, nesta cozinha, comendo, dormindo e esperando a hora de morrer."

Harriet olhou para a sra. Golly horrorizada. Será que a Bá deveria dizer aquelas coisas? Será que a mãe dela não ia ficar brava? Mas a sra. Golly continuava ali calmamente sentada, olhando satisfeita para Harriet.

"Será", perguntou Harriet, "que ela só vai desviar o olhar se alguém disser alguma coisa?"

"Experimenta, Sport, é gostoso", falou Harriet depressa, num esforço para mudar de assunto.

Sport bebeu um golinho. "Não é ruim", disse numa vozinha fraca.

"Experimente um pouco de tudo, Sport, pelo menos uma vez na vida." A Bá disse isso meio distraída, como se não estivesse com a cabeça no assunto. Harriet olhou-a com curiosidade. A Bá estava se comportando de maneira estranha. Ela parecia... será que estava zangada? Não, zangada não. Parecia triste. Harriet percebeu, assustada, que era a primeira vez que via a Bá assim triste. Ela nem imaginava que a Bá *pudesse* ficar triste. Quase como se estivesse pensando a mesma coisa, a Bá de repente abanou a cabeça e se levantou, bem ereta. "Bem", disse, animada, "já provamos o chá e vimos lugares novos. Acho que por hoje basta de experiências. Agora é melhor voltarmos para casa."

Só que em seguida aconteceu uma coisa extraordinária. A sra. Golly levantou-se de um pulo e jogou a xícara de chá no chão, ao lado dos seus pés gordos, gritando: "Você está sempre indo embora! Você está sempre indo embora!".

"Ora, mãe", disse a Bá calmamente.

A sra. Golly pulava no meio da cozinha como uma boneca gigantesca. Harriet pensou naqueles enormes balões de gás em forma de gente que ficam balançando na ponta de um barbante. Sport não conteve uma risadinha. Harriet teve vontade de rir, mas não tinha certeza se deveria.

A sra. Golly continuava gritando: "Você vem até aqui só para me largar de novo! Sempre indo embora! E eu que achei que dessa vez você vinha para ficar!".

"Ora, mãe", disse a Bá de novo, mas dessa vez levantou, foi até a mãe e pôs sua mão firme no ombro dela. "Mãe", disse com gentileza, "você sabe que semana que vem eu volto."

"Ah, é verdade", disse a sra. Golly. Parou imediatamente de pular e deu um grande sorriso para Harriet e Sport.

"Uau", disse Sport baixinho.

Harriet continuava sentada, fascinada. Daí a Bá mandou os dois vestirem seus agasalhos e logo estavam na rua de novo, dando tchau para a sra. Golly, que acenava alegremente da varanda. Foram caminhando pela calçada. O dia já ia escurecendo.

"Puxa, que coisa", era só o que Sport conseguia dizer.

Harriet não via a hora de voltar para o seu quarto e fazer suas anotações.

A Bá olhava firme para a frente. Não havia absolutamente nenhuma expressão em seu rosto.

# 2

Aquela noite, quando Harriet estava pronta para dormir, tirou da gaveta seu caderninho. Tinha muita coisa para pensar. Amanhã iam começar as aulas. Amanhã ela teria que tomar uma quantidade de notas sobre as mudanças que aconteceram com seus colegas durante as férias de verão. Mas hoje ela queria pensar sobre a sra. Golly.

ACHO QUE QUANDO A BÁ OLHA PARA A MÃE DELA, DEVE FICAR MUITO TRISTE. MINHA MÃE NÃO É TÃO INTELIGENTE COMO A BÁ, MAS TAMBÉM NÃO É BURRA COMO A SRA. GOLLY. EU NÃO GOSTARIA DE TER UMA MÃE ASSIM BURRA. É O TIPO DA COISA QUE NÃO AUMENTA A POPULARIDADE DA GENTE NEM UM POUCO. ACHO QUE EU GOSTARIA DE ESCREVER UMA HISTÓRIA EM QUE A SRA. GOLLY É ATROPELADA POR UM CAMINHÃO, SÓ QUE ELA É TÃO GORDA QUE EU NEM SEI O QUE IA ACONTECER COM O CAMINHÃO. É MELHOR EU PESQUISAR BEM ISSO. EU NÃO GOSTARIA DE VIVER COMO A SRA. GOLLY, MAS GOSTARIA MUITO DE SABER O QUE SE PASSA NA CABEÇA DELA.

Harriet largou o caderninho e foi correndo até o quarto da Bá para lhe dar um beijo de boa-noite. A Bá estava sentada numa cadeira de balanço, lendo à luz forte do abajur. Harriet entrou voando no quarto e aterrissou bem no meio da colcha amarela de retalhos que cobria a cama, uma cama de solteiro. Tudo naquele quarto era amarelo, desde as paredes até o vaso de crisântemos. A Bá "apreciava" o amarelo, como ela dizia.

"Tire os pés da cama", disse a Bá sem levantar a vista.

"No que a sua mãe fica pensando?", perguntou Harriet.

"Não sei", disse a Bá meditativa, ainda de olhos fixos no livro. "Há anos que penso nisso."

"O que você está lendo?", perguntou Harriet.

"Dostoiévski."

"*O que que é isso?*", perguntou Harriet, de um jeito bem antipático.

"Escute só", disse a Bá, e fez aquela sua cara de citação de obras-primas: "'Ame toda a criação de Deus, o universo e cada grão de areia que há nele. Ame cada folha, cada raio da luz de Deus. Ame os animais, ame as plantas, ame tudo. Se você amar tudo, perceberá o divino mistério das coisas. E quando perceber, começará a compreendê-lo melhor dia a dia. E acabará por fim amando o mundo todo, com um amor que abrange tudo.'"

"O que significa isso?", perguntou Harriet depois de ficar quieta um instante. "O que você acha?"

"Bem", disse a Bá, "acho que quer dizer que talvez, se você amar a todas as coisas, daí... daí... você acaba sabendo de tudo... e daí... parece que... que você acaba amando tudo ainda mais. Não sei. Bom, é mais ou menos isso..." A Bá olhou para Harriet com a expressão mais doce que conseguia fazer, considerando-se que a cara dela parecia esculpida em madeira.

"Quero saber de tudo, tudo!", gritou Harriet de repente, deitando, levantando e pulando na cama. "Tudo o que existe no mundo, tudo, tudo! Vou ser uma espiã e saber de tudo."

"Não adianta absolutamente nada saber de tudo se você não fizer nada com isso. Agora levante daí, senhorita Harriet, a Espiã. Hora de dormir." E com isso a Bá veio marchando e segurou Harriet pela orelha.

"Ai", disse Harriet, indo à força para o seu quarto — mas na verdade não estava doendo.

"Pronto, já para a cama."

"Será que a mamãe e o papai vão chegar em casa a tempo de me dar um beijo de boa-noite?"

"Não", disse a Bá, acomodando Harriet debaixo do cobertor. "Eles foram a uma festa. Você vai vê-los amanhã de manhã, na hora do café. Agora vamos dormir, já, nesse instante..."

"Ha, ha", disse Harriet, "sono instantâneo."

"E nem mais uma palavra. Amanhã você volta para a escola." A Bá inclinou-se e lhe deu um beijinho duro na testa. A Bá não era nada beijoqueira, aliás uma coisa de que Harriet gostava, pois ela odiava beijos. A Bá apagou a luz e Harriet ouviu quando ela voltou para o seu quarto, bem em frente, do outro lado do corredor, pegou seu livro e sentou-se de novo na cadeira de balanço. Daí Harriet fez aquilo que sempre fazia quando devia estar dormindo. Tirou sua lanterna de sob o travesseiro, botou debaixo da coberta o livro que estava lendo, e ficou lendo, feliz da vida, até que a Bá chegou e lhe tirou a lanterna, como fazia toda noite.

Na manhã seguinte a sra. Welsch perguntou: "Harriet, você não gostaria de experimentar um sanduíche de presunto, ou de ovo cozido, ou de manteiga de amendoim?". A mãe olhava para Harriet com cara de interrogação, enquanto a Cuca, ao lado da mesa da cozinha, parecia zangada.

"Só tomate", disse Harriet, sem levantar os olhos do livro que estava lendo.

"Pare de ler na mesa." Harriet abaixou o livro. "Escute, Harriet, faz cinco anos que você leva um sanduíche de tomate para a escola todo dia. Ainda não se cansou?"

"Não."

"Que tal requeijão com azeitonas?"

Harriet abanou a cabeça. A cozinheira levantou as mãos em desespero.

"Pastrami? Rosbife? Pepino?"

"Tomate."

A sra. Welsch deu de ombros e olhou para a Cuca como quem diz: "Não tem jeito". A Cuca fez uma careta, disse: "Menina cabeçuda!", e saiu da cozinha. A sra.

Welsch tomou um gole de café. "Está contente de ir para a escola?"

"Não muito."

O sr. Welsch abaixou o jornal e olhou para a filha. "Você gosta da escola?"

"Não", disse Harriet.

"Eu sempre detestei a escola", disse o sr. Welsch, e voltou para trás do jornal.

"Querido, você não deve dizer essas coisas. Eu até que gostava, quando tinha onze anos." A sra. Welsch olhou para Harriet como se esperasse uma resposta.

Harriet não sabia o que sentia a respeito da escola.

"Tome seu leite", disse a sra. Welsch. Harriet sempre esperava a mãe dizer isso, por mais sede que tivesse. Era gostoso ouvir a mãe lembrá-la. Tomou o leite, limpou a boca calmamente e levantou-se da mesa. A Bá entrou na cozinha.

"O que a gente fala quando se levanta da mesa, Harriet?", perguntou a sra. Welsch, distraída.

"Com licença", disse Harriet.

"As boas maneiras são muito importantes, especialmente pela manhã", disse a Bá, passando por ali. Ela sempre acordava com um mau humor terrível.

Harriet subiu as escadas correndo até o seu quarto. "Vou começar a sexta série", gritou, só para fazer companhia a si mesma. Pegou seu caderninho, bateu a porta com toda a força e desceu a escada feito um furacão. "Tchau, tchau!", berrou, como se estivesse indo para a África, e bateu a porta da frente com estrondo.

A escola de Harriet se chamava Escola Gregory,

pois fora fundada por uma tal srta. Eleanore Gregory, no fim do século passado. Ficava na avenida East End, a alguns quarteirões da casa de Harriet, de frente para o parque Carl Schurz. Harriet foi andando aos saltos, feliz, pela avenida East End, segurando com força seu caderninho.

Na porta da escola as crianças se acotovelavam, transbordando pela calçada. Eram de todos os tamanhos e formatos, a maioria meninas, pois a Gregory era uma escola feminina. Os meninos só podiam estudar até a sexta série; depois tinham que mudar de escola. Harriet ficava triste pensando que no ano seguinte Sport não estaria mais nessa escola. Dos outros meninos ela não gostava. Em especial do Pinky Whitehead, que na sua opinião era a criatura mais estúpida do mundo. O único outro garoto de sua classe era um que ela apelidara de Garoto das Meias Roxas, porque era tão chato e desinteressante que ninguém nem se lembrava do nome dele. Tinha entrado na escola no ano passado, e todo mundo já estudava lá desde a primeira série. Harriet se lembrava bem do primeiro dia em que ele apareceu, com aquelas meias roxas. Quem é que já ouviu falar de meias roxas? Daí ela achou que era uma sorte para ele usar aquelas meias, pois do contrário ninguém nem ia reparar na sua existência. Era um garoto que nunca abria a boca para dizer nenhuma palavra.

Sport foi chegando, enquanto ela se apoiava num hidrante e abria seu caderninho. "Oi", falou ele.

"Oi."

"Já chegou mais alguém da classe?"

"Só aquele bobão das meias roxas."

Harriet anotou depressa no seu caderninho:

ÀS VEZES PARECE QUE O SPORT NÃO DORMIU A NOITE INTEIRA. ELE APARECE COM UMAS RUGUINHAS ESTRANHAS EM VOLTA DOS OLHOS. FICO PREOCUPADA COM ELE.

"Sport, você lavou o rosto?"

"Hein? Hã... não, esqueci."

"Hmmmm", disse Harriet com desaprovação, e Sport desviou os olhos. Na verdade, Harriet também não tinha lavado o rosto, mas não dava para se perceber.

"Ei, olha a Jane!" Sport apontou para a rua.

Jane Gibbs era a melhor amiga de Harriet, depois de Sport. Tinha um jogo completo de química, e seu plano era explodir o mundo algum dia. Tanto Harriet como Sport tinham muito respeito pelas experiências de Jane, mas não compreendiam nada das suas explicações técnicas.

Jane caminhou devagar até eles, pelo jeito fitando uma árvore do outro lado da rua, no parque. Parecia esquisita andando daquele jeito, com a cabeça toda virada para a direita, como um soldado numa parada. Sport e Harriet sabiam que ela fazia isso porque era tímida e não queria olhar para ninguém; portanto, nem comentaram o assunto.

Ela quase deu uma trombada nos dois.

"Oi."

"Oi."

"Oi."

Depois dos ois, ficaram os três ali parados.

"Ai, meu Deus", disse Jane, "mais um ano. Um ano mais velha, e não cheguei nem um pouco mais perto do meu objetivo."

Sport e Harriet fizeram que sim, sérios. Viram então uma comprida limusine negra com chofer parando na frente da escola. Desceu uma garotinha loira.

"Olha aquela horrorosa da Beth Ellen Hansen", disse Jane, com uma careta. Beth Ellen era a menina mais bonita da classe, e portanto todas as outras a desprezavam, em especial Jane, que não era lá daquelas belezas e ainda por cima era cheia de sardas.

Harriet tomou algumas notas:

DE ANO EM ANO A JANE ESTÁ FICANDO CADA VEZ MAIS ESQUISITA. ACHO QUE ELA VAI MESMO ACABAR EXPLODINDO O MUNDO. A BETH ELLEN ESTÁ SEMPRE COM CARA DE CHORO.

Raquel Hennessey e Marion Hawthorne chegaram caminhando juntas. Essas duas estavam sempre juntas. "Bom dia, Harriet, Simon, Jane", disse Marion formalmente. Ela se comportava como uma professora, como se estivesse prestes a bater com a régua na mesa pedindo silêncio. Raquel fazia tudo que Marion fazia, por isso também olhou para eles com ar de superioridade e deu um rápido olá de cabeça. As duas então entraram juntas na escola.

"Essas duas não são demais?", disse Jane, e desviou os olhos, enojada.

Carrie Andrews desceu do ônibus. Harriet escreveu:

CARRIE ANDREWS ESTÁ CONSIDERAVELMENTE MAIS GORDA ESTE ANO.

Laura Peters saiu do microônibus. Harriet escreveu:

E A LAURA PETERS ESTÁ MAIS MAGRA E MAIS FEIA. ELA DEVIA BOTAR APARELHO NOS DENTES.

"Olha só", disse Sport. Olharam, e ali estava o Pinky Whitehead. Era tão magrinho, branquinho e fraquinho que parecia um copo de leite, dos que Harriet tomava de manhã — um copo de leite bem comprido e fininho. Sport não agüentava olhar para ele. Harriet também desviou a vista, pela força do hábito, mas voltou a olhar para ver se ele tinha mudado em alguma coisa. Daí escreveu:

PINKY WHITEHEAD NÃO MUDOU NADA. PINKY WHITEHEAD JAMAIS MUDARÁ.

Harriet consultou suas anotações mentais sobre Pinky. Ele morava na rua 88. Tinha uma mãe muito bonita, um pai que trabalhava numa revista e uma irmãzinha de três anos. Harriet escreveu:

MINHA MÃE SEMPRE DIZ QUE O PROBLEMA DO PINKY WHITEHEAD É A MÃE DELE. ACHO QUE É MELHOR EU

PERGUNTAR O QUE ELA QUER DIZER COM ISSO, SE-
NÃO NUNCA VOU DESCOBRIR. SERÁ QUE A MÃE DE-
TESTA ELE? SE ELE FOSSE MEU FILHO, EU TAMBÉM O
DETESTARIA.

"Bom, é hora de entrar", disse Sport com voz cansada.

"Sim, vamos acabar com isso de uma vez", disse
Jane, virando-se para a porta.

Harriet fechou o seu caderninho e todos entraram. A primeira atividade era uma assembléia geral,
no grande salão de estudos.

Dona Ângela, a diretora, já estava postada no estra-
do. Ao sentar, Harriet rabiscou no seu caderninho:

ESTE ANO OS PÉS DA DONA ÂNGELA PARECEM MAIO-
RES. ELA TEM OS DENTES SALTADOS, O CABELO RALO
E UMA BARRIGONA CAÍDA. OS PÉS PARECEM DOIS ES-
QUIS. A BÁ DIZ QUE DESCREVER É BOM PARA A ALMA
E LIMPA O CÉREBRO COMO UM LAXANTE. ISSO DEVE
BASTAR PARA A DONA ÂNGELA.

"Bom dia, crianças." Dona Ângela inclinou-se, gra-
ciosa como um salgueiro. Todos os alunos se levantaram, num rebuliço. "Bom dia, dona Ângela", cantaram
eles, emitindo logo depois uma corrente subterrânea
de grunhidos e resmungos, como um segundo tema
musical. Dona Ângela fez então um pequeno discurso
sobre os chicletes e papéis de bala jogados no chão pela
escola inteira. Ela não via motivo para isso. Daí vieram
as leituras. Todo dia de manhã duas ou três meninas

mais velhas liam pequenas passagens de algum livro, em geral da Bíblia. Harriet nunca prestava atenção. Já tinha de ouvir citações suficientes da Bá. Usou esse tempo para anotar no seu caderninho:

A BÁ COSTUMA DIZER QUE EXISTEM TANTAS MANEIRAS DE SE VIVER QUANTAS SÃO AS PESSOAS NA TERRA, E QUE EU NÃO DEVERIA ANDAR POR AÍ COM VENDA, MAS OLHAR PARA TODOS OS LADOS. ASSIM EU VOU SABER DE QUE JEITO EU QUERO VIVER, E NÃO APENAS VIVER COMO VIVE A MINHA FAMÍLIA.

UMA COISA EU GARANTO: NÃO QUERO VIVER COMO DONA ÂNGELA. OUTRO DIA EU A VI NO ARMAZÉM COMPRANDO UMA LATINHA DE ATUM, UMA COCA-COLA DIET E UM MAÇO DE CIGARROS. NEM SEQUER UM TOMATE. ELA DEVE LEVAR UMA VIDA HORRÍVEL. NÃO VEJO A HORA DE VOLTAR PARA A MINHA ROTA DE ESPIONAGEM HOJE À TARDE. FIQUEI FORA O VERÃO INTEIRO, E LÁ NO INTERIOR AS CASAS SÃO MUITO DISTANTES UMA DA OUTRA. PARA CONSEGUIR ALGUMA COISA EU TERIA QUE IR DE CARRO.

A assembléia terminou. A classe se levantou e seguiu em fila para sua sala, a da sexta série. Harriet logo agarrou uma carteira no corredor, com Sport de um lado e Jane do outro.

"Ei!", disse Sport, contente. Se eles não conseguissem pegar essas carteiras, seria difícil passar bilhetinhos.

Dona Teresa já estava em seu lugar. Era a professora principal da classe. Harriet olhou para ela com curiosidade, e escreveu:

ACHO QUE DONA TERESA É UMA DESSAS PESSOAS EM QUEM A GENTE NÃO PENSA NEM DUAS VEZES.

Fechou o caderninho de um golpe, como se estivesse pondo dona Teresa numa caixa e fechando a tampa. Dona Teresa fez a chamada, com sua voz de taquara rachada: "Andrews, Gibbs, Hansen, Hawthorne, Hennessey, Matthews, Peters, Rocque, Welsch, Whitehead".

Todos disseram "Presente", cumprindo o dever.

"E agora, crianças, vamos eleger o representante da classe. Alguém quer indicar algum nome?"

Sport levantou-se de um pulo. "Eu indico Harriet Welsch."

Jane gritou: "Apoiado!". Todo ano eles faziam isso, pois o representante da classe controlava tudo. Quando a professora saía da sala, era o representante que anotava o nome dos que faziam bagunça. Além disso, o representante era editor da Página da Sexta Série no jornalzinho da escola.

Raquel Hennessey levantou-se. "Eu indico Marion Hawthorne", disse ela na sua voz mais afetada.

Marion lançou um olhar para Beth Ellen que deixou Harriet com arrepios. Beth Ellen parecia apavorada, daí levantou-se timidamente e gaguejou, quase num cochicho: "A-apoiado". Aquilo tudo era uma marmelada, e acontecia todo ano. Não houve mais indicação nenhuma, e daí veio a votação. Marion ganhou. Todo ano Marion ou Raquel eram eleitas. Harriet escreveu no seu caderninho:

OS PROFESSORES BEM QUE PODERIAM DESCONFIAR DE ALGUMA COISA, PORQUE JÁ FAZ CINCO ANOS E NUNCA EU, NEM SPORT, NEM JANE FOMOS ELEITOS. Marion agora parecia terrivelmente satisfeitinha e superior. Sport, Jane e Harriet olharam um para o outro de cara feia. Jane cochichou: "Nosso dia chegará. Espere e verá". Harriet ficou pensando: "Será que ela quer dizer que quando ela explodir o mundo a Marion vai ver quem somos nós? Ou será que a Jane quer explodir a própria Marion, o que aliás não seria má idéia?".

Finalmente eram 3h37, e as aulas acabaram. Sport chegou para Harriet: "Ei, quer dar um pulo lá em casa hoje à tarde?".

"Depois da minha rota de espionagem, talvez, se eu tiver tempo."

"Poxa... a Jane também está trabalhando no laboratório. Vocês duas estão sempre trabalhando."

"Por que você não treina? Como é que você quer ser jogador?"

"Não posso. Tenho que limpar a casa. Aparece lá, se você tiver tempo."

Harriet falou: "OK, tchau", e correu para casa. Era hora do seu bolo com leite. Todo dia às 3h40 ela comia bolo com leite. Harriet gostava de fazer tudo do mesmo jeito todo dia.

"Hora do meu bolo, bolo com leite, hora do meu bolo com leite!", veio gritando e correndo, embarafustando pela casa. Continuou correndo pelo corredor, pela sala de jantar, pela sala de estar e escada abaixo até a cozinha. Daí foi direto até a cozinheira.

"Você parece um míssil que eles arremessaram lá da escola", gritou a Cuca.

"Oi, Cuca, oi, Cuca, olá, olá, olá, Cuquinha!", Harriet veio cantando. Daí abriu seu caderninho e escreveu:

BLÁ, BLÁ, BLÁ. EU ESTOU SEMPRE FALANDO. UMA VEZ A BÁ GOLLY ME DISSE: "EU NUNCA IRIA PERDER VOCÊ NO MEIO DE UMA MULTIDÃO; BASTARIA SEGUIR A SUA VOZ".

Fechou o caderninho de um golpe. A cozinheira deu um pulo de susto, e Harriet deu risada.

A Cuca pôs o bolo com leite na sua frente e perguntou, com uma cara azeda: "Por que você está sempre escrevendo nessa porcaria desse caderno?".

"É porque", disse Harriet com a boca cheia de bolo, "eu sou espiã."

"Espiã, é? Grande espiã."

"Pois fique sabendo que eu *sou* espiã. E uma *boa* espiã! Até hoje nunca fui pega."

A Cuca sentou-se com uma xícara de café. "Há quanto tempo você é espiã?"

"Desde que eu aprendi a escrever. A Bá me falou que se eu quiser ser escritora, tenho que tomar nota de tudo, por isso sou uma espiã que toma nota de tudo."

"Hmmmmmf." Harriet sabia que quando a Cuca fazia isso, é porque não conseguia arranjar resposta.

"Eu sei tudo sobre você."

"Sabe nada!" A Cuca pareceu assustada.

"Sei, sim. Sei que você mora com a sua irmã no Brooklyn, e que ela está para se casar, e que você gostaria de ter um carro, e que você tem um filho que não presta para nada e vive bebendo."

"Escuta aqui, menina, o que você anda fazendo? Ouvindo atrás das portas?"

"Isso mesmo", disse Harriet.

"Pois eu nunca fiz isso", disse a Cuca. "É falta de educação."

"A Bá não acha. Ela me falou para descobrir tudo o que eu puder, porque a vida é bem difícil mesmo quando a gente sabe um monte de coisas."

"Aposto que ela não sabe que você anda pela casa feito um fantasma escutando atrás das portas!"

"Bom, como é que você quer que eu descubra as coisas?"

"Sei lá!" A Cuca abanou a cabeça. "E essa Bá, também, não sei não."

"Como assim?" Harriet ficou apreensiva.

"Não sei, não sei mesmo. Tenho minhas dúvidas sobre ela."

A Bá Golly entrou na cozinha. "O que é que você não sabe?"

A Cuca só faltou se esconder debaixo da mesa. Levantou-se. "Posso servir seu chá, senhorita Golly?", perguntou, mansinha.

"Seria uma grande gentileza da sua parte", disse a Bá, e sentou-se.

Harriet abriu seu caderninho:

O QUE SERÁ QUE ACONTECEU? TALVEZ A BÁ SAIBA ALGUMA COISA SOBRE A CUCA QUE A CUCA NÃO QUER QUE ELA SAIBA. VERIFICAR.

"O que você tem na escola este ano, Harriet?", perguntou a Bá.

"Inglês, história, geografia, francês, matemática, ai, ciências, ai, e arte dramática, ai, ai, ai." Harriet cantou a lista com uma voz entediada.

"Que história?"

"Gregos e romanos, ai, ai, ai."

"Eles são fascinantes."

"O quê?"

"São, sim. Espere e verá. Você fala em espionagem? Pois aqueles deuses do Olimpo viviam espionando todo mundo o tempo todo."

"No duro?"

"Harriet, não diga 'no duro'. Diga 'é verdade?', 'é mesmo?', ou algo assim."

"Pois eu bem que gostaria de nunca ter ouvido falar nesses deuses."

"Então aqui está um pensamento de Esopo para você: 'Muitas vezes nós lamentaríamos se nossos desejos fossem satisfeitos'." A Bá deu um rosnado de satisfação depois de fazer sua citaçãozinha.

"Acho que já vou indo", disse Harriet.

"Isso mesmo", disse a Cuca, "vá brincar lá fora."

Harriet levantou-se. "Não vou sair para BRINCAR, vou sair para TRABALHAR!" E com a máxima dignidade

*39*

saiu da cozinha. Daí começou a correr, e em desabalada carreira atravessou a sala de estar e de jantar, subiu até o segundo andar, onde ficava a biblioteca e o quarto de seus pais, e chegou ao terceiro, no seu quartinho com banheiro.

Harriet adorava seu quarto, pequeno e aconchegante. O banheiro era minúsculo, com uma janelinha que dava para o parque do outro lado da rua. A janela do quarto era maior. Deu uma olhada em volta, satisfeita, como sempre, com a ordem, com a eficiência daquilo tudo. Sempre apanhava tudo o que caía no chão imediatamente, não porque alguém ficasse atrás dela insistindo — ninguém nunca fizera isso —, mas porque era seu quarto e ela gostava que ficasse do jeitinho que ela queria. Havia muitas coisas que Harriet gostava que fossem bem do jeitinho que ela queria. Ali estava o seu quarto, tão agradável, esperando por ela. A caminha perto da janela, a estante cheia de livros, o baú que antes transbordava de brinquedos mas que agora continha seus caderninhos, pois tinha fechadura; a escrivaninha e a cadeira, onde ela fazia a lição de casa — todas essas coisas pareciam lhe retribuir um olhar carinhoso. Harriet pôs os seus livros na escrivaninha e começou a vestir às pressas sua roupa de espiã.

A roupa de espiã consistia, em primeiro lugar, numa antiqüíssima calça jeans, que sua mãe já a proibira de usar mas que Harriet adorava, e havia incrementado com uns ganchos no cinto para pendurar seus apetrechos de espionagem. Os apetrechos eram uma lanterna, caso precisasse sair à noite, o que nunca acontecia; uma bolsinha de couro para guardar seu caderninho e outra para as canetas; um cantil e um canivete de escoteiro, que continha, entre outras coisas, uma chave de fenda, um garfo e uma faca. Ela nunca tivera a ocasião de comer fora em lugar nenhum, mas algum dia o canivete poderia ser útil.

Prendeu todas essas coisas no cinto e tudo ficou direitinho, embora tilintasse um pouco quando ela andava. Daí vestiu um velho suéter azul-escuro com capuz, que tinha usado na praia o verão todo e estava com um cheiro gostoso de maresia. Depois calçou um par de tênis azuis muito velhos, com um buraco em cima do dedinho. Sua mãe já tinha jogado esses tênis fora, mas Harriet os salvou do lixo quando a Cuca não estava olhando.

Acabou pondo um par de óculos de aro preto sem lentes. Uma vez tinha encontrado esses óculos na mesa de seu pai, e agora os usava às vezes até para ir à escola, porque achava que de óculos parecia mais inteligente.

Deu um passo para trás e olhou-se no espelho grande, pendurado na porta do banheiro. Ficou muito satisfeita. Daí desceu as escadas zunindo e saiu, batendo a porta atrás de si com toda a força.

## 3

Sentia-se especialmente empolgada enquanto corria, porque hoje iria acrescentar mais um local à sua rota de espionagem. Tinha descoberto um jeito de entrar numa casa que ficava logo depois de se virar a esquina. Era muito mais difícil entrar nas casas do que nos prédios de apartamentos, e esta era a primeira em que Harriet tinha sucesso. Pertencia a uma certa sra. Ágata K. Plumber, uma mulher muito estranha, um pouco teatral, que havia se casado com um homem de posses consideráveis. Agora era divorciada, vivia sozinha e pelo jeito falava no telefone o dia inteiro. Harriet descobrira tudo isso ouvindo várias conversas entre a empregada dessa dona Ágata e um lixeiro muito sociável. Harriet fingia que brincava de bola na calçada enquanto ele recolhia o lixo e batia papo com a empregada.

Ontem mesmo ela descobrira que, calculando o tempo exatamente, dava justinho para entrar na cozinha, pular dentro do elevador da comida e fechar a portinha antes que a empregada voltasse de uma de suas freqüentes viagens ao segundo andar. O elevadorzinho, ou monta-cargas, antes servia para mandar as bandejas de comida da cozinha para o quarto e vice-versa. Não estava mais em uso, mas felizmente não fora tapado com tábuas. Tinha uma portinha de correr, e nela uma pequena rachadura por onde Harriet conseguia ver e ouvir perfeitamente.

Chegou perto da casa, olhou pela janela da cozinha e viu a empregada preparando uma bandeja. Sabia que o próximo passo seria levar a bandeja para a patroa no segundo andar. Nem um momento a perder. A empregada foi saindo para a copa. Harriet entrou na cozinha, e num pulo estava dentro do pequeno elevador. Tinha acabado de fazer a portinha de correr deslizar quando a empregada voltou para a cozinha, cantarolando: "Miss A-mé-rica, olha só, ela é a nova Miss A-mé-rica", numa vozinha sem expressão.

Daí a bandeja ficou pronta, e a empregada saiu da cozinha com ela. Ao mesmo tempo, Harriet começou a puxar as cordas que faziam o elevador subir. Apavorada, ouviu as cordas rangerem alto. "Assim não dá", pensou ela. Quem sabe traria um pouco de óleo da próxima vez.

Chegou no segundo andar. Seu coração batia tão depressa que ela quase não conseguia respirar. Olhou pela rachadura da porta. A primeira coisa que viu foi uma cama imensa, com colunas nos quatro cantos, e no meio dela dona Ágata, reclinada nuns travesseiros enormes, com o telefone na mão, rodeada de revistas, livros, caixas de bombons e uma ninhada de travesseirinhos cor-de-rosa.

"Minha querida, acredite", disse dona Ágata no telefone com voz decidida, "*eu* descobri o *segredo* da *vida*."

"Uau", pensou Harriet.

"Minha cara, é muito simples: basta *ficar* na *cama*. Você simplesmente se recusa a sair da cama, por causa de *qualquer coisa* ou *qualquer pessoa* que seja."

"Que grande segredo", pensou Harriet; "é a coisa mais idiota que já ouvi até hoje." Harriet detestava a cama. Deitar e levantar era o seu lema, e quanto mais depressa melhor.

"Ah, sim, querida, eu *sei*. Eu *sei* que a gente *não pode* fugir da vida, *concordo* com você. Eu *detesto* gente que faz isso. Mas veja bem, eu *não estou* fugindo da vida. Enquanto estou deitada aqui, na verdade estou *trabalhando*, porque, veja bem — isso é que é *divino!* —, estou me *decidindo* sobre uma profissão!"

"Ora, você já deve ter uns cento e dois anos", pensou Harriet; "é melhor começar logo."

A empregada entrou com a bandeja. "Ponha ali", disse dona Ágata um tanto seca, e voltou ao telefone.

Harriet escreveu no seu caderninho:

É BEM COMO DIZ A BÁ. GENTE RICA É CHATA. ELA DIZ QUE QUANDO AS PESSOAS NÃO FAZEM NADA, ELAS NÃO PENSAM EM NADA, E QUANDO NÃO PENSAM EM NADA, NÃO HÁ NADA PARA SE PENSAR A RESPEITO DELAS. SE EU TIVESSE UM ELEVADORZINHO DE COMIDA, IRIA ESPIAR TODA HORA PARA VER SE TINHA ALGUÉM LÁ DENTRO.

Como se estivesse lendo os pensamentos de Harriet, dona Ágata disse para a empregada: "Você não ouviu um barulhinho lá do elevador?".

"Não, senhora", disse a empregada.

"Deve ser minha imaginação." Voltou ao telefone. "Minha querida, eu tenho *infinitas* possibilidades. Ora, você não acha que eu daria uma atriz *ma-ra-vi-lho-sa*? E tem também a *pintura*; eu poderia ser *pintora*! O que você acha?... Bem, querida, eu só tenho *quarenta*, lembre-se de *Gauguin*..."

Bem devagar, com o coração martelando, Harriet começou a puxar as cordas que baixavam o elevador. Tinha lhe ocorrido que era melhor dar o fora enquanto dona Ágata estava tagarelando, senão certamente ia acabar sendo descoberta. O elevador rangeu um pouco ao bater no chão, mas com certeza ninguém ouviu. Pronto, andar térreo. Espiou na cozinha. Ninguém. Será que dava para sair? Escapuliu dali e fugiu correndo como se estivesse salvando a pele.

"Nunca corri tão depressa", pensou, enquanto virava a esquina chispando. Ofegante, sentou-se num degrau e tirou seu caderninho:

ACHO QUE ESSA MINHA NOVA TAREFA PODE SER MUITO PERIGOSA. MAS EU GOSTARIA DE SABER QUE TRABALHO ELA VAI ESCOLHER. MAS COMO SE PODE TRABALHAR DEITADA? E COMO ELA CONSEGUE PAGAR AS CONTAS FICANDO NAQUELA CAMA? IMAGINO QUE ELA VIVE DO DINHEIRO DO MARIDO. SERÁ QUE A MINHA MÃE SUGA O DINHEIRO DO MEU PAI? ISSO EU

NÃO VOU FAZER NUNCA. COITADO DO SPORT. ELE JÁ TEM TANTA COISA PARA FAZER, IMAGINE SE EU FICASSE O DIA INTEIRO DEITADA NA CAMA, COMENDO.

Harriet tinha ainda mais três locais para completar sua rota, mas antes de continuar resolveu dar uma paradinha e visitar Sport. No caminho ficou com sede e entrou na sua lanchonete predileta para tomar um milkshake. Era sua predileta porque ali é que ela começara a escutar as coisas estranhas que as pessoas se falam. Gostava de sentar no balcão com seu milk-shake e deixar as vozes das mesas lá de trás virem flutuando, passando acima da sua cabeça. Sempre várias conversas rolavam ao mesmo tempo. Às vezes ela jogava um jogo: não olhava para a pessoa que falava até que, só de ouvi-la, imaginava a sua aparência. Daí se virava para ver se estava certa.

"Um milk-shake de chocolate, por favor."

"Claro, Harriet. Como vai?"

"OK." Harriet sentou-se, satisfeita ao ver que era conhecida. Pôs seus doze centavos no balcão e ficou bebericando com o canudinho, ouvindo as vozes.

"Meu pai é um sacana."

"Pois é, modéstia à parte, devo dizer que a maneira como eu lidei com esse caso foi perfeita, perfeita mesmo. Eu falei para o juiz..."

"Ele é um sacana porque se acha perfeito."

"Escute, Jane, temos que ir até a rua Orchard buscar aqueles tecidos. Não posso viver nem mais um minuto naquela casa sem cortinas. Qualquer um pode espiar lá dentro."

Nesse ponto Harriet teve de se segurar para não virar para trás e ver qual era essa nova possibilidade na sua rota de espionagem. Se *qualquer um* podia espiar lá dentro...

"Sabe, foram muito poucos os casos que já perdi, pouquíssimos."

"Ele é um sacana tão grande que nem deixa a minha mãe abrir a boca."

"Você não faz idéia do que é a gente ter que se esconder o tempo todo. Puxa, eu nem posso ficar em casa de camisola."

Terminado o milk-shake, Harriet finalizou seus palpites. O garoto com o pai sacana devia ser magrinho, de cabelo preto e espinhas no rosto. O advogado que ganhava todos os casos devia ser um baixinho gordinho, com os olhos inchados, que falava inclinado para a frente. Não conseguiu fazer nenhuma imagem da moça sem cortinas, mas resolveu que ela deveria ser gorda. Daí virou-se.

Primeiro não conseguia dizer. Daí viu o garoto de cabelo preto e espinhas. Sentiu uma onda de triunfo. Viu então aquele que devia ser o advogado, numa mesa com dois homens. Ouviu com atenção para ver se era aquele. Não, o advogado era o outro. Não era baixinho e gordinho mas alto e magro, com um rosto bonito. Harriet consolou-se vendo que ele tinha os olhos inchados.

"Bem, não é para menos que ela não quer andar de camisola", pensou Harriet, olhando para a moça sem cortinas; "essa aí é a gorda mais gorda que eu já vi até hoje."

Chega. Só dois acertos em três. Alguns dias eram melhores, outros piores. Escorregou do banquinho e seguiu para a casa de Sport. Ele morava num apartamento no quarto andar, sem elevador. Sport abriu a porta de avental, com um pano de prato na mão. "Oi, Harriet, entra. Tenho que lavar esses pratos."

"E depois, o que você vai fazer?"

"Vou varrer a casa."

"Poxa, Sport, você trabalha demais."

"Pois é, mas o que você quer que eu faça? Alguém tem que fazer as coisas. Uma vez eu resolvi não fazer mais nada, mas depois de uma semana não conseguia nem achar onde era a sala."

Foram até a cozinha e Sport continuou a lavar os pratos. Harriet apontou para uma porta fechada à direita. "*Ele* está ali?"

"Está. Trabalhou a noite inteira, e agora está dormindo. Tenho que ir ao mercado e voltar para fazer o jantar para ele."

"Eu não conseguiria fazer jantar nenhum, muito menos para o meu pai. Como é que você faz?"

"Bom, sabe como é, em geral eu me viro na base da Ovolândia."

"E ele nem se importa com o que come?"

"Escritores não se interessam por comida. Só se interessam em saber o que os outros acham deles. Segura esse prato aqui, Harriet."

"Pois *eu* bem que me interesso pela minha comida." Justo quando estava dizendo isso, Harriet ouviu um gemido alto vindo do quarto. Quase deixou cair o prato. "Ei, que é isso?"

Sport respondeu, despreocupado: "Nada, só um pesadelo. Ele sempre tem sonhos ruins. Os escritores vivem tendo pesadelos".

"Ei, Sport, você não gostaria de ser escritor? Puxa, seu pai até podia ajudar você."

Sport quase desmaiou na pia. "Você está maluca? Você *sabe* que eu quero ser jogador. E se eu não for um *bom* jogador, vou dizer uma coisa para você, vou ser um CFA."

"O que que é isso?"

"Você não sabe o que é CFA?", gritou Sport.

"Não", disse Harriet. Ela nunca se incomodava em dizer que não sabia alguma coisa. "E daí?", pensava; "assim eu fico sabendo."

"Bom, vou mostrar para você o que é. Venha aqui comigo." Sport largou o pano de prato, pegou Harriet pela mão e levou-a até o seu quarto. A gente percebia que era o quarto de Sport porque era absolutamente imaculado. Havia uma caminha arrumada em estilo exército, uma cadeira e uma escrivaninha pequena, totalmente vazia. Sport tirou do bolso um chaveiro e começou a destrancar as gavetas da escrivaninha. "Está vendo esses livros? São meus." Deu um passo atrás, orgulhoso. Harriet olhou. As gavetas estavam cheias de livros grandes de contabilidade. Numa delas havia um cofre, também trancado.

"Puxa!", fez ela, sem saber o que dizer.

"CFA é contador, para sua informação. CFA: Contador Financeiro Administrativo", disse Sport pomposamente, agarrando o braço de Harriet, que já ia pegando um daqueles livrões.

"O que tem neles?", perguntou Harriet, desconfiada de que os livros estavam todos vazios.

"Nossas FINANÇAS. O que mais seria?" Sport estava ficando irritado.

"Odeio dinheiro", disse Harriet.

"Pois saiba que você ia gostar muito de dinheiro se não tivesse nenhum", disse Sport com arrogância. Harriet refletiu. Era verdade. Ela nunca tinha pensado nisso.

"Ei, Sport, mas você gosta disso? Não é só um monte de contas?"

"Bom, as contas não são difíceis; não é isso. Não sei explicar. Você não entende? Assim você fica sabendo onde as coisas *estão*."

"Ah", disse Harriet, sem entender nada.

"Olha só: meu pai recebe um cheque, e se eu não pego logo, no dia seguinte o cheque sumiu, e meu pai só levanta as mãos, entra no quarto e tranca a porta. E aí a gente não come."

"É mesmo?"

"É mesmo. Por isso eu já vou logo pegando o cheque, recebo o dinheiro no banco, planejo direitinho o que eu vou fazer, tostão por tostão, e daí a gente tem grana para comer. Percebeu?"

"Claro. É muito sensato."

"Olha, não sei o que iria acontecer com a gente se eu não tivesse começado a fazer isso."

"Claro. Puxa, Sport, eu não sabia que você fazia isso."

Sport deu uns chutes no chão. Daí os dois ficaram muito sem jeito; Sport voltou para a cozinha e Harriet ficou na sala, aproveitando a oportunidade para espiar pelo buraco da fechadura do quarto do pai de Sport. Ela só viu uma meia velha de ginástica no chão. Daí Sport entrou na sala de repente, e Harriet deu um pulo e disse depressa: "Bom, tenho que voltar para a minha rota de espionagem. Até amanhã".

"OK, tchau", disse Sport, abrindo a porta para ela. Quando a porta se fechou, Harriet ficou parada por um momento, pensando. Daí desceu a escada correndo. Na calçada, sentou num degrau e escreveu no seu caderninho:

A CASA DE SPORT TEM CHEIRO DE ROUPA MOLHADA, É BARULHENTA E TEM UMA APARÊNCIA MEIO POBRE. A MINHA CASA NÃO TEM CHEIRO E É QUIETA COMO A DA DONA ÁGATA. SERÁ QUE ISSO QUER DIZER QUE NÓS SOMOS RICOS? O QUE FAZ AS PESSOAS SEREM RICAS OU POBRES?

Caminhou um pouquinho pela calçada, e de repente lhe ocorreu outra idéia:

SERÁ QUE OS RICOS QUANDO CRESCEM VÃO SER ESCRITORES, OU SERÁ QUE TODOS OS ESCRITORES SÃO COMO O PAI DO SPORT, SEM DINHEIRO NENHUM? MEU PAI VIVE FALANDO EM ARTISTA MORTO DE FOME E ESCRITOR MORTO DE FOME. ACHO QUE É MELHOR EU COMEÇAR A EMAGRECER.

Harriet foi seguindo para o Armazém Dei Santi, a primeira parada da sua rota de espionagem. O armazém ficava na avenida York, ao lado de um pequeno beco que oferecia três ótimos pontos de observação. Um era uma janela de frente para o beco, que dava para o balcão onde ficava o Papa Dei Santi. A outra janela mostrava os fundos da loja, com a mesa de almoço da família. A terceira janela ficava no fundo do quintal e dava para o depósito onde trabalhava o Zé Mostarda, funcionário dos Dei Santi.

Harriet esgueirou-se pelo beco. Na primeira janela não estava acontecendo nada. Continuou agachada e correu para a segunda janela. Daí viu de repente a família inteira. Abaixou a cabeça depressa para não ser vista. Por sorte a janela estava um pouquinho aberta, por isso dava para ouvir o que eles falavam.

A Mamma Dei Santi dizia, exaltada: "*Un accidente!!!* Ele pega a caminhonete, ele morre!*".

Harriet sabia que ela devia estar falando do Fábio. O Fábio estava sempre querendo pegar a caminhonete e ir para algum lugar. Harriet espiou por cima do parapeito.

Fábio estava encostado num caixote, com um cigarro pendurado na boca. Era alto, muito magro, e tinha um ar melancólico. Irritado, mexeu-se um pouco ouvindo o comentário da mãe.

A mãe percebeu e ergueu os braços bem alto. "O que eu fiz de mal para Deus para merecer isso? Para que que eu vim para esse país? Por que que eu fui ter um filho assim?"

"Vai, Mamma..." Essa era Maria Elena. Ela se olhava no espelho o dia inteiro e só dizia bobagens. Tinha dezessete anos e era muito bonita.

"Não me venha com esse 'Vai, Mamma'! Olha o Bruno, dia e noite trabalhando na loja. *Isso sim* é que é filho!" A Mamma Dei Santi falou isso sibilando com muita saliva.

Harriet continuava espiando, apoiada no parapeito. Franca, que tinha catorze anos e era uma pessoa completamente inexpressiva, estava encostada na parede como se alguém a tivesse socado lá. Dino, o garoto de seis anos, brincava com seu carrinho, fazendo-o andar por uma prateleira. O Papa Dei Santi virou-se devagar para Fábio. *"Figlio mio"*, começou, numa voz cansada e paciente, "trabalhei minha vida inteira por vocês. Cheguei aqui sem nada. Arranjei uma carrocinha, andava na rua puxando. Vendia verduras. Sabe quanto ganha um verdureiro?"

Fábio franziu a testa. O cigarro mal se mexeu na sua boca quando ele falou: "Mas, Papa, agora você *tem* a loja, você tem a caminhonete. Por que não pode me emprestar?".

"Você não serve para nada! *Para nada!*", gritou o Papa com todas as suas forças.

Houve um momento de estranho silêncio enquanto Fábio e seu pai olhavam fixo um para o outro. Bruno entrou na sala caminhando pesadamente. Era um rapaz forte, corpulento, com pensamentos fortes e corpulentos. Falava devagar, como se as idéias tivessem que vir lá de longe, bem do fundo da sua cabeça. "Deixa ele pegar a caminhonete, Papa, deixa ele se divertir um pouco. Ele tem dezoito anos. Ele só quer se divertir um pouco."

"Divertir, divertir! Com dezoito anos já está muito velho para se divertir! Que divertimento você tem na vida, Bruno?"

"Mas eu e ele somos diferentes, Papa. Deixa ele. Se você não deixar, ele vai ficar pior."

"Pior? *Pior?* Ele já é ruim demais! Repetiu de ano. Zanza por aí o dia inteiro, preguiçoso, vagabundo! Como é que ele pode ficar pior do que já é!"

"Ora, Papa", Maria Elena assoprou, olhando-se no espelho.

"Bzzz, bzzz, bzzz", fez Dino, transformando o carro num avião.

A campainha da loja tocou, interrompendo a angústia da família. O Papa foi abrir a porta, falando baixinho: "Freguês. Chega de conversa. Todo mundo trabalhando".

"Papa." Foi apenas uma palavra, mas exigiu de Fábio um enorme esforço.

"Nada de caminhonete." O Papa Dei Santi nem virou para trás. Cuspiu as sílabas como balas de revólver.

Fábio encolheu os ombros, desanimado, e deu uma longa tragada no cigarro. Maria Elena, no espelho, experimentou um novo penteado. Mamma Dei Santi foi caminhando pesadamente para a frente da loja, atrás de Bruno. Ninguém olhou para Fábio. Harriet agachou-se debaixo da janela e anotou tudo o que tinha visto. Daí escreveu:

ESSE FÁBIO PODE SER RUIM, MAS ELE NÃO TEM CULPA. EU TAMBÉM NÃO GOSTARIA DE SER COMO O BRUNO. ESSE BRUNO PARECE UM URSÃO BOBO.

UMA VEZ EU PENSEI QUE QUERIA SER A FRANCA E VI-
VER NESSA FAMÍLIA. MAS ELA É TÃO CHATA QUE SE EU
FOSSE ELA, EU MESMA NÃO ME AGÜENTARIA. ACHO
QUE NÃO É O DINHEIRO QUE FAZ AS PESSOAS SEREM
CHATAS. TEM MUITA COISA QUE EU NÃO SEI SOBRE
ESSE NEGÓCIO DE SER CHATO. É MELHOR EU DESCO-
BRIR, PORQUE VAI VER QUE EU TAMBÉM SOU.

COMO SERÁ QUE É TER IRMÃOS E IRMÃS? UMA COISA
É VERDADE: QUANDO OS PAIS GRITAM, NEM SEMPRE É
COM VOCÊ. ÀS VEZES É COM SEU IRMÃO OU IRMÃ, AÍ
VOCÊ PODE DAR RISADA.

O QUE SERÁ "MUITO VELHO PARA SE DIVERTIR"? NÃO
SE PODE SER MUITO VELHO PARA ESPIONAR, SÓ QUE
SE VOCÊ TIVER CINQÜENTA ANOS PODE CAIR DA ES-
CADA DE EMERGÊNCIA, MAS A GENTE SEMPRE PODE
ESPIONAR MUITA COISA NO ANDAR TÉRREO.

Harriet fechou seu caderninho e foi dando a volta
para os fundos, em silêncio, para ver o que o Zé Mostarda andava fazendo. Zé Mostarda era o entregador da
família Dei Santi, e estava sempre interessado numa
coisa: comer. Ele vivia comendo. Era estranho que a
família Dei Santi conseguisse ganhar dinheiro, com o
Zé Mostarda comendo daquele jeito.

Harriet espiou lá dentro do galpão. Zé Mostarda
estava sentado, quando deveria estar trabalhando,
comendo meio quilo de queijo. Ao seu lado, esperando para serem consumidos, havia dois pepinos, três to-
mates, um filão de pão, uma torta de creme, um litro de

leite, um sanduíche de carne de dois palmos de comprimento, dois vidros — um de picles, um de maionese — quatro maçãs e um salame inteiro. Harriet arregalou os olhos e escreveu:

QUANDO OLHO PARA ELE, ACHO QUE EU PODERIA COMER UNS MIL SANDUÍCHES DE TOMATE.

Harriet ouviu um barulhinho no beco. Sabia quem era sem olhar, pois quase era apanhada em flagrante todos os dias pelas mesmas pessoas. Quatro garotinhos magrinhos apareceram do lado da casa. Foram na ponta dos pés até a porta do galpão e bateram discretamente. Eram crianças muito pobres, com a roupa suja e rasgada e o rosto todo manchado, como se nunca pudessem se lavar. O mais velho tinha uns sete anos e os outros por volta de quatro e cinco.

Zé Mostarda abriu a porta. Não trocaram nenhuma palavra enquanto ele passou para os garotos um tomate, um litro de leite, o filão de pão, metade do queijo, metade do salame, metade da torta de creme e duas maçãs. Os garotos dividiram as coisas para poderem levar mais facilmente e se mandaram pelo beco, tão quietos como tinham vindo.

Zé Mostarda voltou ao seu lanche. Harriet experimentou uma sensação esquisita ao assistir a essa cena. Deu um suspiro e, sempre se esgueirando debaixo das janelas, seguiu para o próximo ponto da sua rota.


Aquela noite, tomando seu banho de banheira antes do jantar, Harriet sentiu-se muito feliz. Tinha feito um bom dia de trabalho. Lá do quarto ouviu a Bá remexendo no armário, tirando tudo o que precisava ser lavado. A Bá assobiava. Era um assobio alegre, embora sem muita melodia, de que Harriet até gostava. As paredes amarelas do banheirinho tinham uma aparência limpa e feliz. Harriet sentiu-se quentinha e sonolenta na água quente.

De repente a porta da frente bateu lá embaixo e Harriet ouviu a voz do pai:

"Ora bolas, aqueles sujeitos!" Parecia muito zangado. Pela voz, Harriet percebeu que ele vinha subindo a escada para a biblioteca. "Não dá para *acreditar...* Você não vai acreditar se eu disser como esses sujeitos são *tronchos.*"

Daí veio a voz da sra. Welsch, calma e confortadora, obviamente levando o marido até a poltrona. "O que foi, querido? Meu Deus, o que aconteceu?"

"Ora, grrr... grrr...", ele murmurava algo incompreensível, "eles são os piores grrr... grrr... que eu já vi. *Não dá para acreditar...*"

"Pronto, querido, tome seu drinque."

Harriet ficou em pé na banheira, fazendo o máximo esforço para escutar.

"O que você fez hoje, Harriet?"

Ora, mas que chato. A Bá havia escolhido justo este momento para puxar conversa. Harriet fingiu não ouvir, e continuou escutando.

"Aquele... grrr... é um *troncho* total e absoluto, é isso que ele é, um grrr... de marca maior. Olha, nunca vi grrr... igual a ele."

"Você tomou muitas notas?"

Harriet tentou apurar o ouvido e ignorar a pergunta da Bá. Será que não dava para ela calar a boca um minuto?

"Querido, mas é terrível, é realmente grrr..."

"Não sei o que fazer. Eles vão... grrr... com tudo. Vai ser o pior espetáculo do ano. Eles são uns verdadeiros grrr... Ah, isso eles são mesmo."

"Harriet M. Welsch, o que você está fazendo em pé nessa banheira?" A Bá parecia bravíssima, feroz. "Sente-se já, neste minuto. Vou esfregar suas costas. Olha só essas orelhas. Por acaso você jogou *tinta* nelas?"

"Não, mas elas coçam."

"Harriet. Essa barulheira tóda lá embaixo não quer dizer nada."

"Bem, mesmo assim eu gostaria de ouvir."

"Seu pai tem um emprego muito estressante, só isso."

"O que quer dizer 'emprego estressante'?"

"Quer dizer que não o deixam fazer exatamente o que quer, e quando deixam, não tem tempo para fazer o que quer."

"Ah!", disse Harriet, pensando, o que será que queria dizer aquilo. Perguntou então: "Os espiões ficam muito estressados?".

"Sim, quando são pegos."

"Eu nunca sou pega."

"Por enquanto."

"Bá Golly, um dia você vai embora?"

"Sim, quando você crescer e não precisar mais de

mim, mas não neste momento. Aliás, você já está ficando bem grandinha", disse a Bá, examinando Harriet com um olho crítico.

Houve uma pausa. Daí Harriet perguntou: "Bá, você tem namorado?".

"Tenho", disse a Bá, e desviou a vista.

"*TEM!?*" Harriet quase desmaiou dentro da banheira.

"Tenho", disse a Bá com dignidade. "Agora, hora da cama."

Houve uma pausa. Harriet perguntou: "É falta de higiene ter um montão de gatos em casa, não é?".

A Bá ficou meio espantada. "Sempre achei que o gato é um animal bastante limpo, mas *um monte* de gatos... Quantos gatos?"

"Uns vinte e cinco, não tenho certeza. Eles ficam zanzando para lá e para cá."

"*Vinte e cinco?* Toma, pegue a sua toalha. Quem você conhece que tem vinte e cinco gatos?"

"Ah, uma pessoa." Harriet adorava ser misteriosa.

"Quem?"

"Ah, alguém." E Harriet sorriu para si mesma.

Bá Golly não era boba de insistir no assunto. Ela sempre dizia que a privacidade é muito importante, especialmente para um espião.

Quando Harriet terminou o jantar e se aninhou na cama, começou a pensar em Harrison Withers e toda a sua gataria. Harrison morava na rua 82, no último andar de uma casa de cômodos, uma espécie de cortiço meio caindo aos pedaços. Tinha dois quartos, um para ele e outro para os gatos. No seu quarto havia uma cama, uma cadeira, uma mesa de trabalho onde fazia gaiolas de passarinhos, e uma parede inteira coberta de ferramentas para fazer as gaiolas. No outro quarto havia apenas gatos, nada mais. Na cozinha havia um copo, uma xícara e vinte e seis pratinhos, um em cima do outro.

De repente Harriet ficou encafifada, querendo saber se ele comia a mesma comida dos gatos, ou uma comida diferente. Precisava saber disso amanhã mesmo. Podia descobrir seguindo Harrison no supermercado. Adormeceu contente. Pouco antes de dormir pensou: "Mas quem nesse mundo será o namorado da Bá Golly?".

# 4

No dia seguinte à tarde, depois do bolo com leite, Harriet foi direto para a casa da dona Ágata. Sabia que era perigoso, mas quando sua curiosidade era despertada, ela não conseguia deixar de espionar aquele local da sua rota. Ao chegar lá viu o Zé Mostarda conversando com a empregada. Harriet foi se esgueirando encostada na parede, tirou do bolso uma bola que sempre levava para momentos assim e começou a brincar inocentemente, bem perto dos dois.

Zé Mostarda estava encostado na porta. Tinha sempre um ar cansado quando não estava comendo. A empregada, pela voz, parecia irritadíssima. "Não tenho troco. A patroa saiu e me deixou sem um centavo."

"E quando ela volta? Posso vir outra hora."

"Deus é quem sabe. Quando ela vai para a Elizabeth Arden às vezes passa o dia inteiro lá. Sabe como é, a cara dela dá muito trabalho." A empregada deu uma risadinha maldosa.

"Ela tem toda essa grana e não paga as contas! Esses sujeitos são todos iguais — quanto mais têm, menos pagam." E com esse veredicto o Zé Mostarda foi indo embora, arrastando os pés, sem dúvida rumando para o seu lanche da tarde. Harriet fez uma cara de total indiferença quando ele passou. A empregada foi para dentro. Harriet apoiou-se num hidrante e escreveu:

O QUE SERÁ QUE ELES FAZEM COM ELA LÁ NESSA ELIZABETH ARDEN O DIA TODO? UMA VEZ EU VI MINHA MÃE COM UMA MÁSCARA DE LAMA. EM MIM É QUE ELES NÃO VÃO BOTAR MÁSCARA DE LAMA, NUNCA.

Fechou o caderninho com força e foi para os Dei Santi. No armazém havia um movimento louco. Todo mundo corria de um lado para outro, até Franca, que em geral vivia se encostando pelas paredes. Zé Mostarda ainda não tinha voltado. "Bem", pensou Harriet, "parece que hoje vai ser um péssimo dia para espionar." Riscou da sua listinha dona Ágata e os Dei Santi e foi para a casa do casal Robinson, o ponto seguinte da sua rota.

Os Robinson moravam num apartamento duplex na rua 88. Quando estavam sozinhos, nunca diziam nenhuma palavra um para o outro. Harriet gostava de observá-los quando recebiam visitas, porque era engraçado vê-los exibindo a casa para os outros. Isso porque os Robinson só tinham um problema: se achavam perfeitos.

Por sorte a sala deles ficava no andar térreo. Harriet foi se esgueirando pelo corredor dos fundos até o jardim. Ali, apoiando-se numa caixa de ferramentas de jardinagem, podia espiar dentro da sala sem ser vista.

Os Robinson estavam sentados, como sempre, com os olhos fixos no vazio. Não trabalhavam, e o que era pior, nunca liam nada. Compravam coisas e as traziam para casa, e depois convidavam gente para ver essas coisas. Tirando isso, parece que não faziam absolutamente nada.

A campainha tocou.

"Ah", disse a sra. Robinson, "eles chegaram."

Levantou-se calmamente e foi andando devagar, apesar de que era óbvio que já estava esperando essa campainha. Lançou um olhar crítico para o sr. Robinson, que ajeitou o paletó, e foi até a porta.

"Jack, Martha, entrem, que bom ver vocês. Há quanto tempo! Vocês vão ficar na cidade até quando?"

"Bem, nós..."

"Escute, antes de entrar na sala, olha só, Martha, olha esse jogo americano que eu coloquei ali. Não é lindo?"

"Sim, é muito..."

"E aquele gaveteiro lá no canto, não é um achado?"

"Puxa, é..."

O sr. Robinson se levantou. "Olá, Jack."

"Oi, companheiro. Faz tempo que a gente não..."

"Ei, Jack, deixa eu mostrar a minha coleção de armas. Depois da última vez que você veio aqui, comprei mais duas. Entra, entra..." E desapareceram da vista de Harriet.

"Martha, venha cá. Você precisa ver este... Ah, pendure o casaco e a bolsa aqui, nesse cabideiro do século XVIII. Veja, não é perfeito? Não é divina essa peça?"

"Sim, é uma..."

"Venha cá, venha cá, olha só: não é o jardim mais bonito que você já viu na vida?"

"Sim, é mesmo, é..."

"Sabe, Martha, a nossa vida é perfeita..."

"Você não tem filhos, tem, Grace?"

"Bem, não, mas, sinceramente, nós achamos que assim tudo está absolutamente perfeito..."

Quando elas olharam para o jardim Harriet abaixou a cabeça e se dobrou de tanto rir. Depois que se recuperou, agarrou seu caderninho:

A BÁ UMA VEZ ME DISSE QUE TEM GENTE QUE SE ACHA PERFEITA, MAS PUXA VIDA, ELA PRECISAVA VER ESSES DOIS. SE ELES TIVESSEM UM FILHO, O BEBÊ IA RIR DA CARA DELES. POR ISSO ATÉ QUE É BOM QUE ELES NÃO TENHAM. ALÉM DO MAIS, TALVEZ A CRIANÇA NÃO FOSSE TÃO PERFEITA COMO ELES, DAÍ ELES IAM MATÁ-LA. QUE BOM QUE EU NÃO SOU PERFEITA — IA SER CHATO DE MORRER. ALÉM DISSO, SE ELES SÃO TÃO ÓTIMOS, POR QUE SÓ FICAM SENTADOS O DIA INTEIRO OLHANDO PARA O VAZIO? VAI VER QUE ELES SÃO LOUCOS E NEM SABEM.

Seguiu para a casa de Harrison Withers. Harriet gostava de ver as gaiolas de passarinhos que Harrison fazia, e não só isso: pretendia estar presente quando ele fosse preso. O Departamento de Saúde Pública estava sempre tentando apanhá-lo porque ele tinha um montão de gatos, mas Harrison era muito astucioso.

Sempre que a campainha tocava, ele olhava pela janela, e se o homem parado na porta estivesse de chapéu, ele nunca deixava entrar. Todos os homens do Departamento de Saúde Pública usavam chapéu, e Harrison não conhecia ninguém mais que usasse chapéu.

Harriet subiu a escada até o último andar do pequeno prédio onde ele morava, e nesse último andar subiu mais uma escada que levava ao teto. Dali podia enxergar a casa dele através de uma clarabóia, por um lugarzinho do vidro onde a tinta estava descascada, e tinha certeza de não ser vista pelo lado de dentro.

Espiou lá embaixo. Ao fazer isso, lembrou-se que tinha planejado observar Harrison também no supermercado, para ver se ele também se alimentava só de rins, como os gatos.

Viu os gatos, todos andando de um lado para outro. Foi até a outra clarabóia. Aí a luz sol do sol inundava a oficina, tirando faíscas das ferramentas e lampejos dos pequeninos minaretes em cima das gaiolas de metal. Harriet gostava de olhar essa oficina. As gaiolas eram lindas, pareciam flutuar no espaço, e quando estava neste lugar, Harrison Withers era um homem feliz.

Harriet gostava de vê-lo trabalhar; admirava a paciência com que ele ficava horas a fio sentado, curvado, retorcendo uns araminhos minúsculos em torno de umas conexões ridiculamente pequenas.

Ah, que sorte! Harrison Withers vinha justamente entrando pela porta, com um grande saco de compras.

Agora daria para ver o que ele comia. A gataria o seguiu para dentro da cozinha e ele começou a pôr as coisas na mesa. Os gatos miavam e se esfregavam nas suas pernas, enquanto ele tirava do saco rins e mais rins e mais rins.

"Pronto, crianças", disse ele com doçura. Ele sempre falava com uma voz bem mansa. "Pronto, pronto, agora vamos todos comer. Olá, todo mundo! Olá, olá! Oi, David! Oi, Rasputin! Como vai, Goethe? Olá, Alex! E aí, Sandra? Olá, Thomas Wolfe, olá Pat, Puck, Faulkner, Cassandra, Glória, Circe, Koufax, Marijane, Willy Mays, Francis, Kokoschka, Donna, Fred, Swann, Mickey Mantle, Sebastian, Yvonne, Jerusalém, Dostoiévski, Barnabé. Olá, olá, olá!"

Harriet dessa vez contou. Havia vinte e seis. Sendo assim, os vinte e seis pratos eram para os gatos. E ele, onde comia? Ficou olhando enquanto ele tirava bem do fundo do saco de compras um copinho de iogurte. "Gato não come iogurte", pensou Harriet; "então deve ser isso que ele come."

Ficou olhando enquanto ele dava comida para os gatos e depois comia umas colherzinhas de iogurte. Daí entrou na oficina e fechou a porta, pois ali os gatos não tinham permissão de entrar. Sentou-se na sua bancada de trabalho, onde o esperava uma gaiola especialmente bonita, uma réplica de uma casa de campo da época vitoriana.

O silêncio baixou na oficina enquanto Harrison estudava a gaiola. Sua mão moveu-se como num sonho, pondo o iogurte de lado. Olhava com amor, com os olhos meio embaçados, para a pequenina parte ainda não terminada da estrutura. Bem devagar moveu uma pecinha uns milímetros para a esquerda. Relaxou na cadeira e ficou olhando um longo tempo. Daí pôs a pecinha de volta no lugar.

Harriet escreveu no seu caderninho:

ELE ADORA FAZER ESSAS COISAS. SERÁ QUE ERA DISSO QUE A BÁ ESTAVA FALANDO? ELA DIZ QUE AS PESSOAS QUE AMAM O SEU TRABALHO AMAM A VIDA. SERÁ QUE TEM GENTE QUE ODEIA A VIDA? BOM, EU ATÉ QUE NÃO ME IMPORTARIA DE VIVER COMO O HARRISON WITHERS, PORQUE ELE PARECE FELIZ, SÓ QUE EU NÃO IA QUERER TER ESSE <u>BANDO</u> DE GATOS. EU PODERIA ATÉ TER UM CACHORRO.

Deu uma última olhada para Harrison Withers, que cuidadosamente enrolava um pedaço de arame em torno de dois pedacinhos de madeira. Daí levantou-se e desceu até a rua. Na frente da casa parou para escrever:

TAMBÉM TEM ESSE NEGÓCIO DO IOGURTE. IMAGINE, COMER SÓ IOGURTE O TEMPO TODO! NADA COMO UM BOM SANDUÍCHE DE TOMATE DE VEZ EM QUANDO.

Decidiu fazer uma visitinha a Jane antes de continuar sua rota. Jane morava num duplex no andar térreo, com jardim, num prédio reformado na rua 84, quase esquina da avenida East End. Na calçada, Harriet tocou a campainha e empurrou a porta do prédio ao ouvir o sinal. Jane a esperava no corredor, muito mal-humorada. Harriet percebeu só de olhar para ela. Jane sempre parecia superalegre, mesmo quando estava zangada. Harriet imaginou que tinha de ser assim, porque a cara normal da Jane era de pura raiva. Agora ela deu um sorriso feliz e cantarolou, simpática: "Olá, Harriet Welsch, olá, olá". As coisas não podiam ser piores.

Harriet foi andando até ela com passos hesitantes, como a gente faz quando passa perto de um cachorro louco, tentando ver melhor os olhos da Jane, mas esta chispou para dentro de casa. Harriet a seguiu.

"O que está acontecendo?", cochichou Harriet. Estavam na entrada, antes da sala.

"Eles estão atrás de mim", cochichou Jane, ainda sorrindo que nem louca.

"Quem?"

"Os Ratos." Era assim que Jane chamava a mãe, o pai, o irmão e a avó, que morava com eles.

"Por quê?"

"Minha mãe disse que eu vou explodir a casa com todo mundo dentro, e que eu tenho que entrar na escola de dança. Vem por aqui, assim eles não vêem a gente." Jane sussurrava tudo isso através de seu absurdo sorriso, indicando a escada dos fundos. Chegaram ao lugar que ela chamava de seu laboratório mas que era na verdade o seu quarto.

Num canto do quarto o chão estava completamente nu. O tapete fora arrancado, mostrando o lugar onde Jane tinha começado a cortá-lo, no que fora impedida por sua mãe num ataque histérico. Nessa ocasão houve uma grande briga, durante a qual Jane permaneceu com um largo sorriso no rosto. Sua mãe lhe disse que não fazia a menor diferença os laboratórios terem ou não tapete. ("Tapete pega fogo", disse Jane, o que fez sua mãe subir pelas paredes outra vez.) Disse ainda que o quarto da Jane tinha tapete, que o tapete ia continuar ali, e que o máximo que ela podia permitir era deixá-lo enrolado. Assim, lá estava ele, num rolo encostado na parede.

O laboratório propriamente dito era muito complexo e Harriet ficava com medo sempre que olhava para lá, embora jamais fosse reconhecer isso para a Jane. Consistia em prateleiras e mais prateleiras cheias de garrafas, todas cheias de líquidos suspeitos. A impressão que dava é que se a gente bebesse qualquer um deles, ia se transformar em mr. Hyde, o monstro do *Médico e o monstro*. Jane era a única pessoa que entendia tudo desses líquidos; mas se recusava a explicar, e chamava de cretino a quem quer que lhe perguntasse. As empregadas se negavam a entrar no quarto, por isso anos atrás Jane tivera que aprender a arrumá-lo sozinha.

Harriet ficou olhando todo aquele equipamento, enquanto Jane correu para um bico de Bunsen, onde alguma coisa fervia furiosamente. Mexeu um pouco naquilo e abaixou o fogo. Daí virou-se para Harriet. "Dessa vez acho que vou me ferrar mesmo", disse pensativa, e desabou na cama.

"Você quer dizer..."

"É isso aí. Eles podem levar *tudo* embora."

"Ah, mas eles não podem fazer isso!"

"Já houve outras pessoas antes de mim que foram mal compreendidas. Eles podem muito bem fazer isso."A maneira como Jane falou, com um sorriso caído e o olhar penetrante, provocou uns arrepios na espinha de Harriet.

"Se acontecer isso, o que você vai fazer?"

"Vou embora. Claro."

"Uma coisa é verdade", pensou Harriet, "a Jane nunca tem nem um momento de hesitação a respeito de nada."

"Que história é essa de escola de dança?"

"Ah, espera só e você vai ver. Eles vão pegar você também. Ouvi minha mãe conversando com a sua. Quem já ouviu falar que Pasteur freqüentou uma escola de dança? Ou madame Curie? Ou Einstein?" Jane cuspia esses nomes.

Harriet também não conseguia lembrar de nenhum espião que freqüentasse escola de dança. Essa era uma notícia ruim. "Bom, eles podem não saber disso, mas eu não vou", disse com firmeza.

"Eles *nunca vão me pegar*", disse Jane bem alto. Daí falou em outro tom: "Ei, Harriet, tenho que terminar essa experiência".

"Tudo bem. Eu também tenho que anotar umas coisas no meu caderninho. Fique à vontade."Jane levantou de um pulo e foi até a bancada do seu laboratório. "Se eu não cuidar disso agora esse negócio vai coalhar."

"O que você está fazendo?"

Não houve resposta. Nunca havia resposta nenhuma quando a gente perguntava essas coisas para a Jane, mas assim mesmo Harriet de vez em quando perguntava, só por educação. Era um explosivo. Isso estava perfeitamente claro. Harriet ficou um tempinho olhando, vendo a Jane debruçada sobre seu trabalho e a luz do sol entrando pela janela — o sol do fim da tarde, que parecia triste e agradável ao mesmo tempo, e que de repente a fez lembrar do dia de Ano-Novo do ano passado. Não tinha acontecido nada de importante naquele dia. Ela apenas casualmente olhara para o sol daquele mesmo jeito. Recostou-se na cama. Seria gostoso ficar aqui, ou em algum lugar como este, todos os dias.

QUEM SABE QUANDO EU CRESCER VOU TER UM ESCRITÓRIO. NA PORTA VOU COLOCAR UMA TABULETA: "HARRIET, A ESPIÃ" EM LETRAS DOURADAS. E VAI ESTAR ESCRITO O HORÁRIO DE FUNCIONAMENTO, COMO NA PORTA DOS DENTISTAS, E EMBAIXO: FAZ-SE QUALQUER TRABALHO DE ESPIONAGEM. ACHO QUE NÃO VOU BOTAR O PREÇO NA PORTA, ASSIM VÃO TER QUE ENTRAR E ME PERGUNTAR. POSSO IR LÁ TODO DIA, DAS ONZE ÀS QUATRO, E FICAR ESCREVENDO NO MEU CADERNINHO. AS PESSOAS VÃO CHEGAR E ME DIZER QUEM EU DEVO ESPIONAR, E EU POSSO FAZER ISSO FORA DAS MINHAS HORAS DE ESCRITÓRIO. SERÁ QUE EU VOU ARRANJAR ALGUM CASO DE ASSASSINATO? EU PRECISARIA TER UMA ARMA E SEGUIR AS PESSOAS, MAS APOSTO QUE TUDO ISSO IA SER DE NOITE, E ELES NÃO IAM ME DEIXAR SAIR.

"Ei, Jane, se você fosse cortar a garganta de alguém, você não faria isso no meio da noite?"

"Eu usaria veneno." Jane nem sequer se virou.

"Não duvido nada", pensou Harriet.

"Mas, Jane, eles iam descobrir de onde veio o veneno."

"Não esse aqui que eu tenho."

"Você fez um novo?"

"Fiz."

Harriet voltou para o seu caderninho.

BOM, QUEM SABE TEM ALGUMA COISA DE INTERESSANTE NESSA HISTÓRIA DE QUÍMICA, AFINAL DE CONTAS. EU PODERIA ENVENENAR O PINKY E NINGUÉM IA FICAR SABENDO. APOSTO QUE ELES PRECISAM DE UNS VENENOS NOVOS. MAS A BÁ DISSE QUE EM WASHINGTON ELES JÁ TÊM UM TUBINHO COM UMA COLHERADA DE UM NEGÓCIO QUE VAI EXPLODIR O MUNDO INTEIRO, QUEM SABE O UNIVERSO INTEIRO. O QUE SERÁ QUE IA ACONTECER? SERÁ QUE A GENTE IA SAIR VOANDO PELO AR? NO ESPAÇO A GENTE SÓ FICA FLUTUANDO. ACHO QUE EU IA ME SENTIR MUITO SOZINHA.

"*Rapaz*, não é de enlouquecer?" Jane pulou fora da bancada do laboratório e sentou de braços cruzados.

"O que aconteceu?" Harriet levantou a vista do caderninho.

"Não consegui", disse Jane. "Se eu tivesse feito direito, ia fazer um barulho bárbaro."

"E a sua mãe ia fazer o quê?"

"É para ela que é o barulho, boba. Se eles pensam que eu vou botar os pés numa escola de dança, eles estão completamente tantãs."

Harriet teve uma idéia sensata: "Por que você não explode a escola de dança?".

"Ah, eles iam achar algum outro lugar para eu ir. Eu sei como são essas coisas. Quando eles botam uma idéia assim na cabeça, esquece. A única saída é a gente se recusar terminantemente. Agora, tem uma coisa: minha mãe detesta gastar dinheiro. Então, se ela puder levar na brincadeira o fato de que eu não quero ir, eu estou salva, porque ela vai gostar de economizar esse dinheiro."

Harriet compreendeu bem. A mãe da Jane sempre tentava fazer umas piadas sem graça a respeito de tudo. A mãe de Harriet sempre falava da mãe da Jane: "Aquela Mabel Gibbs metida a engraçadinha". Harriet pensou que uma coisa que ela não suportava era esse tipo de pessoa que se acha engraçada mas não é.

"Percebe, se ela conseguir passar para as amigas dela a idéia de que eu sou uma excêntrica e é impossível lidar comigo, então não vai ser culpa dela que eu não estou na escola de dança", continuou Jane. "E quanto a mim, estou pouco me importando em aprender a dançar. Tenho um pôster de Newton aprendendo o charleston."

Jane sabia perfeitamente o que queria. Estava aí uma coisa que a gente podia dizer a favor dela. Harriet admirava isso.

Ouviram uma batida na porta. "Ai, ai, ai", disse Jane, e levantou para abrir.

Era a mãe da Jane, que deu sua gargalhada de cavalo ao entrar no quarto. "Ora, ora, como vai o doutor Caligari?", perguntou com um vozeirão ribombante, e soltou de novo aquela gargalhada estrepitosa.

"Ainda bem que *ela* ri assim", pensou Harriet, "porque ninguém mais dá gargalhadas." Jane olhou para a mãe com uma cara de pedra. Harriet fez o mesmo. "Essa é bem a minha filha! Como ela é engraçada!" E dizendo isso a sra. Gibbs deu um tapa nas costas da Jane com tanto gosto que a Jane quase caiu no chão. Recuperando-se, ela olhou fixo para a mãe de novo, com um sorriso gélido no rosto.

"Sim senhor, essa é a minha filhinha, não tem não nem talvez. *Yes, sir, that's my baby*", a sra. Gibbs começou a cantar, enquanto Harriet e Jane olhavam para o chão, morrendo de constrangimento. Notando por fim que não tinha público, a sra. Gibbs parou. "Muito bem, Harriet", falou bem alto, "há quanto tempo não vejo você! Passou bem o verão?" A sra. Gibbs nunca esperava respostas de crianças, achando que elas eram muito tímidas para falar (o que era bem verdade, quando estavam perto dela). Assim, continuou aos gritos: "Conversei com sua mãe outro dia. A Jane já contou a você sobre a escola de dança? Sua mãe está muito a favor, e eu também. Vocês, meninas, precisam saber se apresentar em sociedade, sabe como é, já estão ficando mocinhas, não vão querer ficar sem jeito nos bailes. Não há nada mais constrangedor do que levar chá de cadeira. Sua mãe está preocupada com a maneira como você anda, Harriet". E de repente se concentrou realmente em Harriet, que assim acordou de seus devaneios.

"Depressa", disse Harriet, "é assim que eu ando. Ando depressa. O que tem de errado nisso?"

A sra. Gibbs olhou fixo para ela. Jane voltou para a sua bancada do laboratório. A sra. Gibbs, sem ter a menor idéia do que fazer com a resposta de Harriet, decidiu, como sempre, que o melhor era rir daquilo tudo, e deu uma sonora gargalhada. Harriet viu Jane encolher os ombros, constrangida.

"Harriet, Harriet! Você é mesmo um número. Espera só até eu contar para o Harry. Você é igualzinha à Jane." Riu mais um pouco, para não perder a prática. "Bem, vamos ver. Acho que vocês, meninas, têm que aprender uma coisa: precisam descobrir que são meni-nas. Acho que nós podíamos nos reunir, todas nós, as mães, e enfiar um pouquinho de juízo na cabeça de vocês", ela já estava com a mão na maçaneta, "mas para isso não precisa *explodir* a cabeça de ninguém, ouviu, doutor Jekyll?" Foi abrindo a porta, mas neste momento ouviram um tremendo estrondo. Alguma coisa no laboratório estourou e voou até o teto, e a sra. Gibbs desabalou porta afora como uma flecha.

Jane virou-se e as duas olharam para a porta. Ouviram gritos e o barulho de passos, enquanto a sra. Gibbs descia as escadas num tropel. "Harry, dessa vez ela conseguiu! Harry, venha aqui, Harry, essa maluca vai matar todos nós! Harry Gibbs, venha aqui, ela explodiu a casa!"

Ouviram então um diálogo cochichado no vestíbulo, depois que Harry apareceu dizendo: "O QUE FOI? O que aconteceu?".

Depois dos cochichos veio um silêncio lúgubre, durante o qual eles devem ter percebido que a casa continuava em pé. Daí a voz de Harry: "Vou falar com ela", e seus passos subindo a escada.

Harriet não tinha vontade nenhuma de ver o rosto miúdo e suado do sr. Gibbs tentando enfrentar a filha. E se ela estivesse por lá, as coisas ficariam ainda piores para ele.

"Acho que vou descer pela escada dos fundos", disse ela com delicadeza, indo até a porta.

"É, acho que é melhor." Jane parecia cansada.

"Não desista", disse-lhe baixinho Harriet ao sair.

"Nunca", respondeu Jane num cochicho.

# 5

No jantar daquela noite tudo caminhava como de costume, isto é, o sr. e a sra. Welsch estavam tendo uma conversa interminável e cheia de divagações a respeito de nada em especial. Harriet acompanhava o diálogo como se fosse uma partida de tênis, quando de repente se pôs de pé num salto como se tivesse acabado de lembrar de alguma coisa, e gritou: "Quero que *se ferre* a escola de dança! Eu não vou aprender a dançar!".

"Harriet!" A sra. Welsch ficou chocada. "Como se atreve a usar essas palavras na mesa?"

"Ou em qualquer outro lugar, querida", interrompeu o sr. Welsch calmamente.

"OK, então *macacos me mordam* se eu for para aquela TRONCHA daquela escola de dança!" Harriet berrou tudo isso solidamente plantada em pé. Estava tendo um ataque. Ataques eram seu último recurso, assim, ao mesmo tempo que gritava, tinha uma pequenina sensação, bem lá no fundo, de que tudo já estava perdido. No entanto, ninguém poderia dizer que ela havia desistido sem tentar.

"Onde foi que você aprendeu uma palavra dessas?", disse a sra. Welsch, erguendo tanto as sobrancelhas que elas quase encostaram no couro cabeludo. "E além disso essa palavra não é lá muito elegante", disse o sr. Welsch. Ficaram os dois ali sentados olhando para Harriet como se ela fosse uma curiosidade mostrada na televisão para entretê-los.

"*Eu não vou, não vou, não vou!*", berrou Harriet com toda a força dos pulmões. Não estava conseguindo obter a reação certa. Alguma coisa estava errada.

"Ah, vai sim", disse a sra. Welsch calmamente. "Não é tão ruim assim. Você nem sabe como é."

"Eu detestava", disse o sr. Welsch, e voltou ao seu jantar.

"Sei muito bem como é!" Harriet já estava cansada de ficar em pé gritando. Gostaria de sentar, mas não era possível. Daria a impressão de que ela estava desistindo. "Eu fui até lá uma vez com a Beth Ellen, porque ela precisava ir e eu ia dormir na casa dela, e a gente tem que usar vestido de festa e os meninos são todos mais baixos e a gente se sente um *hipopótamo!*" Disse tudo isso de um fôlego só e berrou ao chegar no "hipopótamo".

O sr. Welsch riu. "Até que é uma descrição bem correta, isso a gente tem de reconhecer."

"Minha querida, com o tempo os garotos vão ficando mais altos."

"Eu *não* vou!" De um jeito indefinível, Harriet sentia que estava perdendo terreno o tempo todo.

"Não é tão ruim assim." A sra. Welsch voltou ao seu jantar.

Isso era demais. Eles não estavam entendendo nada. Eles tinham que acordar daquele estupor. Harriet respirou fundo, e com a voz mais alta possível, disse mais uma vez: "Quero que SE FERRE aquela escola, eu não vou!".

"Muito bem, agora chega." A sra. Welsch levantou. Estava furiosa. "Mocinha, vou mandar lavar a sua boca com sabão. Senhorita Golly, senhorita Golly, venha cá um instante." Sem obter resposta, a sra. Welsch tocou a sinetinha de prata e dali um momento a Cuca apareceu.

Harriet ficou petrificada. *Sabão!*

"Cozinheira, por favor, peça à senhorita Golly que venha aqui um instante." A Cuca saiu e a sra. Welsch continuou olhando para Harriet como se ela fosse um verme. "Harriet, suba já para o seu quarto. A senhorita Golly estará lá num minuto."

"Mas..."

"Já para o *quarto*", disse a sra. Welsch com firmeza, apontando a escada.

Sentindo-se como uma idiota, Harriet saiu da sala de jantar. Durante meio segundo pensou em ficar escutando do lado de fora, mas concluiu que era muito arriscado.

Foi até o seu quarto e esperou. A Bá Golly chegou alguns minutos depois.

"Bem, que história é essa de escola de dança?", perguntou amavelmente.

"Eu não vou", disse Harriet, desanimada. Havia alguma coisa que a fazia se sentir ridícula quando gritava com a Bá. Talvez porque a Bá nunca lhe dava aquela impressão que seus pais lhe davam, de que nunca escutavam nada.

"Por que não?", perguntou a Bá, sensata.

Harriet pensou por um minuto. Na verdade os outros motivos não eram importantes. O problema é que a idéia de ter aulas de dança lhe dava a sensação de perder a dignidade. Finalmente conseguiu se expressar: "*Espiões* não vão a escolas de dança", disse, triunfante.

"Ah, vão sim", disse a Bá.

"*Não vão*", disse Harriet, rude.

"Harriet", a Bá respirou fundo e sentou-se, "você já parou para pensar como é feito o treinamento dos espiões?"

"Sim. Eles aprendem línguas estrangeiras e guerra de guerrilhas, e aprendem tudo a respeito de um país, assim, se forem presos, eles sabem o resultado de todos os campeonatos de futebol e coisas do gênero."

"Isso é para os *meninos* espiões, Harriet. Você não está raciocinando."

A coisa que Harriet mais odiava era ouvir da Bá que ela não estava raciocinando. Era pior do que sabão na boca. "Como assim?", perguntou baixinho.

"E as *meninas* espiãs? O que elas aprendem?"

"As mesmas coisas."

"As mesmas coisas e mais algumas. Lembra aquele filme que nós assistimos outro dia na TV sobre a Mata Hari?"

"Lembro..."

"Então, pense nisso. Onde ela agia? Não era na floresta com os guerrilheiros, era? Ela ia a festas, certo? E lembra daquela cena com o general, ou sei lá quem... ela não estava dançando? Pois bem, como é que você vai ser espiã sem saber dançar?"

Tinha de haver uma resposta para aquilo, pensou Harriet, sentada ali em silêncio. Não conseguia pensar em nada. Falou um "Hã" meio alto. Daí lembrou: "Bom, e eu tenho que usar aqueles vestidos cretinos? Não posso usar minha roupa de espiã? É muito melhor para aprender a dançar. Na escola a gente faz aula de dança com roupa de ginástica".

"Claro que não. Dá para você imaginar a Mata Hari com roupa de ginástica? Em primeiro lugar, se você usar sua roupa de espiã todo mundo vai saber que você é espiã, e daí qual é a vantagem? Não senhora, você tem que parecer uma pessoa qualquer. Daí você pode passar despercebida, sem ninguém desconfiar."

"Isso é verdade", disse Harriet, infeliz. Ela não conseguia mesmo imaginar Mata Hari com roupa de ginástica.

"Agora", a Bá levantou-se, "é melhor você descer e dizer para eles que mudou de idéia."

"O que eu vou dizer?" Harriet estava envergonhada.

"Diga apenas que mudou de idéia."

Harriet levantou-se, resoluta, e marchou escada abaixo até a sala de jantar. Seus pais estavam tomando cafezinho. Parou na porta e disse em voz alta: "Mudei de idéia!". Os dois olharam para ela espantados. Ela se virou e saiu abruptamente. Não havia mais nada a dizer. Enquanto subia a escada, ouviu os dois estourarem de rir, e daí seu pai dizer: "Puxa vida, essa Bá Golly é mágica, pura mágica. O que seria de nós sem ela?".

Harriet não sabia como contar a Jane sobre a sua virada, mas resolveu que devia contar. Na hora do lanche viu Sport e Jane sentados juntos, rindo com a nova edição do *Notícias da Gregory* que acabava de sair. O *Notícias da Gregory* era o jornalzinho da escola. Havia uma página reservada para cada série do secundário e do colegial. No primário eles eram tão idiotas que não precisavam de páginas.

"Olha isso aqui. É ridículo!" Jane estava falando sobre o editorial de Marion Hawthorne reclamando dos papéis de bala jogados por todo lado.

"Ela só escreveu isso porque a dona Ângela falou sobre isso no primeiro dia de aula." Harriet fez um muxoxo de desprezo.

"Claro, o que mais ela ia fazer? Ela não tem miolo para pensar em nada de original." Sport estava comendo um ovo cozido. Sport fazia o seu próprio lanche e em geral eram ovos cozidos.

"Mas é tão idiota e tão chato", disse Harriet. "Escutem só: 'Não devemos jogar papéis de bala no chão. Os papéis de bala devem ser colocados nos cestos de papel disponíveis para este fim'. Ora, isso não é nem notícia; a gente ouve isso todos os dias."

"Eu vou colocar *ela* no cesto de papéis, isso sim", disse Jane com satisfação.

"Meu pai diz que a gente tem de prender a atenção

do leitor logo no início, e daí manter essa atenção", disse Sport.

"Bem, ela acaba de perder a minha", disse Harriet.

"*Você* tinha que escrever o editorial, Harriet, você é escritora", disse Sport.

"Não escreveria nem que me pagassem. Eles que fiquem com esse jornal idiota." Harriet terminou de comer seu sanduíche franzindo a testa.

"Eles tinham que explodir", disse Jane.

Comeram em silêncio por um momento.

"Jane..." Harriet hesitou tanto tempo que os dois olharam para ela. "Acho que eles conseguiram", disse com tristeza.

"O quê? Seu sanduíche está envenenado?" Jane levantou-se. Sport deixou cair o ovo da boca.

"Não, não", disse Harriet depressa. Agora o que ela ia contar já não tinha graça. "Estou falando da escola de dança", disse com ar lúgubre.

Jane sentou-se e olhou para o outro lado como se Harriet tivesse dito uma grosseria.

"Escola de dança?", Sport falou com uma vozinha esganiçada, limpando os farelos de ovo do colo.

"Sim senhor", disse Jane, soturna.

"Puxa vida, ainda bem que o meu pai nunca nem ouviu falar disso!" Sport deu um largo sorriso cheio de ovo.

"Bem", disse Harriet, triste, "parece que eu tenho que ir mesmo, se eu quiser ser espiã. Não tem jeito."

"Ora, quem já ouviu falar em espiã dançante?" Jane estava tão furiosa que nem olhava para Harriet.

"Mata Hari", disse Harriet baixinho; e vendo que

Jane nem se virou, acrescentou bem alto: "Não posso fazer nada, Jane."

Jane virou-se e olhou para ela. "Eu sei", disse com tristeza, "eu também vou."

Nesse caso estava tudo bem, e Harriet, feliz, comeu seu segundo sanduíche de tomate.

Depois da escola, quando Harriet chegou em casa para comer seu bolo com leite, lembrou-se que era quinta-feira, a noite de folga da Bá. Enquanto descia correndo os degraus até a cozinha, foi tomada por um pensamento tão interessante que estacou nos degraus, paralisada. Se a Bá tivesse um namorado e saísse na noite de folga — ela não iria encontrar esse namorado? E... se ela fosse encontrar o namorado, Harriet não poderia segui-la e ver que tal era ele? Pensamento extraordinário! Concluiu que teria de ser supercuidadosa e hiperastuciosa para descobrir onde e com quem a Bá ia passar sua noite livre. Se ela fosse a lugares como seus pais iam, a boates, por exemplo, Harriet não poderia segui-la. Fora de questão. Para fazer isso, teria de esperar até ser Mata Hari.

Mas SE, por exemplo, este namorado viesse em casa buscar a Bá, ENTÃO Harriet poderia pelo menos ver a cara dele. Resolveu fazer isso, enquanto descia num tropel os degraus restantes até a cozinha. A Bá estava tomando chá. Harriet sentou-se no seu lugar à mesa e a Cuca lhe serviu o bolo com leite.

"Bom", disse a Bá, amistosa.

"Bom o quê?", disse Harriet. Estava olhando para a Bá de uma nova maneira. Que tal seria para a Bá ter um namorado? Será que ela gostava dele do jeito que Harriet gostava de Sport? "Bom, se não chover, vai secar", disse a Bá com suavidade. Daí sorriu e ocupou-se do seu chá.

Harriet olhou para ela, curiosa. Isso era bom na Bá, pensou Harriet, ela nunca, mas nunca mesmo, fazia perguntas cretinas tipo "Que tal foi a escola hoje?" ou "Você está indo bem de aritmética?" ou "Vai sair para brincar?". Todas essas eram perguntas sem resposta, mas a Bá era a única pessoa adulta que sabia disso.

"Aonde você vai hoje?", perguntou Harriet de repente. Não conseguia pensar em nenhuma maneira sutil de descobrir sem que a Bá percebesse. Às vezes o método direto era o melhor.

"Bem", disse a Bá, "na verdade não é da sua conta, mas vou lhe contar. Vou sair hoje à tarde, às cinco horas, e quando eu voltar você já vai estar no sétimo sono."

"Não tenha tanta certeza", pensou Harriet.

"Meus pais também vão sair?", perguntou.

"Vão, sim. Você vai ficar presa aqui comigo", disse a Cuca num tom rabugento.

Harriet detestava isso. A Cuca nunca queria fazer nada à noite além de ler jornal e depois pegar no sono. Harriet detestava o silêncio da casa, aquele grande vazio que parecia envolvê-la assim que a última porta tinha se fechado e a última voz gritado, alegre: "Vá deitar cedo. Seja boazinha". Ela não se importava nem um pouco de que eles saíssem se a Bá ficava em casa, pois as duas sempre passavam a noite jogando damas ou vendo televisão.

"Que tal está o tempo lá fora?", perguntou a Bá inesperadamente.

"Muito bonito", disse a Cuca.

"Hmmmm", pensou Harriet. "Quem sabe ela vai encontrar com ele em algum lugar ao ar livre." Harriet levantou-se da mesa.

"Bem", disse a Bá, "acho que só nos vemos amanhã."

"Por quê?", perguntou Harriet.

"Você não vai sair agora?"

"Não."

"Ah, não?", perguntou a Bá, surpresa.

"Não", disse Harriet com uma pequenina sensação de triunfo na voz. "Só vou ficar no meu quarto."

"Bem, então vejo você antes de ir embora. Vou sair lá pelas cinco", disse a Bá, e serviu-se de mais chá. Harriet saiu da cozinha. Cinco horas. Talvez ela pudesse se posicionar em algum lugar às cinco para ter uma boa visão da porta da frente. Tudo isso era *muito interessante*. Ao chegar no quarto escreveu no seu caderninho:

AONDE AS PESSOAS VÃO ÀS CINCO HORAS? ELA JÁ TOMOU CHÁ, QUER DIZER QUE NÃO VAI SAIR PARA TOMAR CHÁ. CINEMA? A BÁ NÃO GOSTA MUITO DE CINEMA. ELA DIZ QUE ENVENENA A MENTE. TEM UM CIRCO NA CIDADE. SE EU FOSSE ENCONTRAR ALGUÉM, PEDIRIA PARA ME LEVAR AO CIRCO. ADORO OS MONSTROS DE CIRCO. SE EU ATRAVESSAR A RUA E ME

ESCONDER ATRÁS DE UMA ÁRVORE NO PARQUE, DÁ
PARA VER DIREITINHO A PORTA DA FRENTE.

Às 4h45 ela foi saindo de fininho, passando na ponta dos pés pela porta do quarto da Bá. Ouviu-a se vestindo e assobiando baixinho. Ela devia estar de bom humor, pensou Harriet.

Encontrou uma árvore bem apropriada e esperou. Esperou, esperou e esperou, olhando o relógio a cada dois minutos. Um policial que vinha caminhando a encarou. Harriet fez uma cara inocente, como se passasse os dias apoiada naquela árvore e não compreendesse por que ele estava olhando. Passaram muitos táxis. Viu uma mulher estacionar o carro. Chegou um entregador, numa bicicleta com cestinha na frente, e parou na frente da casa. Harriet espiou para ver se era o Zé Mostarda, mas não, era um homem muito mais velho, de bigodinho preto. O homem subiu a escadinha até a porta. De repente um pensamento lhe atingiu como um raio. Será que era esse o namorado? Ficou olhando enquanto ele tocava a campainha. *Só podia* ser ele. Sua mãe sempre fazia compras na Dei Santi, e o jaleco do homem tinha outro nome escrito. A porta se abriu e a Bá apareceu. *Era mesmo.* Era *esse* o namorado. Harriet o examinou de cima a baixo enquanto ele e a Bá falavam alguma coisa e sorriam um para o outro.

Ele era meio gordinho, mas com um físico rijo, nada desagradável. Sua cabeça era completamente redonda. Os dentes eram muito brancos debaixo do bigodinho aparado. Tinha o rosto moreno, e seus traços formavam uma imagem agradável, alegre e jovial. Naturalmente, usava o jaleco de entregador, mas por baixo estava com uma bonita calça de flanela cinza, e os sapatos marrons rebrilhavam de tão engraxados. Ele pegou o braço da Bá e os dois foram descendo os degraus juntos, sempre sorrindo e conversando e sem tirar os olhos um do outro. Quando chegaram na calçada parece que o namorado pediu desculpas por alguma coisa, sorriu sem jeito, e rápido como um raio tirou o jaleco de entregador, enfiou a mão na cestinha da bicicleta, puxou de lá um paletó de flanela cinza e o vestiu. Estava com uma gravata azul brilhante, e de modo geral Harriet achou que ele parecia bem legal. Daí ele e a Bá sorriram um para o outro e vieram andando em direção ao parque, deixando a bicicleta onde estava, em frente à casa.

Harriet agachou-se para se esconder melhor, e através de um arbusto ficou olhando enquanto eles caminhavam pelo parque. Era claro que estavam indo dar um passeio ao longo do rio. Escolheram um caminho bem perto de Harriet, por isso ela esperou até eles passarem um pouquinho à frente e foi correndo ao lado deles. Descobriu que se eles ficassem nesse caminho ela poderia correr em paralelo, totalmente escondida pela folhagem espessa, e ainda, milagrosamente, escutar cada palavra que os dois diziam.

"Senhor Waldenstein, o senhor já notou", a Bá falou com uma terrível formalidade, pronunciando claramente cada palavra, "o senhor já notou como a grama nesse parque é bem aparada?"

"Sim, senhorita Golly. Esse parque é muito bem conservado. Muito melhor do que aquela horrível praça Washington, com aquelas criaturas espalhadas pela grama. Uma bela sujeira elas fazem." O sr. Waldenstein tinha uma voz agradável, embora um pouco rascante, como se por baixo dela corresse um rio com areia e pedregulhos.

"Pois é. Eu acho tão agradável caminhar aqui perto do rio. Gosto muito de olhar os rebocadores." O jeito da Bá não estava muito diferente do costumeiro. Sua voz tinha um timbre muito mais agudo, como se ela flutuasse um pouco acima do chão.

"Para mim, passear pelo parque é sempre um prazer quando estou acompanhado por uma moça atraente como você." Ao dizer isso o sr. Waldenstein inclinou-se um pouquinho para o lado da Bá.

Harriet, horrorizada, viu a Bá ficar profundamente vermelha, um carmesim que começou lá de dentro do xale e subiu como um rio até a raiz dos cabelos. "Ora, ora, ora", pensou Harriet, "e essa agora!"

"Ah, senhor Waldenstein", a Bá conseguiu sussurrar. E logo tentou mudar de assunto dizendo: "Veja só aquele barco! É bem grande aqui para o rio East".

"Não quis ofendê-la, senhorita Golly." O sr. Waldenstein parecia preocupado. "Só queria que soubesse como estou gostando destas tardes de quinta-feira que nós temos passado."

Novamente aquele vermelho vivo espalhou-se pelo rosto da Bá, deixando-a igualzinha a um daqueles índios peles-vermelhas de nariz adunco.

"Grande Chefe Golly", pensou Harriet, "o que está acontecendo com você?"

E alguma coisa estava mesmo acontecendo, sem dúvida nenhuma. A Bá *não era* a mesma Bá de sempre. Em vez de forte, durona e no controle total de tudo, ela parecia prestes a desmaiar. Harriet refletiu sobre isso enquanto os via fazer a volta na esplanada paralela ao rio. Agora não havia como segui-los sem ser vista, por isso ela resolveu correr de volta e esperar que eles saíssem de lá. Dava para não perdê-los de vista, mesmo sem ouvi-los. Antes de continuar, rabiscou no seu caderninho:

A VIDA É UM GRANDE MISTÉRIO. SERÁ QUE TODO MUNDO VIRA UMA PESSOA DIFERENTE QUANDO ESTÁ COM ALGUÉM? A BÁ NUNCA FOI ASSIM. SERÁ QUE AS PESSOAS SE COMPORTAM DESSE JEITO QUANDO SE CASAM? COMO ELA PODERIA SE CASAR? SERÁ QUE O SR. WALDENSTEIN VIRIA MORAR CONOSCO? ELES PODIAM BOTAR O FILHO DELES NO MEU QUARTO, SE QUISESSEM. EU NÃO IA ME INCOMODAR. ACHO QUE NÃO. A NÃO SER QUE FOSSE UMA CRIANÇA MUITO XERETA, QUE TENTASSE LER MEUS CADERNINHOS. DAÍ EU ESMAGAVA ELA.

O sr. Waldenstein e a Bá já estavam tão longe que começavam a parecer pequenininhos, então Harriet fechou seu caderno e foi correndo pelos gramados, atravessando as aléias, até chegar bem perto deles outra vez. Eles estavam saindo da esplanada junto ao rio e pegando uma aleiazinha menor, a que passava ao lado da casa do prefeito. Harriet caminhava agachada, paralela a eles. Agora já dava para ouvi-los de novo.

"Gostaria de assistir um filme hoje à noite, senhorita Golly?"

"Sim, acho que seria uma ótima idéia", disse a Bá.

Harriet ficou de queixo caído. A Bá *nunca* ia ao cinema, e ali estava ela sorrindo, com uma cara de que estava achando o máximo. Ora, ora! Harriet agarrou seu caderninho.

SE É ISSO QUE ELA ACHA, BEM QUE ELA PODE ME LEVAR AO CINEMA ALGUM DIA.

"Tem alguma coisa interessante passando?" A voz da Bá estava cada vez mais aguda, cada vez mais engraçada.

"Acho que tem um filme muito bom na rua 86, um que você vai gostar. Mas se você não gostar das fotos quando chegarmos lá, há mais três cinemas na mesma rua, pode escolher. Pensei que antes podíamos comer um jantarzinho gostoso no Bauhaus, logo ali, se você quiser. Se não, há muitos outros restaurantes." O sr. Waldenstein dizia tudo de uma maneira muito gentil, olhando constantemente para a Bá Golly para ver se ela estava gostando do que ele dizia.

"Ah, seria ótimo. A mim parece uma noite muito agradável."

BEM, ISTO É O FIM DA PICADA. EU SEI QUE A BÁ NÃO SUPORTA COMIDA ALEMÃ. UMA VEZ ELA ME DISSE QUE SE APARECESSE MAIS UMA SALSICHA NO SEU PRATO,

ELA A JOGARIA NA PAREDE. ISSO FOI QUANDO NÓS TÍNHAMOS AQUELA COZINHEIRA ALEMÃ, ANTES DA CUCA. QUANDO A BÁ CHEGAR EM CASA HOJE, APOSTO QUE ELA VAI RIR COMIGO E DIZER QUE PASSOU UMA NOITE HORRÍVEL COM ESSE GORDINHO BOBO.

Tinham chegado de novo à avenida East End, portanto Harriet não conseguia mais ouvi-los. Ficou atrás da árvore e viu-os caminhar até a casa. Daí aconteceu uma coisa *realmente* engraçada. O sr. Waldenstein montou na sua bicicleta. Por um momento Harriet pensou que ele ia dar uma saída para fazer entregas, mas ficou de cabelo em pé ao ver a Bá, com grande agilidade e uma elegância impecável, pular na cesta de entregas. Ali se sentou, muito ereta e digna, enquanto o sr. Waldenstein, um pouco ofegante, foi guiando a bicicleta rua abaixo. Harriet, boquiaberta, viu os dois desaparecerem, virando a esquina na rua 86. Estava tão atônita que sentou bem ali na calçada e escreveu:

PUXA VIDA, NUNCA PENSEI. ACHO QUE JÁ VI TUDO NESSE MUNDO. APOSTO QUE A BÁ ESTÁ MORRENDO DE VERGONHA. APOSTO QUE NA VOLTA ELA VAI RIR DE TUDO ISSO.

Harriet voltou para o seu quarto. Fez um pouco de lição de casa, leu um pouco e começou a brincar de Cidade sozinha. Sentou-se um pouco na sala quando seus pais chegaram, daí subiu e ficou um pouco no quarto da mãe, que estava se vestindo para ir jantar fora. Tudo deixava Harriet entediada. Sentia-se aborrecida e com a cabeça cansada, ali, vendo a mãe se arrumar. Decidiu lhe fazer algumas perguntas para se distrair.

"Como você conheceu o papai?"

"No navio indo para a Europa", respondeu a sra. Welsch, lutando com seu cabelo.

"Já SEI disso."

"Então por que perguntou?"

"O que eu quero saber é *como* você o conheceu. *De que jeito.*"

"Como assim? Você quer saber de que jeito foi, exatamente? Bem, eu estava saindo do salão de jantar e dei uma trombada nele. O mar estava muito agitado e ele vomitou."

"Como assim, ele vomitou em cima de você?"

"Não foi bem em cima de mim, só espirrou um pouquinho no meu pé." A sra. Welsch deu risada. "Não foi lá muito agradável. Ele ficou vermelho feito uma beterraba, pediu milhões de desculpas e desmaiou ali no chão. Na outra vez que me viu, parecia apavorado."

"A gente sempre fica vermelha quando conhece a pessoa com quem a gente vai se casar?"

"Não, querida, acho que não. É que ele tinha vomitado, é isso."

"Eu sei... mas..."

"Mas o quê?"

"Não sei", disse Harriet, sombria. Não conseguia formular sua pergunta. "Assim... como é a *sensação?*"

"Do quê, de alguém vomitando no pé da gente? Não é muito agradável, isso eu garanto." A sra. Welsch não parecia estar prestando muita atenção.

"NÃO!", disse Harriet, exasperada, "quero saber qual é a sensação quando a gente fica conhecendo a pessoa com quem a gente vai casar."

"Bem, querida, a gente *não sabe*... quer dizer, naquele momento ainda não..."

"Bom... então quando é que a gente sabe?"

A sra. Welsch virou-se devagar e olhou para Harriet. Estava com o olhar cálido e um curioso sorrisinho no rosto. "Você está pensando nesse assunto?"

"Que assunto?"

"Casamento."

"EU?" Harriet deu um pulo. Realmente, pensou ela, os adultos estavam ficando mais bobos a cada ano que passava. "Eu só tenho onze anos."

"Bem, foi só algo que me ocorreu", disse a sra. Welsch com uma voz divertida. "Você parece tão preocupada."

"Não estou *preocupada*."

Harriet agitou-se. "Como estou, então?" perguntou-se. "Apenas curiosa."

"Eu só estava querendo saber qual é a sensação", disse, um pouco emburrada.

"Bem", a sra. Welsch parou de se maquiar e contemplou seu reflexo no espelho com um olhar distante, "imagino que seja diferente para cada pessoa. Eu senti... senti que seu pai era o homem mais bonito que eu já tinha visto. O fato de ele vomitar me deu vontade de rir em vez de ficar furiosa, como eu teria ficado com qualquer outra pessoa. E na noite seguinte, quando ele não apareceu no salão de jantar, fiquei pensando se ele não estaria se sentindo péssimo, e pensei um pouco em descobrir." Voltou para sua maquiagem com gestos eficientes. "Não tenho a mínima idéia do que as outras pessoas sentem."

"Minha mãe", pensou Harriet, "não pensa muito nas outras pessoas."

"Se Sport vomitasse em cima de mim, eu lhe dava um soco que lhe quebrava os dentes", disse Harriet, alegre.

"Ah, você não ia fazer isso não."

"Ia, sim."

"Não ia não", disse a sra. Welsch, brincando, e virando-se, fez cócegas na barriga de Harriet, que deu risada e caiu da cadeira. A sra. Welsch levantou-se e foi até o armário. Enquanto enfiava o vestido pela cabeça, falou através do tecido: "Ainda temos um longo caminho a percorrer antes de você começar a pensar em casamento e coisas do tipo", sua cabeça apareceu, "graças a Deus!", falou, puxando o vestido para baixo.

"Talvez eu nem me case", disse Harriet, sonhadora, lá do chão onde estava deitada com as pernas e os braços bem esticados. "Quem sabe eu vou para a Europa e fico conhecendo um monte de generais."

"O quê?", perguntou a sra. Welsch, distraída.

"Nada, nada", disse Harriet.

O sr. Welsch apareceu na porta. "Meu Deus, você está longe de estar pronta!", disse de uma maneira muito irritada, puxando os punhos da camisa.

Harriet olhou para o pai, que estava de smoking. Será que ele era bonito? Pensou que nunca tinha visto seu pai vomitar, por isso não sabia como ele ficaria fazendo isso, mas vai ver que todo mundo ficava do mesmo jeito. Uma vez ela vira Jane vomitar quando foram ver um filme sobre gorilas e Jane comeu quatro barras de chocolate e três saquinhos de pipoca. Foi horrível.

"Por que você não vai tirando o carro da garagem, querido? Eu já vou." A sra. Welsch voava pelo quarto de um lado para outro, procurando coisas.

O sr. Welsch estava num mau humor terrível. "Está bem", falou, irritado. Daí disse, de um jeito meio rígido e formal: "Boa noite, Harriet. Vá dormir na hora certa. Comporte-se. Não dê trabalho para a senhorita Golly".

"Ela não está", disse Harriet, sentando-se, alerta.

"Não, querido, ela vai ficar com a cozinheira; hoje é quinta-feira. Agora vai tirar o carro."

"ESTÁ BEM, ESTÁ BEM", disse o sr. Welsch, e saiu feito um raio.

"Ora, ora", disse Harriet. Já estava sentindo o vazio da casa baixando em volta.

Ficou sentada arrastando os pés, formando desenhos no tapete, até que a mãe terminou de se aprontar e saiu do quarto, deixando um rastro de perfume. Harriet desceu a escada atrás da mãe e na porta da frente agüentou receber um beijo.

"Agora seja boazinha..."

"Já sei, e não crie problemas e vá para a cama cedo e não leia debaixo do cobertor", disse Harriet, num tom malcriado.

A sra. Welsch riu, e lhe deu mais um beijo e um beliscão na bochecha. "Isso mesmo, querida, e passe bem a noite." E foi saindo, elegante como um barco à vela. "Essa é nova", pensou Harriet. Pegou seu caderninho e foi até a cozinha. A Cuca estava sentada lendo o jornal. "Caramba", disse Harriet, e sentou-se à mesa. "Pronta para jantar?", disse a cozinheira baixinho. "SIM!", gritou Harriet a plenos pulmões. O silêncio lá em cima era ensurdecedor.

Harriet tentou ficar acordada até a Bá voltar, mas não conseguiu. Assim, no dia seguinte à tarde, depois da escola, foi até o quarto da Bá ainda antes de ir para a cozinha. Devia estar com uma curiosidade terrível, para quebrar sua rotina dessa maneira. Parou na porta, bloqueando o caminho da Bá que descia para o chá, e fez a cara mais aérea possível.

"Ora, o que é isso? Já comeu seu bolo, assim cedo?" A Bá sorriu para ela.

"Não, ainda não. Hã, foi bom?" Harriet tentou parecer indiferente.

"O quê? Ah, você está falando de ontem? Sim, foi *ótimo.*" A Bá deu um amplo sorriso.

"É MESMO?", disse Harriet, espantadíssima.

"Bem, é claro, por que não? Vi um filme fascinante, e antes comi um jantar excelente..." A Bá começou a descer os degraus.

"O que você *comeu?*", perguntou Harriet, debruçada no corrimão da escada.

"Um tipo de salsicha que eu nunca tinha comido,

muito boa, e boas batatas também. Sim, foi uma noite excelente." E a Bá desapareceu na curva da escada.

Harriet ficou ali parada um momento, pensando. Daí foi devagar para o seu quarto. Sentiu uma necessidade urgente de tomar algumas notas antes de descer.

ESSE NEGÓCIO DE AMOR É MAIS COMPLICADO DO QUE PARECE. VOU TER QUE PENSAR MUITO NISSO, MAS ACHO QUE NÃO VOU CHEGAR A CONCLUSÃO NENHUMA. ACHO QUE TALVEZ ELES TENHAM RAZÃO QUANDO DIZEM QUE CERTAS COISAS EU SÓ VOU ENTENDER QUANDO FOR MAIS VELHA. MAS SE ISSO FAZ A GENTE GOSTAR DE COMER SALSICHA, NÃO SEI SE VOU GOSTAR, NÃO.

Fechou o caderninho com força e desceu.


Aquela noite, enquanto via um filme na televisão com a Bá, e ao mesmo tempo jogava damas, Harriet, pensando em Harrison Withers, disse: "Quando as pessoas ficam o tempo todo sozinhas, eu tenho pena delas".

" 'Aquele olho voltado para dentro, a felicidade da solidão'", disse a Bá calmamente.

"O quê?"

"Wordsworth. 'Andei ao léu, solitário como uma nuvem.'"

"E você não?"

"Eu não o quê?"

"Não tem pena delas?"

"'Como é doce, doce e passageira, a solidão!'"

"O quê?"

"William Cowper. 'Retiro.'"

"Bá Golly", disse Harriet bem alto, "você está tentando dizer alguma coisa?"

"Estou."

"Então o que é?"

" 'Solidão, a salvaguarda da mediocridade, é para o gênio o mais sólido amigo'!"

"O QUÊ?", gritou Harriet, exasperada.

"Emerson. 'Conduta na vida.'"

"BÁ GOLLY." Harriet levantou-se. Estava furiosa. "Você tem pena ou não tem pena das pessoas que vivem sozinhas?"

"Não", disse a Bá, olhando intrigada para Harriet. "Não, não tenho."

"Ah", disse Harriet, e sentou-se. "Pois eu tenho."

" 'E isto acima de tudo: sê fiel a ti mesmo, e daí deve seguir-se, assim como a noite segue o dia, que não poderás ser falso com homem algum.' "

"Às vezes", pensou Harriet, "eu só gostaria que ela calasse a boca."

# 6

No sábado à noite, o sr. e a sra. Welsch iam a uma grande festa. Vinham falando nessa festa fazia dias, e enquanto se aprontavam para sair estavam numa agitação tremenda. O sr. Welsch, porque precisava vestir fraque e gravata-borboleta branca, e não conseguia encontrar nada — nem as abotoaduras, nem nada. O vestido da sra. Welsch quase não chegou a tempo da lavanderia, e de modo geral quase tudo deu errado. Quando por fim saíram estavam de péssimo humor, e Harriet ficou contente de vê-los pelas costas. Em noites como essa a Bá costumava distrair-se preparando alguma receita nova, como lagosta termidor, *choucroute garnie* ou qualquer coisa que nem ela nem Harriet já tivessem provado. Este sábado, porém, a Bá se achava num estado de espírito muito esquisito.

Harriet embarafustou pela cozinha dizendo: "E então? O que vamos comer?", e a Bá só olhou para ela como se nunca tivesse experimentado fazer um prato novo.

"Ah, temos bife, batata assada e aspargos. Você gosta de aspargos, não gosta?" Disse tudo isso como se não estivesse nem ouvindo o que dizia.

Isso era muito estranho. Harriet ficou apreensiva. A Bá conhecia perfeitamente seus gostos e sabia que ela adorava aspargos. Harriet sentou-se à mesa e olhou bem de perto para a Bá. Nem respondeu à pergunta sobre os aspargos, pois achou desnecessário. A Bá deu uma olhada nas batatas que assavam no forno. "O que nós vamos fazer hoje?", perguntou Harriet, meio hesitante.

"O quê?", disse a Bá.

"Bá Golly, o que está acontecendo com você? Eu perguntei o que nós vamos fazer hoje!"

"Ah, desculpe, Harriet, não ouvi. Estava pensando em outra coisa." Harriet percebeu que a Bá tentou fazer uma cara alegre e animada, para que Harriet não lhe perguntasse no que ela estava pensando. "Podíamos ficar aqui na cozinha jogando damas."

"Na cozinha? Mas nós *sempre* assistimos televisão quando jogamos damas. Você já falou que essas duas coisas sozinhas são chatas, mas fazendo as duas juntas, pelo menos a gente ocupa a mente um pouquinho."

"Pois é", disse a Bá, tirando os aspargos do congelador.

"Então! Então por que você falou que nós vamos ficar aqui jogando damas? Não tem *televisão* aqui na cozinha." Harriet se sentia falando com uma criancinha.

"Bom, achei que só para variar, sabe como é, poderíamos ficar aqui." A Bá continuava de costas para Harriet.

A campainha da entrada de serviço tocou.

"Ora, quem será?", disse a Bá Golly numa voz leve,

estranha, e foi tão depressa para a porta que quase derrubou uma cadeira.

Harriet, espantada, viu a Bá abrir a porta com um gesto largo, revelando o sr. Waldenstein, todo bem vestido num belo terno, com um buquê de rosas na mão.

"Ora, é o senhor Waldenstein", disse a Bá. Ela bem que sabia, pensou Harriet, ela já estava sabendo muito bem.

"Boa noite, senhorita Golly, que gentileza sua me convidar para jantar com a senhorita, e...", olhou para Harriet, que lhe lançou um olhar furibundo, "e com essa encantadora menina que está aos seus cuidados." Era óbvio que ele estava planejando falar mais coisas, mas Harriet lhe mandou tantos olhares furiosos que ele começou a gaguejar e parou.

A Bá pegou-o pelo braço e levou-o para a mesa. "Harriet", disse naquela mesma voz aguda e tensa, "este é o senhor George Waldenstein. Senhor Waldenstein, esta é a senhorita Harriet M. Welsch."

"Bom", pensou Harriet, "pelo menos ela lembrou do M!" Harriet levantou-se automaticamente e apertou a mão do sr. Waldenstein, que deu um grande sorriso iluminando todo o seu rosto reluzente e bem barbeado. Seu bigode refletia a luz, e o peito da camisa era tão branco que quase ofuscava.

"Bem", disse a Bá, "sentem-se, por favor."

Harriet e o sr. Waldenstein sentaram-se. Daí ninguém sabia o que fazer. Harriet olhou para o teto. O sr. Waldenstein sorriu para a Bá Golly, e esta ficou andando pela cozinha nervosamente. Daí começou: "Bem, senhor Waldenstein...", mas ele ergueu a mão em protesto.

"Me chame de George, por favor."

"Está bem", disse a Bá, dando uma risadinha que Harriet nunca ouvira antes, e que detestou no mesmo momento. "Então, George, gostaria de beber alguma coisa?"

"Não. Nunca bebo nada. Mas muito obrigado de qualquer forma, Catherine."

A Bá pareceu satisfeita com essa resposta. Harriet parou de fitar o teto e olhou para ela. "Por que será", pensou, "que a mãe dela, aquela velha gordona, lhe deu o nome de Catherine? Nunca me passou pela cabeça que ela se chama Catherine, nem que ela já foi uma menininha, que ia para a escola e se chamava Catherine. Como será que ela era quando criança?" Mas por mais que se esforçasse, não conseguia de jeito nenhum imaginar aquele narigão de pele-vermelha numa menininha.

Harriet descobriu de repente que o sr. Waldenstein estava olhando firme para ela havia algum tempo. Decidiu então olhar firme para ele também, até que ele desviasse os olhos. Ele, porém, olhou-a com uma expressão de tamanho prazer inocente que Harriet ficou desconcertada. Parecia que estava pensando sobre ela. Embora ela detestasse ter que reconhecer isso, havia uma expressão de inteligência nos olhos do homem. Ele se inclinou para ela.

"Harriet, acho que nós temos um amigo em comum."

"Ha, ha", pensou Harriet, "ele está tentando fazer amizade."

"Quem é?", perguntou ela com desinteresse.

"O Zé Mostarda", disse o sr. Waldenstein com simplicidade, e deu um largo sorriso, demonstrando o grande prazer que sentia com essa sua proeza.

"É mesmo?" Harriet ficou muito surpresa.

"Sim, o Zé Mostarda e eu estamos no mesmo ramo, sabe como é, e conversando outro dia descobrimos que nós dois conhecemos a mesma garotinha encantadora."

"Ah", pensou Harriet, "se os adultos soubessem como são óbvios."

"Ele disse que já viu você muitas vezes quando vem fazer entregas", continuou o sr. Waldenstein.

"Ele come demais."

"Ah, é? Sim, imagino que sim. Está em idade de crescimento."

"Bom... mas ele nunca me viu em nenhum outro lugar, não é?"

"Como assim, em nenhum outro lugar?"

"Em nenhum outro lugar, só isso."

"Ele vê quando você volta da escola para casa."

"Ah." Harriet sentiu-se aliviada. Ficou sentada olhando para o tampo da mesa. Começou a sentir que agora ela também era responsável por manter em pé essa conversa que ia aos trancos e barrancos, e isso a irritava.

"O Zé Mostarda é um profundo enigma para mim, Catherine." O sr. Waldenstein reclinou-se para trás, bem à vontade. Era claro que ele sentia que tinha conquistado o inimigo e agora podia relaxar. "Ele não tem nenhuma outra ambição além de ser entregador. Para mim isso não faz sentido."

"É porque você já conheceu uma outra vida", disse a Bá, e sorriu para ele.

Harriet ficou pensando que outra vida o sr. Waldenstein teria conhecido.

"Sim", disse ele, virando-se para Harriet, "uma coisa é chegar a isso como eu cheguei, para ter tempo para pensar, e outra coisa é ser apenas isso a vida inteira, sem nunca querer mais nada. Sabe, Harriet, eu já fui dono de uma grande empresa. Muito tempo atrás eu fui um grande empresário. Era joalheiro, e ganhava muito bem. Tinha mulher e filho, e minha mulher ia todos os anos para a Flórida com meu filho. Eu tinha muito dinheiro, e era o homem mais infeliz da face da terra." Olhou para Harriet como se esperasse uma absolvição. Ela não disse nada, só olhou firme para ele. "Eu tinha uma úlcera terrível, e dores terríveis cada vez que comia ou bebia. Minha vida não valia nada. Era como poeira nas minhas mãos. E então..." O olhar do sr. Waldenstein vagou pelo espaço, como se ele tivesse esquecido o que ia dizer.

"A vida é muito estranha", disse a Bá com suavidade. Essa era uma de suas expressões favoritas, e ao ouvi-la, Harriet se sentiu mais tranqüila.

"É mesmo", disse o sr. Waldenstein. E, já recuperado, continuou: "Vi que minha vida ia continuar a ser apenas poeira se eu continuasse daquele jeito, só poeira escorrendo da minha mão, nada mais. Então falei para minha mulher levar todo o dinheiro, e levar meu filho também. Falei que se ela quisesse vir comigo e recomeçar tudo da estaca zero, tudo bem. Mas ela não quis". Sua voz ficou mais dura, mais áspera. "Ela não quis. Bem, foi a escolha dela. Nós todos fazemos nossas escolhas."

"Cada minuto de cada dia", disse a Bá como rezando uma ladainha.

"E foi assim que eu me tornei um entregador. E de repente, minha vida ficou doce." O sr. Waldenstein deu uma risadinha sonora, a risada de uma criança feliz.

"Bom", disse Harriet, pois não conseguia pensar em nada mais para dizer.

"Deve ter exigido um bocado de coragem", disse a Bá, debruçada no fogão.

"Não", disse o sr. Waldenstein, "...desespero."

De repente Harriet ficou gostando dele. Não sabia dizer por quê, mas gostava.

"E agora...", ele sorria envergonhado, "agora tenho uma novidade. Venho pensando nisso de duas pessoas viverem como uma só... Tenho uma boa notícia. Fui promovido a caixa. Começo semana que vem."

"Mas que maravilha!" A Bá virou-se com um grande sorriso, e Harriet viu, surpresa, duas lágrimas reluzindo no canto dos olhos dela. "Não é uma maravilha, Harriet? Precisamos comemorar."

"Eu acho que é muito mais divertido andar de bicicleta do que ficar mexendo com um monte de números", disse Harriet.

O sr. Waldenstein deu uma bela risada, jogando a cabeça para trás. "Eu também pensava como você, Harriet, todo esse tempo. Eu precisava desse tempo para mim", refletiu por um segundo, "mas, agora, já tive tempo para pensar. Sei que minha vida nunca mais vai ser poeira escorrendo pelo vão dos dedos. Nunca. E sendo assim posso trabalhar mais, galgar uns degraus, e ter um pouco mais", levantou a mão, "não *muito* mais, só um pouquinho mais, porque agora eu tenho... tenho a mim mesmo. Eu sei o valor... o valor das coisas."

Tentava desesperadamente se expressar.

"Bom", disse Harriet de novo.

"Muito bem", disse a Bá, "e agora que tal um jantarzinho?" E começou a pôr o jantar na mesa.

O sr. Waldenstein a olhava de uma maneira calorosa, apreciativa. Quando todos estavam comendo, ele disse: "Gostaria de sugerir uma comemoração. Gostaria de levar vocês, duas damas tão encantadoras, ao cinema". E deu um sorriso meigo para as duas.

"Ah, não, não podemos", disse a Bá, muito severa.

"Por que não, por que não? Vamos, Bá, vamos!" De repente Harriet queria desesperadamente ir. Sentia que o sr. Waldenstein merecia algo, e, além disso, ela nunca conseguia ir ao cinema.

"Ah, não", disse a Bá, "fora de questão."

"Ah, meu Deus", disse o sr. Waldenstein. "Mas por quê, Catherine?"

"Ora, é óbvio! Eu também tenho meu trabalho, senhor Wal... George, e hoje estou tomando conta dela. Preciso ficar aqui. Não é possível."

"Ah, sim, claro, que pena." O sr. Waldenstein parecia tristíssimo.

"Mas, Bá, eles só vão chegar bem tarde, você sabe disso. Quando o papai põe aquela gravatinha branca, eles só chegam tarde da noite. Foi você que me disse isso." Harriet sentia-se pronta para implorar a noite toda.

"Afinal, Catherine, não vai fazer mal nenhum. Quem sabe só essa vez..." Ele sorria com doçura. "E me daria tanto prazer."

A Bá ficou vermelha de novo, profundamente vermelha. De repente agitou-se, levantou-se depressa e foi até a geladeira. "Harriet, esqueci o seu leite. E você gostaria de tomar um café ou um chá, George? Esqueci de oferecer algo para beber."

"Posso tomar uma Coca-Cola?", perguntou Harriet.

"Não", disse a Bá. "Você vai tomar leite."

"Mas o leite está contaminado de radiação."

"Então você também vai ficar contaminada de radiação. Você vai tomar leite." Esta era a velha Bá Golly que Harriet conhecia — severa, sem fazer nenhuma concessão. Harriet sentiu-se tranqüila.

"Se algum perigo estivesse ameaçando a criança, Catherine, eu compreenderia, mas no caso... um simples cinema, talvez um refrigerante depois numa lanchonete... não haverá nenhum mal", pediu o sr. Waldenstein com simplicidade.

"Oba, oba", disse Harriet, pulando fora da mesa, "vou pegar o jornal para ver o que está passando."

Correu até a biblioteca lá em cima e folheou rapidamente o jornal para escolher o que queria ver, antes deles. Examinou o jornal cuidadosamente. Ficou dividida entre um filme de terror sobre umas crianças de olhos estranhos e um grande espetáculo sobre os deuses gregos. Chegou à conclusão de que era mais inteligente sugerir este último. Correu para a cozinha, gritando desde lá de cima.

"Olha, Bá, olha, é perfeito! É direitinho o que eu estou estudando agora na escola, e eu gosto de Apolo e principalmente de Atena, olha, olha, eu vou aprender um monte de coisas sobre eles." Chegando na cozinha, notou uma mudança. O sr. Waldenstein e a Bá estavam olhando nos olhos um do outro, os dois com uma expressão absolutamente ridícula no rosto. Parecia que nem a tinham ouvido chegar. A Bá levantou a vista, sonhadora.

"Já está tudo decidido, Harriet. Nós vamos ao cinema", disse ela com meiguice.

"OBA!", exclamou Harriet, e sentou e engoliu o resto do jantar.

"Calma, não coma tão depressa", riu o sr. Waldenstein, "o cinema não vai fugir."

Harriet notou que era a única que estava comendo. Pelo jeito, nenhum dos outros dois estava com apetite. "Olha aqui os horários do cinema", disse ela, nervosa, pois pressentia que se não tocasse os dois porta afora eles iriam esquecer completamente o negócio de ir ao cinema.

A Bá olhou para o jornal e disse: "Acho que a gente deveria pegar essa sessão mais cedo, por segurança".

"É isso aí", disse Harriet, e terminando o jantar como um furacão, subiu às carreiras para pegar seu casaco.

Quando desceu de novo, os dois já estavam de casaco. Saíram os três pela porta de trás, deram a volta na frente da casa, e ali ficaram parados, confusos, diante da bicicleta de entregas.

O sr. Waldenstein não pareceu se preocupar. "Ah", disse ele, "é muito simples. Hoje eu dei uma bela lavada na cesta e Harriet cabe direitinho. A Catherine já demonstrou que é perita em andar equilibrada no cano."

"A gente poderia tomar o ônibus", disse a Bá, nervosa.

"Ah, não, vamos de bicicleta, Bá, por favor! Eu *quero* ir aqui dentro!" Harriet estava pulando e saltando num pé só.

A Bá por fim cedeu e foi buscar um cobertor para forrar a cestinha. Harriet entrou e achou muito aconchegante. Quando a tampa foi baixando, falou depressa: "Será que vai dar para eu respirar?". O sr. Waldenstein então lhe mostrou os buraquinhos para ventilação e ela se sentiu melhor. A tampa fechou. Harriet ouviu a Bá montar de um pulo. Daí o sr. Waldenstein foi pedalando, e lá foram eles ladeira abaixo, entrando a toda a velocidade na rua 86. A emoção era bárbara. Harriet escutava todos os barulhos do trânsito e a conversa da Bá com o sr. Waldenstein, obrigados a gritar por causa do barulho da rua.

"Sou o homem mais feliz do mundo, Catherine!", gritou ele.

"Cuidado com o caminhão!", berrou a Bá.

"Não se preocupe! Estou levando duas encomendas preciosas!", gritou ele.

"Acho que o cinema é logo ali."

"Estou vendo!", berrou ele.

"Onde você vai estacionar?"

"Ah, em qualquer lugar. É a maior vantagem deste meio de transporte." Já estavam diminuindo a velocidade, e logo pararam. Harriet pulou da cestinha como um boneco de mola, assim que ouviu a Bá descer. Os três caíram na gargalhada, porque tudo aquilo era muito divertido.

Harriet achou o filme superbacana. Zeus passava o tempo todo muito zangado e fazia um monte de templos desmoronarem cada vez que alguma coisa lhe desagradava. Paul Newman era Apolo e Shirley MacLaine era Atena. Harriet conhecia os artistas de cinema pelas fotos que seu pai lhe trazia. De vez em quando dava uma olhada para ver se a Bá estava gostando do filme, mas parecia que ela nem estava prestando atenção. Os dois só olhavam um para o outro. Harriet pensou que talvez fosse por isso que a Bá não gostava muito de ir ao cinema. Ela não olhava para o filme, por isso tanto fazia estar ali como em outro lugar qualquer.

Depois foram a uma lanchonete do outro lado da rua, e o sr. Waldenstein disse a Harriet que pedisse o que quisesse. Como ela não gostava muito de refrigerante, tomou um milk-shake, que estava uma delícia. Por algum motivo os outros dois acharam aquilo muito engraçado, mas ela não se importou. Os dois pediram refrescos enormes, que não conseguiram terminar, e demoraram tanto que deu tempo de ela tomar mais um milk-shake. Daí voltaram para a bicicleta e Harriet montou outra vez. Teve uma sensação tão deliciosa que quase adormeceu no caminho de volta. Percebeu quando estavam quase chegando porque o sr. Waldenstein se esforçava feito louco para pedalar ladeira acima, na East End. Daí veio um tranco e uma freada súbita, e ela teve certeza de que estavam em casa. Ouviu a Bá dizer: "Ah, essa não", numa voz espantada, e desmontar da bicicleta. Harriet abriu a tampa da cestinha, enfiou a cabeça para fora e viu, estupefata, que a porta da casa estava escancarada e a luz jorrava lá de dentro, inundando os degraus da frente.

Os três se congelaram, cada um em sua posição, olhando fixo para a porta. "Será ladrão?", perguntou o sr. Waldenstein baixinho, e começou a olhar em volta procurando um policial. Continuava montado na bicicleta, com a Bá ainda em pé na calçada e Harriet dentro da cestinha, espiando lá fora, quando de repente ouviram um grito e a sra. Welsch apareceu na porta, com a luz tirando faíscas do seu vestido bordado.

"Mas o que é isso? O que significa isso? SENHORITA GOLLY, ESTOU ESTARRECIDA!"

A Bá foi avançando para a porta, abrindo os braços para iniciar uma explicação. Nesse instante Harriet percebeu o que devia ter acontecido. Seus pais tinham voltado para casa mais cedo. Ah, meu Deus, agora vinha confusão.

*"Onde está minha filha?"*, gritava a sra. Welsch,

histérica. "Harriet! Onde está Harriet?" A Bá disse alguma coisa, indo na direção dela. "É você, Harriet? O que você está fazendo aí dentro desse negócio?" "Senhora Welsch...", começou a Bá. Mas não conseguiu continuar, porque a sra. Welsch virou-se de repente para dentro da casa, gritando: "Venha cá, depressa! Eles levaram a Harriet para algum lugar!".

"Senhora Welsch..." Agora a Bá corria, horrorizada. Já estava no último degrau da escada quando o sr. Welsch apareceu na porta. Os três ficaram ali parados, enquadrados pela luz, enquanto Harriet e o sr. Waldenstein olhavam, atônitos e boquiabertos.

"Mas que negócio...", começou o sr. Welsch, e saiu correndo, descendo os degraus de dois em dois, e num único gesto tirou Harriet da cestinha. "Quem é o senhor?", perguntou, respirando pesadamente na cara do sr. Waldenstein.

"Eu... eu... nós fomos... não tivemos nenhuma intenção ruim, senhor Welsch. Eu e a senhorita Golly..." O sr. Waldenstein parecia aterrorizado.

"Senhorita Golly...", disse o sr. Welsch numa voz tremenda, chegando na porta com Harriet nos braços. Virando-se para trás, disse: "E não me vá embora. Entre aqui". E esperou o sr. Waldenstein apoiar a bicicleta no meio-fio e segui-lo. Afastou-se um passo e deixou o sr. Waldenstein ir na frente, como se desconfiasse que ele ia fugir. Chegaram na porta, e a sra. Welsch e a Bá entraram na frente deles. O sr. Welsch fechou a porta, e ali estavam os quatro parados na sala.

O sr. Welsch pôs Harriet no chão, um pouquinho

atrás de si, como se quisesse protegê-la, e disse: "Bom, que negócio é esse? Quem é este homem, senhorita Golly?".

"Ele... é que..." A Bá estava sem fala.

"Meu senhor, por favor, permita que me apresente", disse o sr. Waldenstein, arriscando o seu sorriso mais sedutor.

"Seria uma boa idéia. Não estou gostando nada disso tudo", disse o sr. Welsch, áspero.

"Acho que houve um mal-entendido...", começou o sr. Waldenstein.

"Não há nenhum mal-entendido. Para que tanta conversa?", gritou a sra. Welsch a plenos pulmões. "Quem é este homem?"

Virou-se para o marido. "Por que você está aí batendo papo com ele?"

"Senhora Welsch", disse a Bá com sua voz mais digna. "Senhora Welsch, eu gostaria de explicar que não aconteceu nenhum mal a Harriet. Nós simplesmente fomos..." Mas não continuou.

"Nenhum mal? Nenhum mal?", berrou a sra. Welsch. "E o mal que vocês me fizeram, chegando em casa no meio da noite? A senhorita se deu conta de que já é meia-noite? SE DEU CONTA?"

Havia algo na histeria da sra. Welsch que tornava impossível combatê-la. Ia arrasando tudo e todos como uma onda gigantesca. Ela continuava a gritar, no silêncio geral.

"Eu NUNCA tive uma experiência tão terrível! Pouco me importa *aonde* vocês foram e *o que* fizeram. Isso *não* vai acontecer de novo. Senhorita Golly, a senhorita está DESPEDIDA." A última palavra caiu como uma bandeja que se espatifa no chão. Depois fêz-se silêncio total. Daí Harriet começou a chorar. Mesmo enquanto chorava sentia-se um pouquinho ridícula, como se estivesse chamando muita atenção para si, mas não podia evitar. O mundo desmoronava aos seus pés.

"*Está vendo?* Olhe o estado dessa criança!" A sra. Welsch pareceu melodramática, até mesmo para Harriet, quando atravessou a sala e pôs a mão na cabeça da menina, puxando-a para si. "Para mim, basta. A senhorita está despedida, e quero que vá embora daqui imediatamente."

A Bá não disse nada. Seu rosto mostrava um espanto sem limites.

"Ora, querida...", começou o sr. Welsch, virando-se para a esposa.

A Bá se recompôs firmemente. Sua voz estava segura, mas Harriet percebeu laivos de um grande sentimento, e parou de chorar para ouvir. "Senhor Welsch, senhora Welsch. Espero que os senhores já me conheçam o suficiente, depois de tanto tempo, para saber que enquanto essa criança estiver sob os meus cuidados não há nenhum mal que possa atingi-la, qualquer que seja. Quem quisesse lhe fazer algum mal teria que passar por cima do meu cadáver."

Harriet ergueu as sobrancelhas. Foi uma frase bem impressionante.

"Não me IMPORTA. A senhorita não compreende?

ESTÁ DESPEDIDA." A sra. Welsch batia o pé na sua posição.

"Querida, vamos conversar com calma sobre tudo isso", pediu o sr. Welsch.

"Vou levar Harriet para a cama. Ela já viu o suficiente por hoje. Se você quiser continuar discutindo esse assunto com essa mulher e com esse desconhecido que ninguém nunca viu mais gordo, fique à vontade." E com isso a sra. Welsch saiu marchando e arrastando Harriet escada acima. Harriet tentou desvencilhar-se, mas a mãe a segurava com força, e ela não conseguiu nem virar para trás. Empurrou-a para dentro do quarto, pegou um pijama na gaveta e começou a tirar as roupas de Harriet.

"Sei tirar a roupa sozinha", disse Harriet, emburrada. "Pelo amor de Deus!" E arrancou o pijama das mãos da mãe.

A mãe estava tão perturbada que nem notou essa falta de educação. Nem disse nada para Harriet; saiu do quarto às pressas e desceu a escada.

"Todo mundo ficou maluco", pensou Harriet. O que ia acontecer com a Bá? Daí percebeu que podia se esconder na escada e ouvir tudo. E foi o que fez, num segundo.

Debruçando-se no corrimão, viu a mãe descer os degraus num tropel. "Nunca a vi desse jeito", pensou Harriet. E pensou numa frase que já ouvira sua mãe usar a respeito de outras pessoas: "É um comportamento absolutamente despropositado". Será que era isso um comportamento despropositado? De onde estava agora, com a cabeça enfiada entre as grades do corrimão, podia ver a Bá, o sr. Waldenstein e seu pai discutindo a situação com gestos e cochichos, que cessaram abruptamente quando a sra. Welsch mergulhou de cabeça na cena.

"Espero que vocês tenham chegado a alguma conclusão!" A voz dela tinha um tremor singular. "E espero que não tenham feito nada pelas minhas costas, porque nada vai passar despercebido." Isso era endereçado ao sr. Welsch, que lhe devolveu um olhar vazio.

"Senhora Welsch..." O sr. Waldenstein estava sorrindo de uma maneira horrivelmente cativante.

"Eu nem sei quem o senhor *é*", disse a sra. Welsch, sem a menor polidez.

"Querida", o sr. Welsch foi até a esposa e abraçou-a, "este é o senhor Waldenstein, e ele e a senhorita Golly tem algo para nos dizer."

Antes que a sra. Welsch conseguisse abrir a boca, o sr. Waldenstein levantou uma das mãos para pedir atenção. Começou então, numa voz calma e segura, a falar de uma maneira que prendeu a atenção geral.

"Senhora Welsch, eu sei como essas coisas são enervantes. Eu também tenho um filho..." Sua voz se derretia sobre eles como manteiga numa torrada quente. "Quero dizer apenas que esse mal-entendido inesperado não precisa transformar-se numa tragédia. Se não fosse o fato de que justamente hoje eu pedi a mão da senhorita Golly em casamento, e ela gentilmente aceitou, a perda do emprego tão agradável que ela tem aqui nesta casa seria, de fato, uma tragédia. Mas na situação atual creio que ela não precisa passar por nem um só momento desagradável. De qualquer modo ela já havia me dito que iria embora no mês que vem. Eu esperava somente, e sei que falo também em nome dela, que a despedida fosse mais amigável." Deu um passo para trás, demonstrando assim que acabara de falar.

A sra. Welsch olhou para ele sem expressão, com a boca levemente aberta. Harriet se debruçou tanto no corrimão da escada que quase caiu lá embaixo. A Bá olhava para o chão. O sr. Welsch chegou mais perto da esposa: "Querida, parece que eles apenas foram ao cinema. Harriet está bem, você sabe". Disse isso numa voz quente e afetuosa, e daí todos ficaram olhando para a sra. Welsch.

"Mas, senhorita Golly, você não pode ir embora. O que nós iríamos fazer sem você?" A sra. Welsch deu essa extraordinária guinada sem nem piscar de constrangimento.

A Bá levantou a cabeça, e Harriet viu seu rosto corar de orgulho. "Agradeço à senhora por isso, senhora Welsch." Ficou olhando para ela por um momento, antes de continuar a falar. "Entretanto, creio que a hora chegou, por uma série de motivos. Não somente para mim, mas para Harriet também."

Lá em cima, na escada, Harriet sentiu um profundo choque. E junto ao choque havia um pequenino fio de entusiasmo que lhe corria pela espinha ao pensar que a Bá *devia* estar dizendo que ela, Harriet, já era capaz de cuidar de si mesma sozinha. "Será que isso é verdade?", ela se perguntou. E não teve nenhuma resposta.

Agora a Bá estava no centro do palco. Os outros três a olhavam, admirados. Ela aproveitou o momento e disse: " 'Chegou a hora, disse o leão-marinho...' "

" 'De conversar direitinho...' " Harriet sabia tão bem esses versos de *Alice no país das maravilhas* que, sem pensar nem um segundo, já estava em pé na escada declamando alto. Todos se viraram para ela.

A Bá continuou: " 'Sobre gatos e sapatos, navios e pavios...' "

" 'Repolhos e rios, ruas e reis...' " Harriet ria da cara sorridente da Bá, enquanto as duas continuavam a dizer o poema, um verso cada uma.

" 'E saber por que está fervendo o mar...' " A Bá estava com a cara mais engraçada, entre o riso e as lágrimas.

Harriet gritou o último verso com alegria: " 'E se os porcos têm asas para voar!' ". Ela sempre havia gostado desse verso. Era o seu favorito.

A Bá só foi embora na tarde do dia seguinte. Quando Harriet voltou da escola, a Bá estava terminando de arrumar as malas. Harriet embarafustou pelo quarto dela.

"Quando foi que ele pediu? Eu estava junto o tempo todo. Quando foi que ele pediu para você casar com ele?" Harriet tinha esperado o dia inteiro para perguntar isso.

"Bem, você se lembra quando nós estávamos na lanchonete tomando refresco, e você foi dar uma olhada nuns livros que havia ali na estante?"

"Lembro."

"Então. Foi aí que ele pediu." A Bá sorriu para ela.

"E... como foi a sensação?"

"Como assim?"

"Quer dizer, qual é a *sensação* de ser pedida em casamento?" Harriet já estava muito impaciente.

A Bá olhou pela janela, enquanto dobrava uma roupa, com ar distraído. "A sensação... é uma sensação assim... a gente fica pulando por dentro... a gente... é como se mil portas estivessem se abrindo no mundo inteiro... Parece que o mundo fica maior."

"Isso não faz sentido nenhum", disse Harriet, com sensatez. Desabou sentada na cama.

"Bem, mesmo assim, é isso que a gente sente. Sentimento não faz sentido mesmo. Você já devia saber disso, Harriet", disse a Bá, num tom agradável.

"Vai ver que..." Enquanto falava Harriet sentiu que era coisa de criancinha, mas não podia evitar. "Vai ver que tem um monte de coisas que eu ainda não sei."

A Bá nem sequer olhou para ela, o que, por algum motivo, foi reconfortante. "Nada disso. Você sabe o suficiente. O bastante para você mesma, e bem mais do que certas pessoas."

Harriet se recostou na cama e olhou para o teto. "O senhor Waldenstein vai trabalhar logo ali na esquina?", perguntou, como quem não quer nada.

"Não. Nós resolvemos visitar os pais dele em Montreal. Daí, se nós gostarmos, estamos pensando em mudar para lá."

"MON-TRE-AAALLL?", gritou Harriet. "Onde é isso?"

"Harriet, não faça tanto estardalhaço. Não fica bem. E você sabe perfeitamente que Montreal fica no Canadá. Eu me lembro quando você descobriu isso."

"Eu sei. Mas nesse caso eu não vou mais ver você." Harriet voltou a sentar-se na cama.

"Você não tem necessidade de me ver. Você não precisa mais de babá. Quando você for grande e publicar o seu primeiro livro, eu vou até a livraria comprar um exemplar autografado. Que tal?" A Bá lhe deu seu velho sorriso.

"Uau! Quer dizer que você vai pedir meu autógrafo?"

"Digamos que sim. De qualquer forma, vou procurar você algum dia quando você crescer, só para ver o que você fez da sua vida, porque vou ter curiosidade de saber. Agora me ajude a levar isso tudo lá para baixo."

Harriet levantou-se de um pulo e pegou várias coisas. "Você vai ser feliz com o senhor Waldenstein?"

"Sim. Muito feliz. Não esqueça aquela maletinha ali." E a Bá foi saindo.

"É divertido ser casado?", continuou Harriet, enquanto as duas desciam a escada.

"Como é que eu vou saber? Nunca fui casada. Mas desconfio que nem tudo seja divertido. Nada nesse mundo é divertido o tempo todo, você sabe muito bem disso."

"Bom, e você vai ter um monte de filhos?"

"E gostar mais deles que de você? Não, nunca. Provavelmente vou trabalhar mais um pouco, até ele ganhar um pouco mais, e aí vou ser babá de outra criança, mas no mundo só existe uma Harriet. Lembre-se disso." E a Bá abriu a porta da frente.

"Bom...", disse Harriet, meio desamparada.

"É melhor você ir trabalhar com seu caderninho, você já perdeu a tarde inteira." A Bá olhava a rua, à esquerda e à direita, esperando um táxi. Parecia estar com pressa.

Harriet pulou no pescoço da Bá e a abraçou com todas as suas forças.

"Até logo, Harriet, a Espiã", cochichou a Bá no seu ouvido. Harriet sentiu os olhos se encherem de lágrimas. A Bá a pôs no chão, severa. "Nada disso. As lágrimas não vão me trazer de volta. Lembre-se disso. As lágrimas nunca trazem nada de volta. A vida é uma luta, e um bom espião entra na arena e luta. Lembre-se disso. Nada de bobagens." E com isso a Bá pegou suas malas e desceu os degraus. Um táxi parou e ela desapareceu antes que Harriet pudesse dizer uma palavra. Mas lembrando da Bá debruçada sobre as malas, achou que tinha visto uma lagrimazinha cair.

Aquela noite, quando se aprontou sozinha para dormir, depois de tomar seu banho sozinha, escreveu no seu caderninho:

QUANDO FAÇO TUDO SOZINHA EU SINTO AS MESMAS COISAS QUE SENTIA QUANDO A BÁ ESTAVA AQUI. A ÁGUA DO BANHO É QUENTE, A CAMA É MACIA, MAS EU

SINTO UM VAZIO ESQUISITO DENTRO DE MIM, QUE ANTES NÃO HAVIA, COMO SE FOSSE UMA FARPA ENFIADA NO DEDO, SÓ QUE ESSA FICA UM POUCO ACIMA DO MEU ESTÔMAGO.

Apagou a luz e adormeceu imediatamente, sem nem pegar um livro para ler.

*SEGUNDA PARTE*

# 7

No dia seguinte Harriet só chegou em casa às cinco da tarde. Intencionalmente ficara fora de casa o dia inteiro, primeiro seguindo a sua rota de espionagem, depois brincando de Banco Imobiliário com Jane e Sport. Tinha se irritado com o jogo, pois detestava ficar sentada quieta tanto tempo. Mas Jane e Sport adoravam. Jane armava uma porção de esquemas para ganhar, e Sport era tão apaixonado por dinheiro que os dois jogavam com o maior interesse, mas Harriet não conseguia se concentrar.

Quando chegou na porta parou um minuto, quieta. A casa estava num silêncio completo. A mãe estava fora e o pai ainda não tinha voltado do trabalho. A cozinha era tão longe que ela não conseguia ouvir a Cuca. Ficou bem imóvel, escutando.

As coisas não eram assim quando a Bá morava lá. Isso era bem característico da Bá, pensou Harriet: mesmo que ela não falasse nada, a gente ficava consciente da presença dela. Ela se fazia sentir na casa. Harriet olhou para o antigo quarto da Bá. Estava vazio, silencioso, com a porta amarela aberta. Foi até lá. Parou na porta e olhou aquele vazio bem arrumado. A arrumação era quase igual quando a Bá morava lá, mas naquela época havia flores. A Bá sempre dava um jeito de ter alguma plantinha viva no quarto. E havia também o grande acolchoado florido, onde Harriet gostava de deitar e rolar. "A Bá levou o acolchoado", pensou Harriet.

Virou-se e correu para o seu quarto. Por um instante, achou que ia chorar. Daí entrou no banheirinho e lavou o rosto. Pensou que chorar não adiantava nada. A Bá não ia voltar. Chorar não ia trazê-la de volta.

Sentou-se para ler. "Como eu adoro ler", pensou. "O mundo inteiro fica maior, bem do jeito que a Bá disse quando o sr. Waldenstein a pediu em casamento." Sentiu algo se torcer no estômago. "Mas que chato esse sr. Waldenstein", pensou ela, "por que ele teve que levá-la embora? Mas será que eu vou chorar mesmo?"

A porta da frente bateu com força e Harriet percebeu que seu pai tinha chegado. Ele sempre batia a porta com toda a força ao chegar em casa, igualzinho a ela. Harriet saiu correndo do quarto, bateu a porta atrás de si com força e desabalou escada abaixo, pulando com todo o vigor em cada degrau e depois correndo até dar uma trombada no pai.

"Ei, cuidado!" Ali estava ele sorrindo, tão alto, com os óculos tortos por causa da força da trombada. Levantou-a e girou-a no ar. "Ei, você já está muito pesada para o seu velho!" Harriet esperneava, rindo, e ele a devolveu ao chão. "Quanto você está pesando agora?"

"Trinta e cinco."

"Mas que gordona! Está parecendo a mulher gorda do circo." Pôs a pasta na mesa e tirou o paletó. "Onde está sua mãe?"

"Jogando bridge", disse Harriet com aversão.

"Bridge! Que tédio. Como ela consegue jogar um jogo tão troncho? E aquelas chatonildas que jogam com ela!" Saiu falando sozinho. Harriet adorava ouvir o pai resmungar daquele jeito. Sabia que ele não estava falando com ela, portanto era engraçado ouvir.

"O que você fez hoje, pai?"

"Fiquei mexendo numas tronchas dumas fotografias."

"Tem alguma foto de artista para mim?"

"Não, madame Harriet, não tenho nenhuma foto de artista para a senhorita hoje. Aliás, se eu tenho uma boa coisa para agradecer ao Senhor no dia de hoje, é que não precisei ficar olhando as bochechas caídas de nenhuma artista do passado. E, de qualquer modo, aqueles chatonildos me deram um orçamento tão pequeno que acho que nunca mais vou ver nenhuma artista de cinema."

Hoje era segunda-feira, lembrou Harriet de repente. A Bá uma vez lhe dissera: "Nunca se meta com ninguém numa segunda-feira. É um dia ruim, péssimo".

O sr. Welsch foi indo para a biblioteca, com o jornal na mão. "Que tal um pouquinho de silêncio agora, Harriet?"

"Não estou falando nada!" Afinal, estava apenas parada ali na sala.

"Tenho a nítida sensação de que estou escutando você pensar. Agora vá brincar até que a mamãe volte." "Opa", pensou Harriet, "hoje é uma péssima segunda-feira mesmo." O pai foi até o bar e começou a preparar um martíni. Harriet afastou-se na ponta dos pés. De repente lembrou que tinha um pouco de lição de casa para fazer, e subiu para o seu quarto. Achou melhor fazer a lição antes do seu programa favorito de TV, às sete e meia. Seu programa favorito era o primeiro filme da noite. Ela não gostava de nenhum programa de criança. Nunca entendia o que esses programas queriam dizer. Pareciam tão idiotas. Jane assistia a todos e rachava de rir, mas Harriet ficava fria. Jane, naturalmente, também assistia a todos os programas sobre ciências, e tomava nota de tudo. Sport assistia aos programas de esportes e aos de cozinha, e anotava receitas novas, que talvez abrissem o apetite de seu pai.

Harriet sentou-se à escrivaninha e pegou seus cadernos de escola. Precisava fazer lição de matemática. Ela odiava matemática. Odiava matemática com todas as suas células, com todas as fibras do seu ser. Passava tanto tempo odiando a matemática que nunca tinha tempo de fazer a lição. Não entendia nada de matemática, nem uma palavra. Não entendia nem mesmo como podia existir alguém que entendesse matemática. Sempre olhava essas pessoas com desconfiança. Será que tinham algum pedaço a mais no cérebro que ela não tinha? Será que havia um grande buraco no seu cérebro no lugar onde a matemática deveria ficar? Pegou seu caderninho de espionagem e escreveu:

OU CADA PESSOA TEM UM CÉREBRO E TODOS OS CÉREBROS SÃO PARECIDOS, OU CADA PESSOA TEM UM CÉREBRO ESPECIAL, QUE SE PARECE COM O INTERIOR DA CABEÇA DA PESSOA. SERÁ QUE O LADO DE DENTRO SE PARECE COM O LADO DE FORA? POR EXEMPLO, SERÁ QUE UMA PESSOA QUE TEM NARIZ COMPRIDO TAMBÉM TEM NO CÉREBRO UMA PARTE MAIOR QUE COMANDA O NARIZ? EU TENHO O NARIZ MUITO PEQUENO. QUEM SABE É ALI QUE A MATEMÁTICA DEVERIA FICAR.

Fechou o caderninho com força e tentou voltar para a matemática. Os números nadavam, boiavam na sua frente. Olhou então uma grande foto da Bá, com destaque para os dentes.

Levantou a cabeça quando a mãe apareceu na porta.

"Como vai, querida? Está trabalhando?"

"Não, estudando."

"O que você está estudando?"

"Matemática." Harriet fez uma careta terrível.

A sra. Welsch entrou no quarto e se debruçou sobre a cadeira de Harriet. "Que bom, querida. Matemática sempre foi minha matéria favorita na escola."

"Bem, olha só", pensou Harriet. "A Bá nunca diria isso." A Bá sempre dizia: "Matemática é para quem só quer contar as coisas. Mas o que interessa é saber *o que* eles estão contando". E era verdade mesmo. Se pelo menos aqueles sinaizinhos tivessem algum significado, em vez de serem só uns sinaizinhos esquisitos numa folha de papel.

"Olhe aqui, filhinha... é muito simples. Eu mostro para você."

Harriet remexeu-se na cadeira. Todo mundo podia mostrar, mostrar, e cansar de mostrar, e isso não faria a menor diferença.

A sra. Welsch puxou uma cadeira e sentou-se, feliz. Logo ficou absorvida no problema diante dela e esqueceu-se por inteiro de Harriet. A menina ficou observando-a trabalhar. Quando viu que a mãe estava completamente absorta, tirou seu caderninho e escreveu:

MINHA MÃE TÊM OLHOS E CABELOS CASTANHOS. AS MÃOS DELA MEXEM MUITO. ELA FRANZE A TESTA QUANDO OLHA AS COISAS DE PERTO. MEU PAI TAMBÉM TÊM OLHOS CASTANHOS, MAS O CABELO É PRETO. EU NÃO SABIA QUE ELA GOSTAVA DE MATEMÁTICA. SE EU SOUBESSE, IA ACHAR ESTRANHÍSSIMO. EU SIMPLESMENTE NÃO SUPORTO MATEMÁTICA.

A mãe ergueu a vista, sorriu e disse, triunfante: "Pronto! Agora você entendeu?".

Harriet fez que sim com a cabeça. Melhor assim. Quem sabe ela não começaria a dar explicações.

"Bem, então lave as mãos e desça para jantar."

"Posso jantar com vocês?"

"Sim, querida. Hoje vamos comer mais cedo. Seu pai está exausto, e para mim também já deu."

"Já deu o quê?"

"Já deu. Já deu... É uma expressão. Significa apenas que estou cansada." Desceu a escada.

Harriet escreveu no seu caderninho:

JÁ DEU. PENSAR NISSO.

Naquela noite, quando foi para a cama, leu até de madrugada, porque ninguém teve a idéia de vir tirar sua lanterna, como a Bá sempre fazia. "Eles vão me deixar ficar a noite inteira lendo", pensou por fim; e quando desligou a lanterna, fechou o livro e o pôs na mesa-de-cabeceira, sentiu-se triste e perdida.

Acordou no dia seguinte com a sensação de que tinha sonhado com a Bá a noite inteira. Pegou o caderninho ainda antes de levantar da cama:

SERÁ QUE QUANDO A GENTE SONHA COM ALGUÉM, ESSA PESSOA SONHA COM A GENTE?

Ficou deitada uns momentos pensando nisso. Daí lembrou-se de repente que hoje era o dia de escolher os papéis para a apresentação de Natal. Queria chegar logo, senão acabaria recebendo um papel horroroso. No ano passado tinha chegado tarde, e acabou sendo um dos carneirinhos que adoravam Jesus.

Mesmo correndo, passou pela mesma rotina de todas as manhãs. Gostava tanto da rotina que a Bá sempre precisava cuidar para que ela não vestisse as mesmas roupas do dia anterior. Para Harriet, a roupa sempre parecia cair melhor depois de bem usada.

Assim que se vestiu, desceu correndo até a sala de jantar, onde sua mãe imediatamente mandou-a de volta para cima, para lavar o rosto. Como é que ela podia lembrar de tudo isso, pensou. A Bá sempre se lembrava de tudo. Depois do café, fez algumas anotações sem muita importância — comentários sobre o tempo, a Cuca, a gravata que seu pai escolheu etc. —, daí pegou seus livros e foi caminhando até a escola. Fez mais algumas anotações enquanto via aquele bando de crianças no portão da escola. Cada um chegava perto dela e perguntava: "O que você está escrevendo nesse caderninho?". Harriet apenas dava um sorriso maroto. Isso deixava todo mundo maluco.

Harriet sempre fazia suas tarefas na escola bem depressa e com a mesma rotina, e assinava cada página: "Harriet M. Welsch", com um grande floreado. Ela adorava escrever seu nome. Aliás, adorava escrever qualquer coisa. Agora já ia escrever o nome no alto da página quando se lembrou de novo que hoje haveria uma discussão sobre a apresentação de Natal.

Dona Teresa entrou na sala e todos os alunos se levantaram e disseram: "Bom dia, dona Teresa". Dona Teresa inclinou a cabeça e disse: "Bom dia, crianças". Daí todos sentaram e começaram a dar beliscões e cotoveladas um no outro.

Sport jogou um bilhetinho para Harriet dizendo: *Ouvi dizer que vai haver um número de dança com piratas. Vamos tentar entrar nesse, quer dizer, se a gente for obrigado a participar.*

Harriet respondeu com outro bilhetinho: *Nós temos que participar, senão eles chutam a gente para fora.*

Sport respondeu: *Não estou com o menor espírito natalino.*

Harriet respondeu: *Vamos ter que fingir.*

Dona Teresa, parada no meio da sala, pedia ordem. Ninguém lhe dava a mínima atenção, por isso ela bateu na lousa com o apagador, lançando uma nuvem de fumaça que a fez espirrar e fez todas as crianças rirem. Daí ficou muito brava e séria, olhando fixo para algum lugar no fundo da sala. Isso sempre funcionava.

"Bem, crianças", começou quando se fez silêncio, "hoje é o dia em que planejaremos a nossa apresentação de Natal. Primeiro, vamos ver as idéias de vocês. Acho que nem é preciso explicar o que esse dia significa para nós. Temos apenas um aluno novo que talvez não saiba." O Garoto das Meias Roxas ficou horrivelmente constrangido. "E creio que posso simplificar as coisas dizendo que nessa festa de Natal nós temos uma chance de mostrar aos pais o que estamos aprendendo. Agora, levante a mão quem tiver uma sugestão."

Sport levantou a mão, rápido como um raio. "Que tal piratas?"

"Bem, é uma idéia. Vou tomar nota, Simon, mas se não me engano a quarta série vai fazer um número com piratas. Mais alguém?"

Marion Hawthorne levantou-se. Harriet e Sport olharam um para o outro com cara de dor. Marion disse: "Dona Teresa, acho que nós deveríamos fazer um número espetacular a respeito da guerra de Tróia. Com isso poderíamos mostrar a todo mundo exatamente o que estamos aprendendo". Sentou-se novamente.

Dona Teresa sorriu. "É uma belíssima idéia, Marion. Vou anotar, com certeza." Harriet, Sport e Jane gemeram alto. Jane levantou-se. "Dona Teresa. A senhora não acha que vai haver algumas dificuldades para construir um cavalo de Tróia, e mais ainda para nós todos nos enfiarmos lá dentro?"

"Bem, Jane, acho que nós não vamos ser realistas a esse ponto. De qualquer forma, o programa ainda está aberto para discussões, portanto vamos ouvir outras idéias antes de discutir os detalhes. Não sei se poderíamos apresentar uma coisa tão espetacular, com o pouco tempo de ensaio que teremos. E é bom lembrar que nós, da sexta série, não precisamos fazer necessariamente uma peça teatral. Vamos fazer um número de dança. Temos que nos apresentar no ginásio daqui a trinta minutos para conversar com a dona Úrsula, a professora de dança, e depois tirar medidas para as roupas com a costureira, dona Penélope. Como vocês sabem, depois que o tema é escolhido, são vocês mesmos que improvisam suas danças. Mas este ano vocês podem escolher o tema, ao passo que antes era sempre dona Úrsula quem escolhia."

"SOLDADOS!", gritou Sport.

"Espere a sua vez, Simon. Vou chamar um por um e cada aluno terá sua chance." Dona Teresa então foi percorrendo a lista de chamada. "Carrie Andrews?", chamou, e Carrie levantou-se e disse que seria legal uma dança sobre o dr. Kildare e o pronto-socorro do hospital. Dona Teresa tomou nota. Muitos cochichos inundavam a sala enquanto cada turma tentava entrar em acordo sobre alguma coisa.

"Jane Gibbs?"

"Acho que seria legal uma dança sobre a madame Curie descobrindo o rádio. Nós todos poderíamos fazer o papel de partículas, menos eu e Sport, que poderíamos ser monsieur e madame Curie."

"Beth Ellen Hansen?"

Beth Ellen lançou um olhar apavorado para Marion Hawthorne, que já tinha lhe mandado uma chuva de bilhetes. Por fim disse baixinho: "Acho que nós todos deveríamos representar coisas que a gente come na ceia de Natal".

"Marion Hawthorne?"

Marion levantou-se. "Acho que essa é uma excelente sugestão, a de Beth Ellen Hansen. Também acho que deveríamos interpretar o papel de ceia de Natal."

"Raquel Hennessey?"

Raquel levantou-se. "Concordo com Marion e Beth Ellen. Acho que é uma boa idéia."

"Laura Peters?"

Laura Peters era terrivelmente tímida, tão tímida que sorria para todo mundo o tempo todo, como se os outros estivessem a pique de bater nela. "Também acho uma boa idéia", falou tremendo, e sentou-se aliviada.

"Matthews?"

O Garoto das Meias Roxas levantou-se e disse com indiferença: "Por que não? Para mim tanto faz fazer papel de ceia de Natal ou de qualquer outra coisa".

"Rocque?"

Simon olhou para Harriet. Ela sabia o que esse olhar queria dizer. Ela também tinha consciência da mesma coisa. Estavam cercados. Deveriam ter se unido antes, e agora era tarde demais. Dali a um minuto todos teriam que representar o papel de molho, gelatina, pudim etc. Simon levantou-se. "Não sei por que nós não fazemos a guerra de Tróia, como a Marion falou. Prefiro mil vezes ser um soldado do que um prato de ervilhas com cenoura."

"Muito esperto", pensou Harriet. Quem sabe Marion consentiria em apoiar sua própria idéia? "Como Sport é inteligente", pensou.

"Harriet Welsch?"

"Acho que Sport tem toda a razão." E sentou-se, captando um olhar feroz de Marion. "Opa", pensou Harriet, "ela não está para brincadeira."

"Whitehead?"

O nome de Pinky era o último. Sport jogou um lápis bem na cara dele. Primeiro, Harriet não percebeu por quê. Daí viu Pinky olhar para Sport, levantar-se e dizer com ar triste: "Concordo com Harriet e Simon".

"Bem", pensou Harriet, "somos três contra o mundo." Pena que a Jane estivesse com tanta pressa para ser a madame Curie.

Houve uma votação, mas mesmo antes eles já sabiam que tinham perdido.

Dona Teresa disse: "Acho que essa é uma linda idéia. Agora podemos ter uma conversinha com a dona Úrsula sobre quais pratos da ceia nós vamos representar, e daí vocês já podem começar a preparar suas danças em casa. Agora vamos para o ginásio".

Todos, exceto Marion Hawthorne e Raquel Hennessey, pareciam terrivelmente insatisfeitos. A classe toda levantou e saiu da sala em fila, atrás da dona Teresa. Desceram a escada até o pátio, atravessaram o gramadinho de trás e entraram no ginásio, onde os esperava uma cena de total pandemônio.

Era evidente que todos os alunos da escola estavam no ginásio. Havia meninas de todos os tamanhos e formatos, desde as pequenininhas até as mais velhas, que já iam se formar. Dona Úrsula gritava, frenética, e dona Penélope tirava medidas tão depressa que parecia que ia sair voando pela janela. Com os grampos caindo do cabelo e os óculos tortos, ela ia passando a fita métrica, cintura após cintura, quadril após quadril. A malha de ginástica da dona Úrsula parecia enorme para ela.

Sport olhou a cena com expressão apavorada. "Rapaz, que medo! Olha só que monte de meninas!" Começou a se esgueirar para ficar junto de Pinky Whitehead e do Garoto das Meias Roxas.

Harriet o agarrou pelo colarinho. "Você vai ficar aqui mesmo. Imagina se a gente tiver que escolher um par." Botou o rosto bem junto do rosto dele. Sport começou a suar de nervoso, mas ficou perto de Harriet.

"Crianças, por favor, agora é a vez da sexta série!" Dona Teresa gesticulava, frenética.

Marion Hawthorne olhou em volta pomposamente para cada um que não se mexeu no mesmo instante. Pelo jeito, ela estava com a ilusão de que era a substituta da dona Teresa. "Vamos, Harriet", disse imperiosamente. Harriet teve uma repentina visão de

Marion como adulta, e achou que seria igualzinha, só mais alta e com o nariz ainda mais levantado.

"Rapaz, como essa daí me chateia", disse Sport, enfiando as mãos nos bolsos e fincando os tênis no chão como se nunca mais fosse se mexer dali.

"Simon", chamou dona Teresa abruptamente, e Sport deu um pulo de susto. "Simon, Harriet, Jane, venham aqui." Os três foram andando. "Agora fiquem aqui esperando sua vez com a dona Úrsula, e não quero saber de conversa. O barulho já está insuportável."

"Não é horrível?", disse Marion Hawthorne numa voz de falsete.

Harriet pensou: "Quando a Marion Hawthorne crescer ela vai jogar muito bridge".

Pinky Whitehead parecia prestes a desmaiar. Correu como um doido até dona Teresa e cochichou alguma coisa no seu ouvido. Ela olhou para ele. "Ora, Pinky, não dá para você esperar?"

"Não", disse Pinky bem alto.

"Mas é muito longe!"

Pinky abanou a cabeça de novo, conseguiu licença da dona Teresa e saiu correndo. Sport deu risada. Não havia banheiro para os meninos no ginásio.

"Achei que ele não ia mais embora", disse Jane. Tinha aprendido essa frase com a mãe.

Harriet olhou para Beth Ellen, que olhava fixo ao longe. Harriet tinha a impressão de que a mãe de Beth Ellen estava num asilo de loucos, porque a sra. Welsch dissera uma vez: "Aquela pobre criança. A mãe dela está sempre em Biarritz".

"Vamos, crianças, a dona Úrsula já está esperando." Foram marchando como prisioneiros, batendo forte os pés no chão. Harriet se sentia como o sargento York.

Dona Úrsula estava histérica como sempre. Tinha um rabo-de-cavalo tão puxado para trás que parecia que lhe puxava também os olhos. Fitou-os de olhos arregalados. "Sexta série, sim, sexta série. Bem, vamos ver, o que vocês decidiram? Hein? O que foi que vocês decidiram?"

Marion Hawthorne falou por todos, naturalmente. "Decidimos representar uma ceia de Natal completa", disse, radiante.

"Ótimo, ótimo. Bem, vamos ver, primeiro as verduras..." Sport virou-se para a porta, pronto para sair correndo. Dona Teresa o puxou de volta pela orelha. Pinky Whitehead voltou do banheiro. Dona Úrsula virou para ele, encantada. "*Você* daria um salsão *maravilhoso!*"

"O quê?", disse Pinky, sem entender nada.

"E *você*", apontou para Harriet, "vai ser uma CEBOLA."

Isso era demais. "Eu me recuso. Me recuso TERMINANTEMENTE a ser uma cebola." Disse isso e bateu o pé. Ouviu Sport cochichando umas palavras de apoio, logo atrás. Quando todos se viraram para olhar para ela, suas orelhas começaram a arder. Era a primeira vez que ela realmente se recusava a fazer alguma coisa.

"Ora, ora!" Dona Úrsula parecia prestes a sair correndo.

"Harriet, isso é ridículo. Uma cebola é uma coisa

muito bonita. Você já parou para olhar uma cebola bem de perto?" Dona Teresa estava perdendo todo o contato com a realidade.

"Eu NÃO vou fazer esse papel."

"Harriet, basta. Chega de insolência. Você É uma cebola."

"NÃO SOU."

"Harriet, eu já disse que CHEGA."

"Não vou fazer esse papel. Eu desisto."

Sport puxou-lhe a manga e cochichou, nervoso: "Você não pode desistir. Isso aqui é uma ESCOLA". Mas era tarde demais. O grupo todo estourou na gargalhada. Até aquela molenga da Beth Ellen estava rachando de rir. Harriet sentiu o rosto ardendo.

Dona Úrsula parecia voltar à vida. "Bem, crianças. Acho que seria bom representar cada coisa desde o início até o momento em que chega na mesa. Precisamos de mais algumas verduras. Você aí", apontou para Jane, "você vai ser a abóbora. E você", apontou para Beth Ellen, "é um grão de ervilha." Beth Ellen fez cara de quem tinha as lágrimas prestes a estourar. "E vocês duas", apontou para Marion Hawthorne e Raquel Hennessey, "podem ser o molho..." Com isso Harriet, Sport e Jane caíram num ataque histérico de riso e precisaram ser acalmados pela dona Teresa, antes que a dona Úrsula pudesse continuar. "Não vejo qual é a graça. Precisamos do molho. Agora, você", apontou para Sport, "e você", apontou para Pinky Whitehead, "vão ser o peru." "Puxa vida, mas de todos os...", começou Sport, mas dona Teresa o mandou calar-se.

*142*

Depois de ter transformado o Garoto das Meias Roxas numa tigela de framboesas, dona Úrsula virou-se para a classe. "Agora, todas as verduras, escutem", disse ela, plantando os pés firmemente na quinta posição do balé. Harriet fez uma anotação mental para depois tomar nota do fato de que dona Úrsula sempre usava, mesmo na rua, aqueles sapatos baixos bem práticos, de um cinza cor de rato. Eram terrivelmente velhos e deformados.

"...quero que vocês sintam... que façam o maior esforço possível para sentir isso. Quero que sintam que um belo dia vocês *acordaram* como essas verduras que vocês são, uma verdurinha *tão bonitinha*, bem aninhada dentro da terra, toda quentinha com o calor e a força da terra, sentindo a magia do crescimento. Ou então já começando a se esticar e furar a terra, bem devagarzinho, no milagre do nascimento, esperando aquele momento glorioso em que você será..."

"Comido", Harriet cochichou para Sport.

"...em que você será, finalmente, o seu eu essencial, o seu eu mais belo e radiante, cheio de força e vigor." Dona Úrsula estava com os olhos nublados. Um braço estendido apontava a clarabóia no teto; metade do cabelo tinha caído em cima da orelha. Manteve essa pose em silêncio.

Dona Teresa tossiu. Era uma tosse tipo as-coisas-estão-ficando-fora-de-controle.

Dona Úrsula deu um pulo. Parecia que tinha acabado de sair do metrô e não sabia se ia para a direita ou para a esquerda. Deu uma risadinha envergonhada e começou de novo: "Vamos iniciar pelos momentos mais ternos dessas verdurinhas, pois vocês sabem, crianças, que essa dança vai ter uma história, uma linda história". Deu mais uma risadinha. "E como todas as histórias, começa no instante da concepção." Olhou em volta, radiante. Dona Teresa ficou pálida.

"Começa, naturalmente, com o fazendeiro..."

"Ei, eu quero ser o fazendeiro!", gritou Sport.

"Não diga 'ei' para uma professora." Dona Teresa estava perdendo a paciência.

"Não, meu querido, o fazendeiro vai ser uma das meninas mais velhas. Afinal, o fazendeiro tem que ser um pouquinho mais alto do que as verduras." Parecia aborrecida ao ver que ele não percebia isso. Sport se virou, chateado.

"Bem, o fazendeiro chega nessa linda manhã, quando a terra está toda revolvida. Acabou de ser aberta e está receptiva, esperando para receber as sementinhas. Quando ele entrar, vocês todos vão estar amontoados num canto, como sementes esperando para serem plantadas. Cada um vai ficar deitado num montinho, assim..." E de repente ela desabou no chão e ficou ali jogada como um monte de roupas velhas.

"Vamos dar o fora daqui; ela pirou." Sport virou-se para ir embora.

"Dona Úrsula, creio que já deu para eles pegarem a idéia geral", disse dona Teresa em voz alta. Dona Úrsula deu uma olhadinha e enfrentou a cara de esnobismo da dona Teresa. Daí foi levantando do chão com esforço.

"Muito bem, crianças", de repente ela estava alerta, "quero que vocês comecem a improvisar seus números de dança, e na próxima aula vamos ver o que vocês fizeram." A mudança súbita na atitude dela era tão incrível que todas as crianças a olhavam fixo, em silêncio. "Por favor, façam fila ali para tirarem as medidas." Virou de costas. Tudo isso foi tão rápido que dona Teresa ficou de boca aberta um momento antes de começar a tocar o rebanho para o cantinho da costura. Todos olharam para trás, curiosos, para a dona Úrsula, que ali permaneceu, com os pés bem plantados no chão e o nariz para cima, toda cheia de si.

O cantinho da costura parecia uma grande loja em liquidação. Quantidades de tule esvoaçavam por toda parte.

Sport murchou. "Rapaz, essa cena aqui *não dá* para encarar."

Era realmente um horror. Harriet se lembrava do ano passado: uma longa espera com os pés doendo, enquanto dona Penélope, numa agitação terrível, toda suada, tirava as medidas de todos, e de vez em quando espetava um alfinete na gente.

"Um belo dia", disse Jane, "vou chegar aqui com um vidrinho e mandar tudo isso para os ares."

Os três ficaram ali desolados, olhando o tule espalhado pelo chão.

"Como é que a gente ensaia para ser uma cebola?" Harriet olhou para dona Úrsula, que tinha desabado novamente no chão, transformada numa pilha de roupas. Era bem evidente que todos os números de dança eram iguais.

Sport fez cara de mau. "Vou dar um tremendo

berro quando ela chegar perto de mim com aquela fita métrica."

Chegou a vez de Jane. "Lá vou eu... cuidado!", disse bem alto. Dona Penélope piscou os olhos que pareciam enormes atrás dos óculos, largou a fita métrica e deixou cair vários alfinetes da boca.

# 8

No dia seguinte, ao começar sua rota de espionagem, Harriet decidiu visitar primeiro os Robinson, pois no dia anterior vira um imenso caixote ser entregue na casa deles, e não agüentava de curiosidade para saber o que havia dentro. Os Robinson sempre ficavam meio misteriosos pouco antes de comprarem alguma coisa nova, e desta vez estavam com aquela cara misteriosa já fazia uma semana, por isso ela imaginava que essa nova compra devia ser algo espetacular.

Foi pé ante pé até a janela. Ali estava o caixotão, bem no meio da sala. "Como será que eles conseguiram trazê-lo para dentro?", pensou, mas percebeu que ele devia passar pela janela, com mais ou menos dois dedos de folga de cada lado. A sra. Robinson dava umas corridinhas em volta dele, em êxtase. O sr. Robinson pulava como uma criança. O entregador estava começando a abrir o caixote.

"Este é o coroamento das nossas realizações!", disse o sr. Robinson.

"Que alegria, que alegria!", falou a sra. Robinson, completando uma volta.

"Espere só até..."

"*Imagine* só o que eles vão..."

Estavam tão excitados que nem se incomodavam em acabar as frases. O entregador os ignorava. Trabalhava firme com o martelo e a alavanca. Quando por fim o lado da frente saiu todinho, Harriet prendeu a respiração, mas não viu dentro da caixa nada mais que serragem. "Ora essa!", pensou Harriet. Mas logo a serragem começou a ser retirada freneticamente pelo sr. e sra. Robinson, que tinham dado um pulo para a frente, quase derrubando o entregador.

"Olha, olha!", gritou a sra. Robinson. E ali estava, de fato, a coisa mais estranha que Harriet já tinha visto. Era uma coisa enorme, realmente enorme, com quase dois metros de altura — uma escultura de madeira de um bebê gorducho, petulante, nada atraente. O bebê usava uma touquinha, um enorme vestido branco e botinhas. A cabeça, redonda como uma bola, fora esculpida num bloco de madeira sólido, portanto ele parecia esses postes que seguram o corrimão da escada, com um rosto esculpido em cima. O bebê estava sentado, de fralda, os pés bem esticados, os braços gorduchos e curvos terminando em mãos ainda mais gordas, que seguravam — surpresa! — uma minúscula mãe. Harriet não desgrudava os olhos daquilo.

A sra. Robinson exclamou, com uma das mãos no coração: "Ela é um gênio!".

Isso foi demais até para o entregador, que não conseguiu se conter e perguntou: "Quem?", num tom meio malcriado.

"Ora, a escultora! Ela é maravilhosa!... Brilhante!...
É uma estrela no firmamento!"

"Ah, é? Foi uma mulher que fez isso?" Ele ficou de boca aberta.

"Bem, rapaz, se você já terminou...", disse o sr. Robinson com um ar pomposo.

"Claro, claro, só vou levar esse lixo lá para fora. Onde vocês querem que eu deixe esse... essa...?"

"Querido, continuo achando que deve ficar no canto atrás da entrada, para não ser visto *imediatamente*. Sabe como é, daí ele vai *dominar* a sala toda, visto do sofá."

"Ah, que vai dominar, isso vai mesmo", disse o entregador, pegando montes de serragem e enfiando de volta no caixote.

"Tenha a fineza de retirar tudo isso sem fazer comentários", disse o sr. Robinson, num tom brusco.

O bebê foi rolado até um canto e o caixote retirado pelo entregador, com um sorriso.

Harriet deixou o sr. e a sra. Robinson de mãos dadas, fitando o bebê, mudos de emoção.

Foi até a rua e escreveu no seu caderninho:

A BÁ TEM RAZÃO. EXISTEM INFINITAS MANEIRAS DE SE VIVER, TANTAS QUANTAS SÃO AS PESSOAS. MAS ESPERA SÓ ATÉ ELA FICAR SABENDO DESSE BEBÊ DE QUINHENTOS QUILOS! AH, ESQUECI.

Fez uma pausa e olhou para o vazio.

QUANDO UMA PESSOA VAI EMBORA, TEM COISAS QUE A GENTE QUER DIZER PARA ELA. QUANDO ALGUÉM MORRE, ACHO QUE ESSA DEVE SER A PIOR COISA. A

GENTE QUER CONTAR PARA A PESSOA COISAS QUE ACONTECERAM DEPOIS. A BÁ NÃO MORREU. Fechou o caderninho de um golpe, sentindo algo semelhante a raiva. Daí levantou-se e foi para a família Dei Santi. Como nada de especial estava acontecendo na frente da loja, foi devagarzinho até o fundo do quintal, para dar uma espiada no Zé Mostarda.

Sentado, ele reinava sobre uma grande variedade de alimentos, que dariam para sustentar um exército por uma semana inteira. Mastigava, feliz. Harriet tentava adivinhar se aqueles meninos pobres já tinham estado ali, quando de repente o telefone tocou na loja. Zé Mostarda fez uma cara culpada e começou a esconder as coisas, para o caso de alguém entrar no galpão, quando se ouviu um grito de gelar o sangue, vindo da frente da loja. O Zé ficou tão assustado que deixou cair um pedaço de pão da boca. Harriet chispou correndo para a frente.

A sra. Dei Santi, quase desmaiando, estava nos braços de Bruno, e gritava alto, como uma cantora de ópera na cena da morte: "*Ecco, ecco,* ele foi assassinado... tudo está perdido... *Dio... Dio...*".

"Não, Mamma, foi só um acidente...", começou Bruno, olhando desanimado para Papa Dei Santi, que acabava de desligar o telefone.

"Morreu, está morto! A caminhonete despedaçada, *eccolà... Dio, Dio... mio figlio...*" E desmaiou.

Como Bruno parecia prestes a deixar cair no chão aquele peso considerável, o Papa Dei Santi correu para ajudá-lo, dizendo: "Não, Mamma, a caminhonete não foi esmagada, nem o Fábio, foi só o pára-lama, só isso... o pára-lama!".

A sra. Dei Santi recuperou-se de imediato e começou a correr e gritar pela loja, abanando os braços loucamente e berrando em italiano. Os fregueses ficaram paralisados como pratos de comida congelada. Ela corria e gritava, corria e gritava, e por fim ganhou tanto impulso que acabou se jogando contra a porta do galpão, que se abriu de um golpe, revelando o Zé Mostarda com um pepino enfiado na boca.

"*Ecco*... e como se não bastasse, roubando da gente! Roubando bem no nariz da gente!" E recolhendo toda a comida com uma das mãos e arrastando o Zé Mostarda pela orelha, voltou aos trancos e barrancos para dentro da loja. A família olhava boquiaberta. Os fregueses voltaram à vida e começaram a procurar a porta, sentindo que a coisa já estava passando dos limites.

"Mamma, Mamma, *ti calma*..." Mas o Papa Dei Santi, ao ver as provas da traição de Zé Mostarda, começou também a gritar uma longa torrente de palavras assustadoras em italiano.

"Mas, Papa", Bruno gritou mais alto, para ser ouvido, "ONDE está o Fábio, afinal de contas? Está ferido? Está no hospital?"

"O Fábio? Está bem. Com ele não aconteceu nada, *nenhum problema*. É a CAMINHONETE! A CAMINHONETE que está amassada!" Dito isto, o Papa voltou a gritar com o Zé Mostarda: "Você está despedido. Isso aqui não é restaurante!".

De repente a porta da frente tocou o sininho, daí bateu, e houve um silêncio total enquanto todos se viraram e viram Fábio ali parado, com um minúsculo esparadrapo na testa.

"MEU FIIIILHO!", gritou a Mamma Dei Santi, correndo para ele. "Você se MACHUCOOOU! Olha, Papa, olha como ele está todo machucado!" E se jogou sobre ele com tanta força que prensou o Fábio contra a porta.

"Não foi nada, Mamma, não foi nada", disse ele, sorrindo. Ela se endireitou, olhou bem para ele um instante, depois lhe deu um peteleco na cabeça. "Seu PAI trabalhou com as próprias mãos para comprar aquela caminhonete, está ouvindo? TRABALHOU, entende? Não que nem você! Ele TRABALHOU, entende?"

A família olhava paralisada, assim como Harriet. Fábio ficou vermelho e com lágrimas nos olhos.

"Mamma...", ele começou.

"Não venha com esse 'Mamma'! Nenhum filho meu...", ela levantou um dedo apontando o teto, "deste... dia... em... diante..."

"Mamma", interrompeu o Papa Dei Santi, "não faça isso. Ainda não. Vamos ver. Vamos ver o que o menino tem a dizer."

Harriet sentiu uma curiosidade tremenda.

Fábio lançou um olhar de gratidão ao pai. Parecia terrivelmente constrangido. Remexeu nos bolsos até achar um velho cigarro quebrado, que pôs na boca. O cigarro ficou pendurado, todo torto.

"Vai ver que ele não consegue falar sem isso", pensou Harriet.

A família inteira olhava para ele. Fábio abaixou a cabeça como se desculpando, e começou em voz baixa:

"Eu queria deixar para dizer isso depois. Eu... Papa...", olhou para o pai de um modo muito triste, "eu não consigo... não posso evitar. Não quero trabalhar no armazém. Não é culpa de vocês. É que... ficar enfiado numa loja o dia inteiro... não é para mim... Então... eu...", respirou fundo, "arranjei outro emprego".

"Como é que é?", o Papa e a Mamma Dei Santi disseram juntos.

"Arranjei... arranjei outro emprego. O único problema é que... precisa ter carro... Agora sou vendedor." Ele parecia apavorado, pensou Harriet.

"Ora, ora, ora!" O Papa Dei Santi parecia totalmente espantado. Daí um enorme sorriso se espalhou pelo seu rosto.

"Filho? Você... você está trabalhando?" A Mamma Dei Santi parecia prestes a desmaiar de novo.

"Sim, Mamma." E olhando para o pai, deu uma risada. "Estou trabalhando!"

"Santa Maria!..." A Mamma Dei Santi desmaiou. Bruno apanhou-a no chão.

O Papa Dei Santi lançou todo tipo de exclamações para o Fábio e lhe deu um belo tapa nas costas, aliás, forte demais, pensou Harriet. Os outros fizeram uma rodinha em volta, com exceção do Zé Mostarda, que aproveitou a oportunidade para enfiar um pedaço de gorgonzola no bolso.

Harriet foi para a rua na ponta dos pés e sentou-se para escrever no seu caderninho:

RAPAZ, É MELHOR DO QUE IR AO CINEMA! MAS NESSE FINAL FELIZ EU NÃO ACREDITO NEM UM MINUTO.

APOSTO QUE ESSE FÁBIO ESTÁ APRONTANDO ALGU-
MA COISA, COMO SEMPRE. ESPERE AÍ: ELE NÃO DISSE
O QUE ELE VAI VENDER. O QUE SERÁ? PRECISO VOL-
TAR AMANHÃ PARA VER O QUE VAI ACONTECER COM
O ZÉ MOSTARDA.

Harriet foi até a casa de Harrison Withers. Olhou
pela clarabóia. Harrison estava sentado à sua bancada,
mas não trabalhava. Olhava pela janela, com a cara
mais triste que Harriet já vira. Ela ficou muito tempo
observando o rosto dele, mas ele não mexeu nem um
músculo.

Daí foi até a outra clarabóia. Viu então algo muito
estranho, e debruçou-se tanto que quase caiu lá embaixo. O que viu foi a sala vazia. Sem nem um gato à
vista. Voltou a espiar a oficina, para confirmar se ela é
que não os tinha visto, mas não. Nem um único gato.
Também não estavam na cozinha.

Harriet ficou de cócoras. Pronto, ele foi pego, pensou. Finalmente, a Saúde Pública conseguiu pegá-lo. Inclinou-se mais uma vez para olhar o rosto dele. Olhou
muito tempo. Daí sentou e escreveu no seu caderninho:

JAMAIS VOU ME ESQUECER DESSE ROSTO ENQUANTO
EU VIVER. SERÁ QUE TODO MUNDO FICA COM ESSA
CARA DEPOIS DE PERDER ALGUMA COISA? NÃO
QUERO DIZER PERDER UMA LANTERNA. QUERO DI-
ZER, SERÁ QUE AS PESSOAS FICAM ASSIM QUANDO
ELAS REALMENTE PERDEM?

# 9

Harriet ficou tão mal-humorada que deu seu trabalho por encerrado aquele dia. À noite, depois do jantar, tentou ensaiar ser uma cebola. Começou desabando no chão várias vezes, com grande estrépito. Sua idéia era cair rolando, como uma cebola quando cai, e daí continuar rolando em círculos, várias vezes, e ir rolando devagarzinho até parar, como uma cebola quando a gente a põe em cima da mesa. Harriet foi rolando no chão até bater numa cadeira e derrubá-la. Sua mãe apareceu na porta. Olhou para Harriet caída no chão com a cadeira em cima. "O que você está fazendo?", perguntou, calma e composta.

"Sendo uma cebola."

A mãe tirou a cadeira de cima do peito de Harriet. A menina não se mexeu. Estava cansada.

"O que é essa barulheira toda que você estava fazendo aqui?"

"Já falei, estou sendo uma cebola."

"Nunca vi uma cebola tão barulhenta."

"Paciência. Ainda não consigo fazer direito. A

dona Úrsula disse que quando eu fizer certinho, não vou fazer barulho nenhum."

"Ah, é para a apresentação de Natal... não é?"

"Claro. Ou você acha que eu ia virar cebola por minha livre e espontânea vontade?"

"Não seja malcriada, menina. Levante daí e me mostre o que você precisa fazer."

Harriet levantou, desabou no chão e começou a rolar pelo quarto, rolar e rolar, até que acabou rolando para debaixo da cama. Saiu de lá cheia de rolinhos de poeira.

A sra. Welsch ficou horrorizada. "Mas essa faxineira é péssima! Vou mandá-la embora amanhã mesmo." Olhou para Harriet, que parecia pronta para cair de novo. "Esta é a dança mais desajeitada que eu já vi. Foi a dona Úrsula que mandou você fazer isso?"

"Ela me deu o papel de cebola. A DANÇA sou EU que estou criando."

"Ah", disse a sra. Welsch discretamente.

Harriet desabou de novo no chão e foi rolando até a porta do banheiro.

O sr. Welsch chegou no quarto. "O que está acontecendo aqui? Parece que tem alguém treinando boxe."

"Ela agora é uma cebola."

Ficaram os dois parados olhando Harriet cair no chão e rolar em volta do quarto.

O sr. Welsch pôs o cachimbo na boca e cruzou os braços. "De acordo com o método Stanislavski, você tem que se sentir como uma cebola. Você está se sentindo como uma cebola?"

"Nem um pouco", disse Harriet.

"Ora, ora! Mas o que é que eles ensinam na escola hoje em dia?" A sra. Welsch começou a rir.

"Não, estou falando sério. Lá no centro da cidade deve haver várias escolas onde os alunos estão todos rolando no chão, bem neste momento."

"Eu jamais QUIS ser uma cebola", disse Harriet, lá do chão.

"Ainda bem. Quantos papéis teatrais você acha que existem para uma cebola?" O sr. Welsch riu. "Eu nunca achei que você quisesse ser uma cebola. Aliás, acho que nem a própria cebola quer ser cebola."

A sra. Welsch riu para o marido. "Já que você é tão esperto, vamos ver se *você* sabe cair como uma cebola."

"Pois vamos lá", disse ele, e deixando o cachimbo na mesa, caiu solidamente, fazendo tremer o assoalho.

"Meu bem! Você se machucou?"

"Não", disse o sr. Welsch em voz baixa, esborrachado no chão, "mas não é tão fácil como parece." Continuou no chão, respirando fundo. Harriet também caiu mais uma vez, só para lhe fazer companhia.

"Por que que você não se levanta, meu bem?" A sra. Welsch se inclinou sobre ele com ar preocupado.

"Estou tentando me sentir como uma cebola, mas o máximo que eu consigo é me sentir como uma salsinha."

Harriet tentou sentir-se como uma cebola. Viu-se então fechando bem os olhos, abraçando e apertando bem o seu próprio corpo, ajoelhando e rolando no chão.

"Meu Deus, você está doente, Harriet?" A sra. Welsch correu até ela.

Harriet rolava dando voltas e mais voltas no quarto. Até que não era nada mau ser uma cebola. Deu uma trombada no pai, que começou a rir. Não conseguiu ficar de olhos fechados e riu para ele.

Daí o pai começou a ser uma cebola a sério, rolando de um lado para o outro. Harriet levantou-se de um pulo e foi escrever no seu caderninho:

COMO SERÁ QUE É SER UMA MESA, OU UMA CADEIRA, UMA BANHEIRA OU OUTRA PESSOA? O QUE SERÁ QUE A BÁ DIRIA SOBRE ISSO? A BÁ PARECIA UM PÁSSARO CHEIO DE DENTES, MAS ACHO QUE EU ESTOU MESMO PARECENDO UM POUQUINHO COM UMA CEBOLA. GOSTARIA TANTO QUE ELA VOLTASSE.

Ficou tão absorvida escrevendo que esqueceu que seus pais estavam no quarto. Quando por fim fechou o caderninho de um tranco e levantou a vista, os dois estavam olhando para ela com a cara mais esquisita.

"O que você estava fazendo, querida?", perguntou a sra. Welsch de um modo despreocupado.

"Escrevendo no meu caderninho." Harriet começou a ficar nervosa. Os dois olhavam para ela de uma maneira tão esquisita.

"Ah. Podemos ver?"

"Não!", gritou Harriet. E daí disse mais baixo: "Claro que não, são segredos".

"Ah", disse o pai, e pareceu um pouco magoado.

"Mas que diabo está acontecendo com eles?", pensou Harriet. Os dois não paravam de olhar para ela. "É alguma coisa para a escola, meu bem?", perguntou a sra. Welsch. "Não", disse Harriet, e sentiu-se ainda mais nervosa. Por que eles não tiravam os olhos dela? "Estou meio cansada, querido. Acho que vou deitar", disse a sra. Welsch para o marido. "Eu também", disse ele, pegando o seu cachimbo. "Por que eles estão se comportando dessa maneira?", pensou Harriet. "Até parece que eu estou fazendo alguma coisa estranhíssima. A Bá nunca agia assim comigo."

Os pais lhe deram um beijo de boa-noite um tanto melancólico. Harriet pegou seu caderninho e ia começar a escrever quando ouviu o pai dizer, bem baixinho, na escada: "Me dá uma sensação de que eu nem conheço a minha própria filha". E a sra. Welsch respondeu: "Nós precisamos tentar conhecê-la melhor, agora que a senhorita Golly foi embora".

Harriet ficou confusa. Escreveu:

POR QUE ELES NÃO DIZEM O QUE SENTEM? A BÁ DIZIA: "SEMPRE DIGA EXATAMENTE O QUE VOCÊ ESTÁ SENTINDO. AS PESSOAS SE MAGOAM MAIS POR CAUSA DOS MAL-ENTENDIDOS DO QUE POR QUALQUER OUTRO MOTIVO". SERÁ QUE EU ESTOU MAGOADA? NÃO ESTOU ME SENTINDO MAGOADA, SÓ ESTOU ME SENTINDO MUITO ESTRANHA.

E quando foi dormir, sentiu-se ainda mais estranha.

No dia seguinte, a caminho da escola, ficou de novo muito mal-humorada. Sport e Jane foram encontrar-se com ela correndo. Disseram que tinham combinado ensaiar seus números de dança aquela tarde, e perguntaram se ela não gostaria de ir ensaiar também na casa da Jane. Harriet respondeu que sim, mas de um jeito tão ranzinza que eles ficaram olhando firme para ela. Daí ela respirou fundo e disse: "Não liguem para mim hoje. Façam de conta que eu não existo", e eles olharam mais firme ainda. Entrando na escola, Harriet disse: "Passo lá quando eu terminar minha rota". Eles continuavam só olhando.

Aquela tarde ela resolveu tentar de novo a casa de dona Ágata, mesmo sabendo que o risco era tremendo. Esperou a empregada sair da cozinha e correu como uma flecha para o elevadorzinho, com o coração batendo tão forte que tinha certeza de que se ouvia de fora. Puxou as cordas com o maior cuidado. Primeiro elas correram macias, mas chegando ao primeiro andar começaram a ranger altíssimo. Harriet, sentadinha lá dentro, apavorada, não se atrevia nem a respirar. Daí ouviu vozes:

"Impossível... impossível." Era a voz sufocada de dona Ágata, vinda de uma pilha de travesseiros, num cochicho horrorizado.

"Nadine!", Dona Ágata gritou para a empregada.

"NADINE!", agora foi um berro de gelar o sangue.

"Sim, senhora!" Harriet espiou pela rachadura da portinha e viu a empregada muito ereta ao lado da cama. Dona Ágata ergueu-se, parecendo uma águia toda in-

chada. "Nadine... Não pode ser, não pooode seeeeer..."
E desabou de novo, desaparecendo nas almofadas cor-de-rosa.

"Ordens do médico, dona Ágata."

E lá dos travesseiros: "Presa... na... cama...", e aquele fio de voz sumiu por um momento, "para... o resto... da minha... vida...". Daí soltou um longo e penetrante gemido.

Bem, pensou Harriet, sentindo uma agitação e uma estranha simpatia pela dona Ágata. Ela *queria* ficar lá.

Mudou um pouquinho de posição para escrever no seu caderninho:

SERÁ QUE A BÁ TEM RAZÃO? SERÁ QUE É TERRÍVEL CONSEGUIR AQUILO QUE A GENTE QUER? EU QUERO SER ESCRITORA, E DUVIDO MUITO QUE EU SEJA INFELIZ NO DIA EM QUE ISSO ACONTECER. TEM GENTE QUE SIMPLESMENTE NÃO PLANEJA BEM AS COISAS.

Nesse momento ouviu um grito surpreso da dona Ágata.

"Ui! O que foi *isso?*"

Harriet olhou pela rachadura da portinha e viu os dois rostos olhando bem fixo para ela. Seu queixo caiu, num terror mudo. Tinha sido *vista!* Sentiu tudo se paralisar, como numa foto.

"Aqui dentro não tem nada, madame."

Mas é claro que ninguém a vira! Ninguém pode enxergar através das paredes.

"Tem alguma coisa dentro desse elevador! Eu ouvi alguma coisa rangendo, parecia um ratinho... um camundongo..."

"Ah, eu acho que aí não tem nada!" E Nadine marchou firmemente para o elevador e abriu a portinha. Quando viu Harriet, deu um pulo para trás e gritou feito uma louca.

Harriet começou a puxar as cordas, mas Nadine recuperou-se e segurou com as duas mãos o elevador, que já ia descendo. "Ei, você! Saia já daí!", disse, áspera, e puxou Harriet para fora. Harriet voou pelo ar com o puxão de Nadine e foi aterrissar no chão.

"Mas *o que é isso?*", gritou dona Ágata.

"É uma criança, madame", disse Nadine, segurando Harriet pelo gorro do suéter.

"Saia... saia... *fora* daqui!... Ora, era *só essa* que me faltava hoje... uma *criança*!" E voltou a desabar nos travesseiros.

Nadine suspendeu Harriet pelos braços e tocou-a porta afora e escada abaixo. Mesmo arrastada e com a mente zunindo de medo, Harriet fez algumas anotações mentais sobre o ambiente enquanto descia as escadas. "Pronto", disse Nadine, empurrando-a para fora da casa, "já vai tarde! E não me apareça mais aqui!"

Harriet olhou para trás. Nadine lhe deu uma piscadela. Sentindo-se ridícula, começou a correr. Só parou ao chegar em casa. Sentou-se nos degraus da frente e ficou ofegando um longo tempo. "É a primeira vez que fui pega", pensou, "em três anos de espionagem". Depois de recuperar o fôlego, abriu seu caderninho:

UM ESPIÃO <u>NÃO</u> <u>DEVE</u> <u>SER</u> <u>PEGO</u>. ESSE É O PONTO PRINCIPAL DA ESPIONAGEM. SOU UMA DROGA DE ES-

PIÃ. MAS COMO É QUE EU PODIA ADIVINHAR QUE ELA IA FAZER AQUILO? NÃO, ISSO NÃO É DESCULPA. EU SABIA, SABIA MUITO BEM QUE IR ATÉ LÁ ERA PERIGOSO DEMAIS.

Ficou ali sentada, olhando desconsolada para o parque. Enquanto observava as árvores de galhos negros, uma lágrima lhe rolou pelo rosto. Escreveu:

A BÁ TERIA ALGO A DIZER SOBRE ISSO. E TAMBÉM SOBRE A HISTÓRIA DA CEBOLA DE ONTEM À NOITE.

Fechou o caderninho de um golpe, sentindo-se de repente terrivelmente mal-humorada. Resolveu ir até a casa da Jane para ensaiar, embora não estivesse com a mínima vontade de rolar no chão.

Ao chegar, viu que Pinky Whitehead e Carrie Andrews também estavam lá. Foi até Jane e cochichou no seu ouvido: "O que ELE está fazendo aqui? Só me faltava mais essa hoje: Pinky Whitehead!".

"Não posso fazer nada", Jane desculpou-se. "A Carrie Andrews é o peito do peru, e Sport e Pinky são as duas coxas. Os três TÊM que ensaiar juntos."

"Pois muito bem", e Harriet sentiu-se de repente muito má, "eu NÃO GOSTO nada disso."

Jane olhou para ela com a cara mais esquisita. "Como assim, não gosta?"

"Não gosto, pronto, só isso", disse Harriet misteriosamente, e afastou-se. Dali a pouco viu Jane olhando para ela de uma maneira extremamente irritada, mas talvez fosse porque Harriet tinha começado a rolar no chão e quase se enfiara embaixo da bancada do laboratório. Jane estava tentando ser uma abóbora, agachando-se no chão de um jeito meio viscoso. De vez em quando dava uns pulinhos, como se a abóbora estivesse fervendo no caldeirão.

"Isso aí está horrível", disse Harriet, maldosa.

"Que foi que você disse?", perguntou Jane, lá do chão.

"Esses pulinhos! Parece que você está arrotando."

Sport e Pinky morreram de rir. Estavam plantando bananeira, cada um de um lado de Carrie Andrews, que tentava parecer grandona e inchada como um peito de peru.

"*Você* não tem nenhum motivo para rir, Sport; você está ridículo." De repente Harriet se achava num estado de espírito horroroso.

Sport olhou para ela com os olhos arregalados e disse: "E você, parece o quê, rolando pelo chão desse jeito?".

"PAREÇO UMA CEBOLA!", gritou Harriet, e ficou completamente frenética, como se estivesse prestes a estourar em altos soluços de bebê. Levantou-se e correu até a porta. Quando estava descendo os degraus, ouviu Sport dizer: "Mas o que está acontecendo com ela?".

E Jane respondeu: "Rapaz, que chata que ela estava hoje".

Harriet correu o caminho todo até em casa e subiu a escada de dois em dois para o quarto, onde se atirou na cama e chorou com todas as suas forças.

\* \* \*

Naquela noite teve um pesadelo terrível. A Bá rolava pelo chão e dava gritos agudos, feito um corvo. Vinha rolando na direção de Harriet, que fugia correndo. Os olhos da Bá eram de um azul brilhante, com as bordas vermelhas. De repente o rosto dela estava cheio de penas negras, com um grande bico amarelo cheio de dentes. No sonho Harriet começou a gritar, e deve ter gritado dormindo, pois sua mãe chegou e ficou com ela nos braços até que adormecesse de novo.

De manhã, antes de ir para a escola, escreveu no seu caderninho:

ALGUMA COISA TERRÍVEL VAI ACONTECER, EU SEI. CADA VEZ QUE TENHO UM PESADELO, SINTO VONTADE DE SAIR DA CIDADE. SEI QUE ALGUMA COISA TERRÍVEL VAI ACONTECER. E ESSE FOI O PIOR PESADELO QUE JÁ TIVE EM TODA A MINHA VIDA.

# 10

Aquele dia, na saída da escola, todos estavam de bom humor, porque o tempo de repente ficou ensolarado e gostoso como na primavera. Demoraram-se na porta da escola conversando em grupinhos, a classe inteira reunida, coisa que eles nunca faziam. Sport disse de repente: "Que tal a gente ir até o parque brincar de pique?".

Harriet já estava atrasada para sua rota de espionagem, mas resolveu brincar só um pouco e depois ir embora. Todos acharam uma grande idéia, e atravessaram a rua.

Aquele tipo de pique não era muito complicado; na verdade, Harriet achava uma brincadeira meio boba. O objetivo era todos correrem em círculos até ficarem exaustos, e a pessoa que era o pegador tentava empurrar os outros e derrubar os livros e cadernos de todo mundo. Brincaram um tempão. Beth Ellen foi logo eliminada, pois não tinha força nenhuma. Sport era o melhor. Conseguiu derrubar no chão os livros de todos, menos os de Raquel Hennesey e os de Harriet.

Sport corria bem depressa, rodeando todo mundo. De repente conseguiu derrubar alguns livros de Harriet, daí Raquel tentou provocá-lo para correr para outro lado e Harriet começou a correr como louca. Logo estavam correndo a toda na direção da casa do prefeito. Raquel vinha atrás de Harriet, e Sport logo em seguida.

Continuaram correndo ao longo do rio. Daí chegaram no gramado e Sport levou um tombo. Não tinha graça nenhuma correr se ele não estivesse atrás delas, por isso Raquel e Harriet esperaram até ele se levantar. Daí ele foi rapidíssimo e pegou as duas.

Todos os livros de Raquel se espalharam pelo chão, e também alguns de Harriet. As duas começaram a pegá-los para voltar e se juntar aos outros.

De repente Harriet berrou, horrorizada: "Cadê meu caderninho?". Todos começaram a procurar, mas não o encontraram em lugar nenhum. De repente Harriet lembrou-se que alguns cadernos tinham caído lá atrás, antes de eles três se afastarem dos outros. Chispou então de volta, numa correria desabalada e dando gritos de guerra como um índio apache o caminho inteiro.

Quando voltou para o lugar onde tinham começado a brincar, viu a classe inteira — Beth Ellen, Pinky Whitehead, Carrie Andrews, Marion Hawthorne, Laura Peters e o Garoto das Meias Roxas —, todos sentados juntos num banco, enquanto Jane Gibbs lia para eles algo do caderninho!

Harriet avançou para cima da turma com um grito terrível, com o qual pretendia assustar Jane e fazê-la deixar cair o caderno. Só que Jane não se assustava com tanta facilidade. Apenas parou de ler e olhou para Harriet calmamente. Os outros também a encararam. Ela olhou nos olhos de cada um e, de repente, Harriet M. Welsch sentiu medo.

Os outros a olhavam fixo, e seus olhos eram os mais maldosos que ela já vira. A turma formava um grupinho compacto, que não a deixava se aproximar. Raquel e Sport então chegaram. Marion Hawthorne disse, feroz: "Raquel, venha aqui". Raquel caminhou até ela, e depois que Marion cochichou alguma coisa no seu ouvido, fez a mesma cara maldosa.

Jane disse: "Sport, venha aqui".

"Como assim?", disse Sport.

"Tenho uma coisa para dizer a você", disse Jane, insistente.

Sport caminhou até lá e o coração de Harriet chegou aos pés. "Seus TRONCHOS!" Harriet estava meio histérica. Não sabia o que queria dizer essa palavra, mas pelo jeito como seu pai a dizia o tempo todo, sabia que era um xingamento.

Jane passou o caderninho para Sport e Raquel, sem tirar os olhos de Harriet. "Sport, você está na página 34; Raquel, você está na 15", disse calmamente.

Sport leu o seu pedaço e começou a chorar. "Lê alto, Sport", disse Jane, áspera.

"Não consigo." Sport tapou o rosto com as mãos.

O caderninho foi passado de volta para Jane, que leu alto, numa voz solene:

ÀS VEZES EU NÃO AGÜENTO O SPORT. ELE VIVE SE PREOCUPANDO E PAPARICANDO O PAI DELE. ÀS VEZES ELE PARECE UMA VELHA.

Sport virou as costas para Harriet, mas mesmo assim ela percebeu que ele estava chorando. "Isso não é *justo*", gritou ela. "Tem uma porção de coisas legais sobre o Sport aí nesse caderno!" Todo mundo ficou bem quieto. Jane disse baixinho: "Harriet, fica ali naquele banco até a gente resolver o que fazer com você".

Harriet foi até o banco e sentou-se. De lá não conseguia ouvi-los. Todos começaram a discutir, falando depressa e fazendo muitos gestos. Jane não tirava os olhos de Harriet, e Sport continuava lhe dando as costas.

Harriet pensou de repente: "Ninguém me obriga a ficar sentada aqui". Levantou-se e saiu marchando da maneira mais digna possível dadas as circunstâncias. Os outros estavam tão ocupados que nem repararam nela.

Em casa, comendo seu bolo com leite, Harriet reviu sua situação. Era terrível. Chegou à conclusão de que nunca estivera numa situação pior. Daí resolveu que não ia mais pensar nesse assunto. Deitou na cama no meio da tarde e só levantou na manhã seguinte.

Sua mãe achou que ela estava doente e disse para o pai: "Quem sabe não é melhor chamar o médico?".

"Esses médicos são todos uns tronchos", disse o pai. Daí foram embora e Harriet adormeceu.

No parque, todas as crianças, sentadas em círculo, liam alto trechos do caderninho. Aqui estão algumas coisas que leram:

NOTAS SOBRE O QUE CARRIE ANDREWS PENSA SOBRE MARION HAWTHORNE

PENSA: É MESQUINHA
 É UM ZERO À ESQUERDA EM MATEMÁTICA
 TEM OS JOELHOS ESQUISITOS
 É UMA PORCA.

E depois:

SE MARION HAWTHORNE NÃO SE CUIDAR, ELA VAI SER UMA VERDADEIRA MADAME HITLER QUANDO CRESCER.

Jane Gibbs abafou uma risada ao ouvir isso, mas não achou graça nenhuma na próxima:

SERÁ QUE A JANE ACHA QUE ESTÁ ENGANANDO A ALGUÉM? SERÁ QUE ELA ACHA MESMO QUE ALGUM DIA VAI SER UMA CIENTISTA?

Jane pareceu atingida por um raio. Sport olhou para ela com simpatia. Os dois se entreolharam de uma maneira longa e significativa.

Jane continuou a ler:

O QUE FAZER COM PINKY WHITEHEAD
1. LIGAR A MANGUEIRA EM CIMA DELE.
2. PUXAR SUAS ORELHAS ATÉ ELE GRITAR.
3. ARRANCAR SUAS CALÇAS E RIR DELE.

Pinky sentiu vontade de sair correndo. Olhou em volta nervoso, mas Harriet não estava em lugar nenhum.

Havia alguma coisa sobre cada um.

QUEM SABE A BETH ELLEN NÃO TEM PAIS. PERGUNTEI O NOME DA MÃE DELA E ELA NÃO LEMBRAVA. ELA DISSE QUE SÓ TINHA VISTO A MÃE UMA VEZ E NÃO LEMBRAVA MUITO BEM. ELA USA UMAS ROUPAS ESTRANHAS, TIPO SUÉTERES COR DE LARANJA, E UMA VEZ POR SEMANA VEM UM CARRÃO PRETO BUSCÁ-LA E ELA VAI PARA ALGUM LUGAR.

Beth Ellen levantou seus olhos grandes e não disse nada. Como ela nunca dizia nada mesmo, ninguém estranhou.

EU SEI POR QUE SPORT USA UMAS ROUPAS TÃO ESQUISITAS. É QUE O PAI DELE NUNCA COMPRA ROUPA PARA ELE, PORQUE A MÃE FICA COM TODO O DINHEIRO.

Sport virou de costas outra vez.

HOJE ENTROU UM MENINO NOVO NA CLASSE. ELE É TÃO SEM GRAÇA E APAGADO QUE NINGUÉM LEMBRA O NOME DELE, ENTÃO EU LHE DEI O NOME DE GAROTO DAS MEIAS ROXAS. IMAGINE SÓ. ONDE SERÁ QUE ELE FOI ARRANJAR AQUELAS MEIAS ROXAS?

O Garoto das Meias Roxas olhou para suas meias roxas e sorriu.

Todos olharam para ele. Carrie falou, com uma voz meio rouca: "Mas, afinal, *como* você se chama?", embora nessas alturas todos já soubessem muito bem.

"Peter", disse ele, tímido.

"Mas *por que* você usa meias roxas?", perguntou Jane.

Peter deu um sorriso acanhado, olhou para as suas meias e disse: "Uma vez, quando eu fui ao circo, eu me perdi da minha mãe. Aí ela disse que se eu usasse meias roxas, ela sempre ia poder me encontrar em qualquer lugar".

"Ah!", disse Jane.

Tomando mais coragem, Peter voltou a falar: "Ela queria fazer um conjunto roxo completo para mim, meia, calça e camisa, mas eu me revoltei".

"Com razão", disse Jane.

Peter deu um largo sorriso. Todos sorriram de volta para ele, porque faltava um dente na sua boca e ele parecia meio esquisito, mas afinal não era má pessoa, então todos começaram a gostar um pouquinho dele. Continuaram a ler:

DONA TERESA TEM UMA VERRUGA ATRÁS DO COTOVELO.

Isso era bem chatinho, então continuaram:

UMA VEZ EU VI A DONA TERESA QUANDO ELA NÃO ESTAVA ME VENDO, E ELA ESTAVA ENFIANDO O DEDO NO NARIZ.

Isso já era melhor, mas eles queriam ler a respeito de si mesmos.

A MÃE DE CARRIE ANDREWS TEM A MAIOR TESTA QUE EU JÁ VI.

Depois disso o grupo ficou muito tenso. Daí Sport deu uma grande gargalhada, parecendo um relincho, e as orelhas de Pinky Whitehead ficaram de um vermelho brilhante. Jane deu um sorriso feroz para Carrie Andrews, que parecia prestes a se enfiar debaixo do banco.

QUANDO EU CRESCER, VOU DESCOBRIR TUDO SOBRE TODO MUNDO, E ESCREVER TUDO NUM LIVRO. ESSE LIVRO VAI SE CHAMAR <u>SEGREDOS</u> DE HARRIET M. WELSCH. E VOU TAMBÉM COLOCAR FOTOS NELE, E ATÉ ALGUNS RELATÓRIOS MÉDICOS, SE EU CONSEGUIR.

Raquel levantou-se. "Preciso ir para casa. Tem alguma coisa sobre mim?"

Folhearam o caderninho até encontrar o nome dela.

NÃO SEI DIREITO SE EU GOSTO DA RAQUEL OU SE EU GOSTO DE IR À CASA DELA PORQUE A SUA MÃE FAZ UM BOLO MUITO GOSTOSO. SE EU TIVESSE UM CLUBE, NÃO SEI SE DEIXARIA A RAQUEL ENTRAR.

"Obrigada", disse Raquel educadamente, e foi embora para casa.

Laura Peters também foi embora depois da última anotação no caderno:

SE LAURA PETERS NÃO PARAR DE SORRIR PARA MIM

COM AQUELE JEITO DE SONGAMONGA, VOU ACABAR LHE DANDO UM CHUTE NA CANELA.

No dia seguinte, quando Harriet chegou na escola, ninguém falou com ela. Nem olharam para ela. Foi exatamente como se ninguém tivesse entrado na sala. Harriet sentou-se e ficou se sentindo uma perfeita idiota. Olhou para todas as carteiras, mas não havia nem sinal do seu caderninho. Olhou para cada rosto e em cada rosto havia o mesmo plano. Eles estavam organizados. "Agora eu vou me dar mal", pensou ela, sombria.

Isso não era o pior. O pior era que mesmo sabendo que não devia fazer isso, havia parado na papelaria no caminho da escola e comprado outro caderninho. Tentara não escrever nele, mas era uma criatura tão apegada aos hábitos que mesmo nessas circunstâncias se viu tirando o caderninho do bolso do macacão, e dali a um momento já estava rabiscando uma série de coisas.

ELES ESTÃO A FIM DE ME PEGAR. A SALA INTEIRA ESTÁ CHEIA DE OLHOS FEROZES. NÃO VOU CONSEGUIR PASSAR DO DIA DE HOJE. SE EU COMER MEU SANDUÍCHE DE TOMATE, ACHO QUE VOU VOMITAR. ATÉ O SPORT E A JANE! O QUE FOI QUE EU ESCREVI SOBRE A JANE? NEM ME LEMBRO. NÃO IMPORTA. ELES PODEM ACHAR QUE EU ESTOU VENCIDA, MAS TODO ESPIÃO É TREINADO PARA ESSE TIPO DE LUTA. ESTOU PREPARADA PARA ELES.

Continuou rabiscando até que dona Teresa pigarreou, avisando que tinha entrado na sala. Daí todos os alunos levantaram, como sempre, fizeram uma curvatura, disseram: "Bom dia, dona Teresa", e voltaram a sentar. O costume mandava que neste ponto cada um desse um soco, beliscão ou cotovelada no vizinho. Harriet olhou em volta procurando alguém para dar uns soquinhos, mas todos continuaram sentados com a maior cara de pau, como se nunca tivessem acotovelado ninguém na vida.

Harriet achou que se sentiria melhor se tentasse citar autores famosos, como fazia a Bá, e escreveu:

OS PECADOS DOS ANCIÃOS

Era tudo o que sabia da Bíblia, além do versículo mais curto de todos: "Jesus chorou".

A aula começou e tudo foi esquecido na alegria de escrever Harriet M. Welsch no alto de cada página.

Na metade da aula, Harriet viu um pedacinho de papel flutuando até cair no chão, à sua direita. "Ah-ah", pensou ela, "esses covardes; já querem ficar de bem". Abaixou-se para pegar o bilhetinho. Uma ágil mão passou diante do seu nariz e ela viu o bilhete ser recolhido num gesto certeiro por Jane, sentada à sua direita.

"Bem", pensou ela, "então não era para mim, só isso." Olhou para Carrie, que tinha enviado o bilhete, mas Carrie olhou para o outro lado, sem nem dar uma risadinha.

Harriet escreveu no seu caderninho:

CARRIE ANDREWS TEM UMA ESPINHA MUITO FEIA BEM PERTO DO NARIZ.

Sentindo-se melhor agora, atacou sua lição com ardor redobrado. Estava ficando com fome. Logo iria comer seu sanduíche de tomate. Olhou para dona Teresa, que estava olhando para Marion Hawthorne, que coçava o joelho. Quando Harriet voltou a olhar para sua lição, de repente viu a ponta de um papelzinho branco saindo do bolso do macacão da Jane. Era o bilhete! Quem sabe conseguiria alcançá-lo e pegá-lo bem rápido, com todo o cuidado. Ela *precisava* ler.

Ficou olhando seu próprio braço que avançava silencioso, centímetro por centímetro. Será que Carrie Andrews estava olhando? Não. Mais um centímetro. Mais outro. *Pronto!* Aqui estava. Jane não percebera nada. E agora, vamos ler! Olhou para dona Teresa, mas a professora parecia estar imersa num sonho. Desdobrou o minúsculo pedacinho de papel e leu:

*Harriet M. Welsch tem um cheiro esquisito. Você não acha?*

Ah, não! Será que ela cheirava esquisito mesmo? Cheiro de quê? Fosse o que fosse, era um cheiro ruim. Devia ser muito ruim, mesmo. Levantou a mão e pediu licença para sair da sala. Foi ao banheiro e cheirou-se por toda parte, mas não sentiu nenhum cheiro ruim. Daí lavou as mãos e o rosto. Quando já ia saindo, voltou e lavou os pés também, só por precaução. Nada cheirava mal. Do que elas estavam falando? Bem, agora, com certeza, só sentiriam cheiro de sabonete.

Quando voltou para sua carteira, notou um pedacinho de papel no chão, bem perto do pé da mesa. "Ah, isso vai explicar tudo", pensou. Com um movimento rápido, escorregou e apanhou o papelzinho do chão sem a professora notar. Desenrolou-o ansiosamente e leu:

*A coisa que eu acho mais nojenta é ver Harriet M. Welsch comer sanduíche de tomate.*

Pinky Whitehead

Com certeza quem atirou o bilhete errou o alvo. Pinky sentava à direita e estava se dirigindo a Sport, que sentava à sua esquerda. Ora, o que havia de nojento num sanduíche de tomate? Harriet sentiu o gosto na boca. Será que eles estavam loucos? Era o melhor gosto do mundo. Sua boca começou a salivar quando Harriet lembrou da maionese. Era uma verdadeira experiência, como sua mãe sempre dizia. Como aquilo poderia dar nojo em alguém? Pinky Whitehead, isso sim, dava nojo na gente, com aquelas perninhas finas e aquele pescocinho comprido, que parecia flutuar acima do corpo. Harriet escreveu:

NÃO HÁ REPOUSO PARA OS CANSADOS. ∕

Ao levantar a vista, viu Marion Hawthorne virar-se depressa na sua direção. E de repente viu Marion Hawthorne botar a língua para fora numa careta medonha, com os olhos apertadinhos puxados por dois dedos — enfim, um conjunto que dava a impressão de que Marion Hawthorne estava prestes a ser arrastada para um manicômio. Harriet olhou para dona Teresa, mas esta devaneava, olhando pela janela. Harriet escreveu depressa:

ISSO NÃO É NADA TÍPICO DA MARION HAWTHORNE. ACHO QUE ELA NUNCA TINHA FEITO UMA COISA FEIA NA VIDA.

Daí ouviu umas risadinhas. Todo mundo tinha percebido a careta. Todos estavam sorrindo ou rindo de Marion, até mesmo Sport e Jane. Dona Teresa virou-se e todos ficaram sem expressão, cada um curvado sobre sua mesa. Harriet escreveu discretamente:

QUEM SABE EU FALO COM MINHA MÃE PARA MUDAR DE ESCOLA. HOJE ESTOU COM A SENSAÇÃO DE QUE TODO MUNDO NESTA ESCOLA É DOIDO VARRIDO. QUEM SABE AMANHÃ EU ATÉ TRAGO UM SANDUÍCHE DE PRESUNTO, MAS PRECISO PENSAR.

Tocou o sinal para o lanche. Todos pularam de uma vez só, como se tivessem um só corpo, e saíram correndo porta afora. Harriet também pulou, mas por algum motivo levou trombada de três pessoas quando tentava sair. Tudo foi tão rápido que ela nem viu quem foi, mas acabou sendo empurrada com tanta força que foi a última a sair da sala. Todos corriam na frente, agarravam suas lancheiras e já estavam no pátio quando ela conseguiu pegar a sua. É verdade que ela também demorou mais porque parou para anotar o fato de que dona Teresa foi até outra sala conversar com a professora de ciências, o que nunca tinha acontecido na história da escola.

Quando pegou a lancheira, esta lhe pareceu muito leve. Enfiou a mão lá dentro e só achou papel amassado. Eles tinham tirado seu sanduíche de tomate. Imagine, *pegaram* seu sanduíche de tomate! Alguém *tinha pegado!* Ela não se conformava. Isso era totalmente contra as regras da escola. Ninguém tinha o direito de roubar o sanduíche de tomate dos outros. Harriet estava nessa escola desde que tinha quatro anos — vamos ver, já fazia sete —, e em todos esses sete anos ninguém jamais pegara seu sanduíche. Nem mesmo durante aqueles seis meses em que resolveu trazer sanduíches de picles com mostarda. Ninguém nem sequer lhe pedia uma mordida. Às vezes Beth Ellen oferecia umas azeitonas, coisa que ninguém mais trazia, pois as azeitonas eram muito chiques; fora isso, ninguém mais dividia o lanche. E agora, a situação era esta: era meio-dia e ela não tinha nada para comer.

Harriet estava chocada. O que poderia fazer? Seria ridículo sair por ali perguntando: "Alguém viu um sanduíche de tomate?". Com certeza todo mundo ia rir. Então ia falar com a dona Teresa. Não, se fizesse isso seria dedo-duro, traidora, judas. Bem, morrer de fome é que não ia. Foi à secretaria e pediu para usar o telefone, pois tinha esquecido o lanche. Ligou e a Cuca lhe disse para voltar para casa que ela lhe faria outro sanduíche.

Harriet foi para casa, comeu seu sanduíche de tomate e não voltou para a escola. Passou o resto do dia na cama. Precisava pensar. Sua mãe estava jogando bridge no centro da cidade. Fingiu estar doente, para que a Cuca não brigasse com ela, mas não tão doente a ponto de fazê-la ligar para sua mãe. Precisava pensar.

Deitada na semi-escuridão do quarto, olhou para as árvores no parque, do outro lado da rua. Ficou um momento observando um passarinho, depois um velho que caminhava como um bêbado. Dentro de si, sentia um pensamento: "Todo mundo me odeia, todo mundo me odeia".

Primeiro não ouviu esse pensamento; depois começou a ouvir o que estava sentindo. Disse em voz alta várias vezes, para ouvir melhor. Daí pegou nervosamente seu caderninho e escreveu em grandes letras de fôrma, como costumava escrever quando era bem pequena:

# TODO MUNDO ME ODEIA.

Recostou-se no travesseiro e ficou pensando nisso. Era hora do seu bolo com leite, então levantou-se e desceu de pijama para a cozinha. A Cuca começou a brigar com ela, dizendo que se estava doente, não podia comer bolo com leite.

Harriet sentiu grandes lágrimas quentes lhe virem aos olhos, e começou a pedir seu bolo com leite aos gritos.

A Cuca disse calmamente: "Ou você vai para a escola e na volta come seu bolo com leite, ou então você está doente e não vai comer bolo com leite nenhum, porque faz mal quando a gente está doente; mas você não vai ficar deitada na cama o dia inteiro e ganhar bolo com leite. Isso não".

"Mas é o maior absurdo que eu já ouvi na minha vida!", gritou Harriet. Começou a berrar o mais alto possível. De repente ouviu sua própria voz dizer uma porção de vezes: "Eu odeio você, odeio você, odeio você!". Mas mesmo enquanto falava, sabia que não odiava a Cuca; na verdade até gostava dela, mas naquele momento lhe parecia que a odiava.

A Cuca virou as costas e murmurou: "Ah, você! Você odeia todo mundo".

Isso foi demais. Harriet subiu correndo para o seu quarto. Ela não odiava todo mundo. Não era verdade. Todo mundo a odiava, isso sim. Bateu a porta do quarto com estrondo, correu para a cama e enfiou a cabeça no travesseiro.

Quando se cansou de chorar, ficou ali deitada olhando as árvores. Viu um passarinho e começou a odiar o passarinho. Viu o velho bêbado e sentiu tanto ódio dele que quase caiu da cama. Daí pensou em todo mundo e odiou-os a todos, cada um por sua vez: Carrie Andrews, Marion Hawthorne, Raquel Hennessey, Beth Ellen Hansen, Laura Peters, Pinky Whitehead, o novo das meias roxas, e até mesmo Sport e Jane, especialmente Sport e Jane.

Ela simplesmente os odiava. "Eu *odeio* eles todos", pensou. Pegou seu caderninho:

QUANDO EU CRESCER, VOU SER ESPIÃ. VOU PARA UM PAÍS E VOU DESCOBRIR OS SEGREDOS DE LÁ, E DAÍ VOU PARA OUTRO PAÍS E VOU CONTAR TUDO PARA ELES, E AÍ VOU DESCOBRIR OS SEGREDOS DELES TAMBÉM, E AÍ VOU VOLTAR PARA O PRIMEIRO PAÍS E DEDAR O SEGUNDO, E DEPOIS VOU VOLTAR PARA O SEGUNDO E DEDAR O PRIMEIRO. VOU SER A MELHOR ESPIÃ QUE JÁ HOUVE NO MUNDO, E VOU SABER DE TUDO. TUDINHO.

Quando já ia adormecendo pensou: "E aí todo mundo vai ficar morrendo de medo de mim".

Harriet ficou doente três dias. Isto é, ficou deitada na cama três dias. Daí sua mãe a levou ao consultório do médico, aquele velho e bondoso médico da família. Antigamente ele costumava ser o velho e bondoso médico da família que visitava os doentes em casa, mas agora não fazia mais isso. Certo dia ele bateu o pé para a mãe de Harriet e disse: "Gosto do meu consultório e vou ficar por aqui mesmo. Pago um aluguel tão alto por esse consultório que se eu sair por cinco minutos, minha filha perde um ano de escola. Nunca mais vou sair daqui". E, daquele momento em diante, não saiu mais. Harriet até que o respeitava por essa decisão. Mas o estetoscópio dele estava sempre gelado.

Depois de examinar Harriet dos pés à cabeça, ele disse para a sua mãe: "Não tem absolutamente nada de errado com ela, nem um fiozinho de cabelo".

A mãe lançou a Harriet um olhar furibundo e mandou-a esperar lá fora. Quando Harriet fechou a porta do consultório ouviu o médico dizer: "Acho que eu sei o que está acontecendo com ela. A Carrie nos contou uma história comprida sobre um tal dum caderninho".

Harriet estacou, dura. "Isso mesmo", disse alto, "o nome dele é doutor Andrews, então ele deve ser o pai da Carrie Andrews!"

Tirou seu caderninho e anotou isso. Daí escreveu:

POR QUE SERÁ QUE ELE NÃO TRATA DAQUELA ESPINHA NO NARIZ DA CARRIE?

"Vamos, mocinha, vamos para casa." A mãe pegou-a pela mão. Estava com cara de quem ia levar Harriet para casa e matá-la. Mas não fez nada disso. Quando chegaram em casa, disse apenas: "Muito bem, dona Harriet, a Espiã, vamos conversar na biblioteca".

Harriet a seguiu, arrastando os pés. Nesse momento gostaria de ser a Beth Ellen, que nunca tinha encontrado a mãe.

"Muito bem, Harriet, ouvi dizer que você anda fazendo a ficha de todo mundo na escola."

"Como assim, fazendo a ficha?" Harriet estava preparada para negar tudo, mas isso era novidade.

"Você não escreve um caderninho?"

"Um caderninho?"

"Pois é, não escreve?"

"Para que você quer saber?"

"Responda, Harriet." Era sério.

"Escrevo."

"E o que você anda escrevendo lá?"

"Tudo."

"Bem, que tipo de coisa?"

"Só... umas coisas."

"Harriet Welsch, responda. O que você escreve sobre os seus colegas?"

"Ah, é só... bom, umas coisas que eu penso... Algumas coisas legais... e... umas coisas... meio maldosas."

"E seus amigos leram tudo?"

"Leram, mas não deviam ter lido. São coisas particulares. Eu até escrevi PARTICULAR na capa, em letras bem grandes."

"Mesmo assim, eles leram. Certo?"

"Certo."

"E daí o que aconteceu?"

"Nada."

"Nada?" A mãe de Harriet parecia bastante cética.

"Bom... meu sanduíche de tomate desapareceu."

"Você não acha que talvez essas coisas meio maldosas tenham deixado seus colegas zangados?"

Harriet ponderou, como se essa idéia nunca tivesse lhe ocorrido. "Bom, talvez, mas eles não deviam ter lido. É propriedade particular."

"Isso, Harriet, não importa mais. O fato é que *eles leram*. Agora, por que você acha que eles ficaram zangados?"

"Não sei."

"Bem..." A sra. Welsch parecia estar na dúvida se dizia ou não o que finalmente disse. "E como você se sentiu quando pegou aqueles bilhetes?"

Houve silêncio. Harriet olhou para os pés.

"Harriet?" A mãe estava esperando uma resposta.

"Acho que estou me sentindo mal de novo. Vou deitar."

"Escute, querida, você não está doente. Pense nisso só um instante. Como você se sentiu?"

Harriet desatou a chorar. Correu até a mãe e chorou muito. "Eu me senti horrível, horrível", era só o que conseguia dizer. A mãe lhe deu uma porção de beijos e abraços. Quanto mais a abraçava, melhor Harriet se sentia. Ainda estava recebendo esses abraços apertados quando o pai chegou. Ele também a abraçou, mesmo sem saber da história. Depois os três jantaram juntos e Harriet subiu para o quarto. Antes de ir para a cama, escreveu no seu caderninho:

ISSO TUDO FOI MUITO LEGAL, MAS NÃO TEM NADA A VER COM O MEU CADERNINHO. SÓ A BÁ ENTENDE MEU CADERNINHO. EU SEMPRE VOU TER UM CADERNINHO. VOU ESCREVER TUDO, TUDO, CADA COISINHA, CADA MÍNIMA COISA QUE ME ACONTECER.

Dormiu tranqüilamente. No dia seguinte a primeira coisa que fez ao acordar foi pegar o caderninho em cima da mesinha e rabiscar furiosamente:

QUANDO EU ACORDO DE MANHÃ, QUERIA TER MORRIDO.

Depois de ter soltado isso, levantou-se, e vestiu as mesmas roupas do dia anterior. Antes de descer começou a pensar no fato de que seu quarto ficava lá em cima, no sótão. Escreveu:

ELES ME BOTAM AQUI EM CIMA NESSE QUARTINHO PORQUE ACHAM QUE EU SOU BRUXA.

Mesmo enquanto escrevia, sabia perfeitamente bem que seus pais não achavam nada disso. Fechou o caderninho de um golpe e desceu os três lances de escada em alta velocidade, como se fosse o homem-bala sendo cuspido do canhão. Entrou na cozinha a mil por hora, deu uma trombada na Cuca e derrubou um copo de água que ela trazia na mão.

"Olha só o que você fez, sua louquinha! Mas por que você está correndo desse jeito? Se fosse minha filha, eu lhe dava um tapa na cara. Espere só, que você leva um tapa de qualquer jeito!" A Cuca falou tudo isso de um jato só, exasperada.

Mas Harriet já estava na sala de novo, fora do seu alcance. Só tinha descido para arrancar uma torrada da cozinheira, em vez de esperar na mesa. Foi correndo até seu lugar e sentou-se num baque. A mãe a examinou de cima a baixo.

"Harriet, você não se lavou, e além disso essas roupas estão me parecendo estranhamente conhecidas. Vá lá em cima se trocar." A mãe disse tudo isso num tom até alegre.

Harriet chispou na corrida outra vez. *Claque-claque-claque*, faziam seus pés no assoalho, e depois *tump-tump-tump*, subindo a escada acarpetada. Correu até seu banheirinho. Ao lavar as mãos na pia, teve uma rápida sensação de cansaço.

A luz do sol se despejava pela minúscula janelinha do banheiro, que dava para o parque e o rio. Harriet ficou olhando pela janela, de repente perdida num sonho. Virava e revirava o sabonete nas mãos, sentindo a água quente escorrer nos dedos, enquanto acompanhava o trajeto de um rebocador amarelo de mastro vermelho que ia subindo o rio com decisão, deixando atrás um grande V de espuma encaracolada, até desaparecer no vazio.

A sineta tocou lá embaixo e a mãe chamou: "Harriet, você vai se atrasar para a escola". Harriet acordou de repente do seu devaneio e viu que o sabonete se transformara numa pasta em suas mãos. Lavou-as bem e disparou escada abaixo, enxugando as mãos na roupa. Seu pai estava na mesa, atrás do jornal. A mãe estava atrás de outro jornal.

A Cuca entrou, resmungando baixinho: "Quase me mata de susto, essa menina. Um dia ela vai matar todos nós!". Ninguém prestou nenhuma atenção nela. A Cuca lançou um olhar sinistro para Harriet enquanto lhe servia leite, torradas e ovos com bacon.

Harriet engoliu tudo rápido, escorregou da cadeira e já estava na porta da casa, sem que seu pai nem sua mãe tivessem abaixado o jornal. Agarrou seus livros e seu caderninho. Saindo em disparada, ouviu um farfalhar de jornal e a voz da mãe: "Harriet? Você foi ao banheiro?". A única resposta foi um longo e distante "Nãããããããoooo...", como o uivo de uma pequena ventania, enquanto Harriet voava porta afora e escada abaixo.

Na rua afrouxou o passo e começou a olhar em volta. "Por que será que eu corro tanto?", pensou. "São só dois quarteirões e meio." Estava sempre adiantada para a escola. Atravessou a avenida East End na esquina da rua 86 e caminhou pelo parque. Tomou a subidinha até a esplanada e por fim sentou-se, *pumba*, num banco bem na margem do rio. A luz do sol se refletia no rio e a forçava a apertar os olhos. Abriu seu caderninho e escreveu:

ÀS VEZES AQUELA CASA ME DÁ NOS NERVOS. TENHO QUE FAZER UMA LISTA DE VÁRIAS MANEIRAS DE MELHORAR.

NÚMERO 1. PARAR DE DAR TROMBADAS NA CUCA.

NÚMERO 2. ANOTAR TUDO, TUDINHO, NESTE CA-
DERNO.

NÚMERO 3. NUNCA, NUNCA, NUNCA DEIXAR NIN-
GUÉM VER ESTE CADERNO.

NÚMERO 4. DESCOBRIR COMO LEVANTAR MAIS CEDO
PARA APROVEITAR A MANHÃ, ANTES DA
ESCOLA, PARA ESPIONAR. AINDA SOU
TÃO IGNORANTE E HÁ TANTAS COISAS
PARA DESCOBRIR QUE É MELHOR EU
USAR TODO O MEU TEMPO LIVRE PARA
ESPIONAR.

Nesse momento, Harriet sentiu uma palmadinha no ombro. Virou depressa e viu Raquel Hennessey. Ali estava ela, olhando para Harriet com os olhinhos apertados atrás dos óculos. Harriet também lhe devolveu o olhar apertando os olhos.

"Aí, hein? De novo escrevendo nesse caderninho!" Raquel cuspiu essas palavras como um gângster. Parada ali com os pés bem plantados no chão, olhava para Harriet com os olhos apertados pelo sol e pela raiva.

"E daí?" A voz de Harriet tremeu. Mas ela recuperou o autocontrole. "E daí que estou escrevendo? O que você vai fazer?"

Raquel fez um ar misterioso. "Você vai ver. Você vai ver o que você vai levar, dona Harriet, a Espiã!" Deu meia-volta, girando lentamente num pé só, e tornou a plantar-se bem na frente de Harriet. Um raio de sol faiscava nos óculos dela, por isso Harriet não via seus olhos.

Harriet achou necessário fazer uma ameaça. Escorregou do banco e em dois passos estava encostando o nariz no nariz da outra. "Escute aqui, Raquel Hennessey, o que você quer dizer com isso, exatamente?" Raquel começou a ficar nervosa. Harriet aproveitou a vantagem para pressionar. "Você sabe muito bem, Raquel, que TODO MUNDO SABE que não se deve levar a sério nada do que você diz. Você sabe muito bem disso, não sabe?"

Raquel pareceu completamente desnorteada. Continuou ali firme, mas em silêncio. Só seus olhos, que de repente se encheram de lágrimas, denunciaram a Harriet que ela estava com medo.

"Olhem aqui, vocês todos!", disse Harriet. "É melhor vocês pararem de fazer essas coisas comigo, senão... senão... VOCÊS VÃO VER O QUE É BOM!" Harriet percebeu, tarde demais, que estava exagerando na dose, fazendo gestos histéricos.

Algo então tocou Raquel profundamente. Talvez esta última observação tivesse lhe mostrado que Harriet, apesar de gritar tanto, estava com medo. Em todo caso, de repente ela deu um risinho fantasmagórico e foi recuando. Continuou a rir e a dar passos para trás, e só quando ficou óbvio que estava pronta para uma fuga relâmpago, falou: "Nada disso. Você não sabe de nada. VOCÊ é que vai ver o que é bom. Nós temos um PLANO... um PLANO!...". E essas palavras deixaram para trás um eco, enquanto Raquel saía voando, com os saltos dos sapatos encostando na barra da saia xadrez de tanto correr.

Harriet ficou olhando o parque silencioso. Pegou seu caderninho. Daí colocou-o de volta no banco e olhou para as águas do rio. O sol tinha arrefecido. Talvez até chovesse. Pegou de novo o caderninho.

UM PLANO. ISSO É SÉRIO. ELES NÃO ESTÃO PARA BRINCADEIRA. ISSO QUER DIZER QUE ELES ESTÃO COMBINANDO ALGUMA COISA. SERÁ QUE ELES VÃO ME MATAR? SERÁ QUE ESTA É A ÚLTIMA VEZ QUE VEJO O PARQUE? SERÁ QUE AMANHÃ NÃO HAVERÁ MAIS NADA NEM NINGUÉM AQUI NESTE BANCO? SERÁ QUE ALGUÉM VAI SE LEMBRAR DE HARRIET M. WELSCH?

Levantou-se, muito rígida, e foi caminhando devagar até a escola. Tudo parecia bem verdinho e até sagrado naquela luz triste de antes da chuva. Até mesmo o homem que fazia mágicas na esquina, aquele de nariz ridículo, hoje parecia tristonho e pensativo. Harriet viu quando ele tirou do bolso um grande lenço azul e assoou o nariz. Por algum motivo isso foi tão tocante que ela teve de desviar a vista.

A porta da escola estava em polvorosa com as crianças entrando. Só gostaria de poder esperar até todo mundo entrar, e depois entrar calmamente, caminhando sozinha pelos corredores, como se fosse para a cadeira elétrica. Mas se fizesse isso, chegaria atrasada na aula. Desabalou para a escola.

# 11

Aquela tarde, uma suave chuva de primavera batia nas janelas durante a aula de matemática, enquanto Harriet escrevia:

ALGUMA COISA ESTÁ ACONTECENDO. SPORT ARRANJOU UMA CAIXA DE FERRAMENTAS E ANDA COM ELA PARA LÁ E PARA CÁ O DIA TODO. O SUÉTER DE CARRIE ANDREWS ESTÁ COM OS BOLSOS CHEIOS DE PREGOS. OU ELES VÃO CONSTRUIR ALGUMA COISA OU VÃO ME AGARRAR E ENFIAR UNS PREGOS NA MINHA CABEÇA.

Olhou para todos em volta e continuou:

TODO MUNDO FICA O TEMPO TODO COCHICHANDO, E NINGUÉM ATÉ AGORA ME FALOU NENHUMA PALAVRA. NA HORA DO LANCHE TIVE QUE COMER MEU SANDUÍCHE DE TOMATE SOZINHA, PORQUE CADA VEZ QUE EU SENTAVA PERTO DE ALGUÉM, A PESSOA LEVANTAVA E MUDAVA DE LUGAR. EU ME CANSEI DE MUDAR DE LUGAR TAMBÉM, POR ISSO QUE ACABEI COMENDO SOZINHA.

Olhou em volta de novo.

ALGUMA COISA ESTÁ ACONTECENDO COM ESSE PESSOAL. A RAQUEL FICA ME OLHANDO O TEMPO TODO COM UMA CARA TERRÍVEL. QUANDO FUI AO BANHEIRO ELAS NÃO PERCEBERAM QUE EU ESTAVA LÁ E OUVI CARRIE DIZER PARA RAQUEL QUE NÃO IA PODER IR PARA A CASA DA RAQUEL LOGO DEPOIS DA ESCOLA, COMO ELAS TINHAM COMBINADO, PORQUE PRECISAVA PASSAR PRIMEIRO EM CASA PARA PEGAR O MASTRO DA BANDEIRA. ORA, PARA QUE ELAS PRECISAM DE UM MASTRO DE BANDEIRA? ELAS NEM TÊM BANDEIRA! SERÁ QUE ESTÃO PLANEJANDO ESPETAR MINHA CABEÇA LÁ NO ALTO DO MASTRO? UMA VEZ VI ISSO NUM LIVRO. É MELHOR EU IR ATÉ A CASA DA RAQUEL DEPOIS DA ESCOLA E ESPIONAR O QUE ELAS VÃO FAZER. SEI UM JEITO DE CHEGAR ATÉ LÁ PELO QUINTAL DOS FUNDOS. ALGUMA COISA ELAS ESTÃO TRAMANDO, ISSO EU TENHO CERTEZA.

A aula de matemática se arrastava, tediosa, e Harriet aproveitou o tempo para pensar. Por fim a sineta tocou e as aulas terminaram. Todo mundo correu aos trambolhões para o portão. Harriet seguiu atrás, sentindo-se um pouco ridícula. Lá fora, todos se dirigiram para a casa da Raquel, exceto Carrie, que foi para a dela. Era uma situação constrangedora. Harriet ficou escondida no portão até ver todos bem longe. Enquanto isso, a chuva parou e o sol apareceu. Sabia que deveria ir até a casa de Raquel imediatamente, mas era hora do seu bolo com leite. Ficou um momento ali parada, dividida, mas a força do hábito levou a melhor. Virou-se para a sua casa e desatou a correr a toda a velocidade. Podia tomar seu lanche depressa e voltar para lá escondido. Enquanto corria, viu as árvores passarem voando, depois a porta da frente passar voando, daí os degraus da cozinha, e *bam!*, deu uma trombada na Cuca.

"Isso já é demais! Se você fizer isso mais uma vez, eu peço as contas. Por que você não olha por onde anda? Será que a gente tem que botar um sinal de trânsito na porta da cozinha? Você é pior que esses caminhões de entrega..." E por aí afora, despejando uma torrente de reclamações, enquanto punha na mesa o bolo com leite. Harriet tirou seu caderninho e escreveu:

ESSA COZINHEIRA FALA PELOS COTOVELOS. QUEM SABE A GENTE PODIA ARRANJAR UMA MAIS QUIETINHA? NÃO CONSIGO NEM PENSAR COM ESSE BARULHO TODO. PRECISO FAZER UM PLANO, MAS ANTES PRECISO SABER QUAL É O PLANO DELES. É MELHOR EU IR ANDANDO.

Fechou o caderninho de um golpe. A Cuca deu um pulo.

"Mas por que raios você não consegue fazer nada sem barulho? Fechar um caderno é uma coisa tão simples. *Não precisa* parecer uma bomba atômica..." E por aí afora. Sua voz seguiu Harriet até lá em cima no quarto, onde foi pôr sua roupa de espiã.

Primeiro foi ao banheiro, pois ainda não tinha ido de manhã, e sentada ali escreveu no caderninho:

EU ME AMO.

Daí levantou-se e vestiu a roupa de espiã. Quando estava pronta, desceu a escada correndo e saiu batendo a porta com estrondo. Raquel Hennessey morava na rua 85, num apartamento no andar térreo de um prédio velho. Morava só com a mãe, pois o pai tinha ido embora. Atrás do apartamento havia um quintal bem grande e Harriet sabia como chegar até ali passando pelos quintais vizinhos.

Na esquina da rua 85 com a rua York havia um prédio velho e abandonado, prestes a ser destruído, e entre ele e o prédio vizinho havia um beco cheio de gatos. Várias velhinhas davam comida para esses gatos, por isso havia uma porção de restos de atum no chão diante de umas casinhas improvisadas que elas também tinham feito, que pareciam umas cabaninhas de praia para gatos.

Harriet olhou em torno e, não vendo ninguém, pulou o portãozinho de ferro do beco. Um gato de um olho só fitou-a fixamente. Harriet caiu sentada com barulho, e o gato de um olho só sibilou irritado, recuando alguns passos.

Harriet correu até o final do beco, com suas ferramentas tilintando na cintura. Pulou a cerca dos fundos, e dali viu vários quintais vizinhos. O de Raquel era o quarto. Esperando que ninguém a visse das janelas dos edifícios, ou, se a vissem, que pelo menos ficassem de boca fechada, começou a pular as cercas e atravessar correndo os quintais, até chegar no quintal vizinho ao de Raquel. Por uma rachadura na cerca dava para ver e ouvir quase tudo. Escutou a voz da turma, todos excitados e falando ao mesmo tempo, e viu uma tábua de madeira se projetando para o alto.

"Escute, Pinky, você é burro! Esse pedaço vai aqui, não ali." Não havia dúvida de que era Carrie Andrews falando.

Daí Harriet viu o tal mastro. Não era muito alto, mas era um mastro de bandeira de verdade. Lá em cima, balançando ao vento contra o céu azul, estava um par de meias roxas.

Harriet ficou olhando para as meias. Um vago sentimento começou a invadi-la. Não sabia o que era, até que seu coração começou a bater depressa, e ela percebeu que era medo. Aquelas meias a deixaram com medo. Se ela conseguisse ver direito o que eles estavam fazendo, quem sabe não teria mais medo.

"VOCÊ É UM IDIOTA!", disse Carrie Andrews para Pinky Whitehead.

"Como posso construir alguma coisa sem um fio de prumo?", disse Sport para todos em geral.

Daí Harriet encontrou um buraco maior na cerca e conseguiu enxergar melhor. Eles estavam construindo uma *casa*! Incrível. Mas ali estava. Todos corriam de um lado para outro com ferramentas e pedaços de madeira, e havia algo semelhante a uma casinha surgindo bem ali na sua frente. Estava torta, claro. Na verdade, as duas paredes de trás eram o canto da cerca, e a casa se apoiava nessa cerca, parecendo prestes a desmoronar; mas, mesmo assim, era uma casa.

Sport era o responsável. Dava ordens a todo mundo num tom irritado. Carrie Andrews parecia ser a segunda no comando. Exceto por uns três pedaços de madeira novos, o resto eram madeiras podres de uma velha cômoda que eles haviam desmontado. Os três pedaços novos não tinham nenhuma relação um com o outro. Havia também algumas cadeiras, que naquele momento estavam sendo arrebentadas por Pinky. Harriet encostou bem o olho no buraco da cerca para ver melhor.

Era uma cena engraçada. Carrie Andrews se inclinava sobre Sport, berrando a plenos pulmões, embora já estivesse com a boca encostada no ouvido dele. Sport dava marteladas — pelo jeito, estava fazendo o assoalho. Laura Peters, Marion Hawthorne e Raquel Hennessey corriam em círculo feito três tontas. Não tinham a menor idéia do que fazer. Raquel tentou dar uma martelada, mas acertou o dedo. Depois de um tempo as três se cansaram de tentar fazer alguma coisa útil e começaram a conversar perto do esconderijo de Harriet. Jane também se juntou a elas depois que uma tábua caiu na sua cabeça.

"Quando ela descobrir, vai morrer de inveja."

"Bem feito para ela, aquela horrorosa."

"Nossa, ela vai ficar verde de inveja!"

"Ela com aquela mania de grandeza", disse Jane esfregando o galo na cabeça.

Harriet ficou intrigada. Quem? De quem elas estavam falando? Num canto mais adiante, viu Beth Ellen sozinha. O que ela estaria fazendo? Parecia que estava desenhando num pedaço de madeira velha. Aliás, era a única coisa que Beth Ellen sabia fazer na vida, desenhar. Mas daí Harriet olhou melhor e viu que ela não estava exatamente desenhando, e sim fazendo um cartaz com letras bem grandes, escrevendo de uma maneira penosa, cansativa.

Bem nesse momento a porta de trás se abriu e a sra. Hennessey chamou: "Crianças, o bolo está na mesa! Venham!".

*Bolo feito em casa.* É claro. Por isso eles tinham escolhido o quintal da Raquel. Nem todos tinham quintal em casa, mas Jane tinha, e Beth Ellen também. Só que Beth Ellen não ofereceria nem uma azeitona para ninguém comer no seu quintal. Certa vez Harriet tinha passado a tarde toda lá e só para matar o tempo tinha olhado na geladeira. Não havia nada exceto um vidro de maionese, outro de alcachofras em conserva e um litro de leite desnatado. Beth Ellen então havia concordado que isso não era o suficiente e tinha acrescentado que vivia com fome, porque sua babá estava de regime e sua avó sempre jantava fora.

Ouviu uma barulhada do outro lado da cerca, enquanto todos corriam e se amontoavam na porta de trás para entrar na cozinha. Harriet sentiu-se sozinha e um tanto faminta. Pensou por um instante, e depois começou a voltar, atravessando os quintais, do mesmo modo como tinha vindo. No beco contou sete gatos sentados, olhando para ela. Um deles era cego dos dois olhos. Todos pareciam doentes.

Pulou o portãozinho de ferro e voltou para a calçada. Sentou no meio-fio e escreveu no seu caderninho tudo o que tinha visto. Quando terminou, ficou ali pensando um momento. Daí abriu de novo o caderninho e arrancou uma página em branco do final. Para disfarçar a letra, escreveu com a mão esquerda e em letras de fôrma:

*Prezada sra. Hennessey,*
*Todas essas crianças detestam a Raquel. Elas só querem comer bolo. Além disso, elas estão enchendo o quintal de tranqueiras e perturbando a tranqüilidade geral.*
*Quem avisa, amigo é*

Harriet olhou depressa em torno. Ninguém à vista. Guardou o caderninho e foi rapidamente até a porta da casa de Raquel. Seu coração batia forte quando subiu os degraus e enfiou o papelzinho dobrado na caixa de correio da sra. Hennessey. Achou que ia estourar de tanto correr, escada abaixo e até a East End. Nunca tinha feito algo desse tipo. Será que seria presa? Às vezes na televisão, a polícia pegava algum bilhete, mas em geral era porque alguém tinha atirado uma pedra na janela com o bilhete amarrado. Talvez pondo o bilhete na caixa de correio, isso não acontecesse.

Na manhã seguinte Harriet apressou-se a ir para a escola. Na noite anterior tinha lhe ocorrido que talvez o pessoal simplesmente tivesse se esquecido de convidá-la para o bolo. Quem sabe fora apenas uma distração. Era uma chance muito pequena, mas ela preferia pensar nisso do que numa outra idéia horrível que tinha começado a se insinuar na sua mente. Chegando na sua sala de aula, sorriu para Laura Peters, que lhe devolveu um olhar vazio como se ela não estivesse lá. Isso a deixou arrepiada. Especialmente vindo de Laura Peters, que sorria para todo mundo; na verdade, sorria até demais. Harriet sentou-se e escreveu no seu caderninho em letras bem pequenininhas:

ACONTEÇA O QUE ACONTECER, FAÇA COM QUE EU NÃO CHORE

Nesse momento Jane cuspiu uma bolinha de papel que acertou bem na sua cara. Jane Gibbs? Ora, Jane nunca na vida tinha cuspido uma bolinha de papel em ninguém. Jane Gibbs estava muito acima de jogar bolinhas de papel. "É justo em mim?", pensou Harriet. "Em *mim*?" Lembrou-se de um poema de Rudyard Kipling que lera certa vez, e escreveu o início no seu caderninho:

SE ÉS CAPAZ DE MANTER A TUA CALMA QUANDO TODO MUNDO AO REDOR JÁ A PERDEU, E TE CULPA...

Escrevendo isso, sentiu-se melhor. Dona Teresa entrou e todos se levantaram e disseram bom-dia. Isso também a fez sentir-se melhor. O mundo continuava igual, afinal de contas. As mesmas coisas aconteciam todas as manhãs. *E daí* que eles não gostavam dela? *Ela* continuaria igual. *Ela* era Harriet M. Welsch, e continuaria sendo Harriet M. Welsch, e isso era o mais importante naquele momento. Pegou uma folha de papel em branco e escreveu no alto: Harriet M. Welsch. Parecia importante, tranqüilizador. Enquanto olhava sua assinatura, com um restinho de sorriso satisfeito, ocorreu um incidente. Raquel Hennessey passou pela sua mesa levando um vidro de tinta. Aconteceu tão depressa que era difícil dizer como, mas o fato é que Raquel tropeçou e caiu por cima de Harriet, e um fio de tinta azul se espalhou sobre o "Harriet M. Welsch", fazendo-o desaparecer por completo, e continuou seguindo na direção de Harriet, que olhava horrorizada, derramando-se na blusa, na saia e até escorrendo pelas suas pernas e entrando nas meias e sapatos.

Raquel, muito agitada, exclamou: "Ah, dona Teresa, dona Teresa! Olha só o que aconteceu!", numa voz que não era a sua mas parecia direitinho a da sua mãe. Todas as crianças pularam e dona Teresa foi correndo ver. Harriet, desmontada na cadeira, estava arrasada, toda azul. Como pegara o vidro do chão, agora tinha tinta azul também nas mãos e nos braços. Cada vez que mexia as mãos, espirrava pingos de tinta em cima de todo mundo, na camisa branca de Pinky, no nariz da dona Teresa.

Todos recuaram, e dona Teresa disse: "Oh, Harriet!", como se fosse Harriet que tivesse feito aquilo. Harriet sentia-se ensopada. Sentada em cima daquele lago de tinta, procurava não se mexer.

"Ora, Harriet, não é tanta desgraça assim. É só questão de ir para casa, tomar banho e mudar de roupa, certo, meu bem? Você vai estar de volta a tempo para a aula de matemática. Raquel, mas que falta de jeito a sua! Francamente! Sport, vá correndo até o banheiro e traga umas toalhas de papel. Vamos limpar isso tudo. Pinky, vá com ele, traga o rolo todo de uma vez. Meu Deus, mas que sujeira!"

Começou uma tremenda agitação. O interessante era como Raquel, Laura, Pinky, Jane e Marion ficavam todas paparicando Harriet quando a professora estava olhando. Ajudaram-na a levantar e a limpar seu assento, com palavras agradáveis. Daí, assim que dona Teresa foi até a porta da sala para pegar as toalhas de papel com Pinky, Marion despejou o resto da tinta nas costas de Harriet, por dentro da gola da blusa. Com isso, Harriet virou-se e deu um tapa na cara de Marion, deixando seu rosto todo azul.

"Ora, Harriet, não devemos pôr a culpa nos outros pelos nossos próprios problemas. Isso não é jeito de se comportar! A Raquel não teve culpa de derrubar a tinta, e Marion não tinha nada a ver com isso. Foi um simples acidente, e tenho certeza de que a Raquel está se sentindo supermal."

"Claro, dona Teresa", Raquel se apressou a concordar, numa vozinha aguda.

"Muito bem. Está vendo, Harriet? Quando alguém nos faz algum mal, essa pessoa fica aborrecida, e temos de perdoá-la logo, para ela se sentir melhor."

Raquel ria tanto pelas costas da professora que quase foi pega em flagrante quando dona Teresa se virou e estendeu o seu braço azul para aproximar Raquel de Harriet. "Veja, Raquel precisa ter certeza de que fez tudo aquilo sem querer, e você também, Harriet, precisa saber disso." Harriet lançou para Raquel dois olhos de aço. Raquel sorriu como um anjo.

"*Desculpe,* Harriet. Acho que tropecei. Sinto muito, *mesmo.*" Seus olhos brilhavam tanto que Harriet sabia que ela mal estava agüentando de vontade de rir. Parecia prestes a rolar no chão às gargalhadas. Harriet lhe mandou um olhar de desprezo e abaixou a vista para suas pernas azuis. Pinky e Sport a enxugavam com as toalhas de papel, um em cada perna, e dona Teresa torcia a saia, espremendo a tinta num copinho.

De repente, Harriet não suportou mais. Agarrou seu caderninho e desvencilhou-se de todos eles, espirrando tinta por cima de todo mundo com seus gestos afobados.

Saiu porta afora como uma bola atirada por uma catapulta. Correndo escada abaixo, ouvia gritos e vozes excitadas lá atrás. Seus sapatos cheios de tinta faziam *slush-slush* de degrau em degrau. O bedel da escola ergueu o braço para detê-la quando ela passou, mas só conseguiu ganhar uma mancha de tinta no olho. Correu ainda mais depressa na rua, porque todos olhavam para ela. "Sou o Monstro Azul da Avenida", pensava, enquanto chispava em desabalada carreira pela rua 86, subindo até sua casa.

Continuava deixando manchas azuis por toda parte quando entrou em casa, e sabia que suas pegadas iam ficar no tapete, mas não se importou. O principal era chegar lá em cima sem ninguém vê-la. Finalmente chegou no quarto, enfiou-se no banheiro e trancou a porta. Daí passou a arrancar a roupa freneticamente, enquanto as lágrimas por fim chegaram e jorraram, quentes como pequeninas facas lhe cortando o rosto. Abriu a água da banheira, quase sem enxergar a torneira.

Ouviu uma batida na porta e a voz da Cuca: "Ei, o que está acontecendo? O que você está fazendo em casa numa hora dessas? Está tomando banho?".

"Estou", Harriet conseguiu dizer, recompondo-se.

"E posso saber por que está tomando banho quando devia estar na escola? Sua mãe saiu. Estou sozinha em casa. O que que eu faço com você?"

"Eles me mandaram para casa para tomar banho. Está tudo bem. Vá embora."

"Que negócio é esse de 'vá embora'? Não me mande embora! E não está nada tudo bem. Nunca vi uma criança sair da escola no meio do dia para tomar banho."

"Pois bem, agora você já viu. A professora me MANDOU para casa."

Houve um silêncio denso. "*Harrrunf*", ouviu Harriet do outro lado da porta. Quase dava para ouvir os pensamentos da Cuca. Por fim: "Por acaso você se machucou?".

Harriet deu um suspiro. "Não, não me machuquei." Mais um silêncio, e Harriet disse: "Posso tomar meu lanche aqui em cima?".

"Você já comeu um sanduíche de tomate hoje de manhã."

"Esqueci."

"Nessa casa o trabalho é demais! Tome seu banho

e venha para baixo. Eu faço outro sanduíche para você."

"DE TOMATE!", gritou Harriet.

"Já sei, tomate, tomate! Tomara que eu nunca mais veja um tomate na minha vida!" E saiu arrastando os pés.

Harriet suspirou aliviada. Enfiou a ponta do pé na água e imediatamente manchou a banheira toda de azul. Daí foi entrando na água aos poucos. Ficou lá dentro chorando baixinho por muito tempo, até conseguir se ensaboar.


No dia seguinte, depois da aula, Harriet foi outra vez disfarçadamente pular as cercas dos quintais para olhar. Não houve mais incidentes na escola aquele dia, exceto que ninguém quis sentar com ela para tomar lanche e ninguém falou com ela. De certa forma ela já estava se acostumando com isso, mas, pensou, que mais poderia fazer?

Espiando pela cerca do quintal dos Hennessey, viu que o pessoal havia feito um grande progresso depois do bolo do outro dia. Já tinham erguido toda a estrutura de uma casinha, com exceção de uma parte ainda por completar em torno da porta. Beth Ellen continuava escrevendo o cartaz. Sport organizava o trabalho; agora estava mandando todos procurarem na pilha de madeira dois pedaços bons para formar os batentes da porta. De repente Raquel falou: "Ontem minha mãe recebeu um bilhete na caixa de correio. Ela disse que deve ser de algum vagabundo, mas eu vi e acho que é *daquela espiã.*"

"E o que dizia o bilhete?", perguntou Carrie. Raquel falou com ar importante: "Ah, era ridículo... dizia que ninguém gosta de mim, que só gostam do bolo".

Houve um breve silêncio.

Pinky, que estava martelando, disse, pensativo: "Bom, o bolo da sua mãe é *muito gostoso* mesmo". Harriet riu sozinha. Pinky sempre dizia alguma bobagem.

Jane disse: "Ah, Pinky".

Marion disse: "Aposto que esse bilhete é dela mesmo, porque foi exatamente o que *ela* disse sobre a Raquel naquele caderninho lá dela".

Raquel apressou-se a continuar, como se não tivesse ouvido: "Dizia uma porção de coisas, que a gente perturba a tranqüilidade do bairro, e por aí afora, mas parecia mesmo coisa *dela*. Tenho certeza que foi ela".

Beth Ellen levantou-se do chão de repente e exclamou na sua vozinha de taquara rachada: "Acabei, acabei!". Todos correram até lá e fizeram muitos elogios — como era bonito o cartaz, que serviço bom ela havia feito, e coisas do gênero. Beth Ellen sorria sem parar, como se tivesse acabado de pintar a Capela Sistina. "Aposto", pensou Harriet, "que é a primeira vez que alguém fala alguma coisa legal para ela."

Pinky disse: "Já secou?".

"Quase", disse Beth Ellen.

Sport agachou-se e disse: "Segurando pela beirada

já dá para pendurar. É só pregar em cima da porta". Pegou o cartaz e levou-o até o outro lado do quintal. Ao colocá-lo na posição certa, virou-o para o lado de Harriet, que leu espantada:

## CLUBE DOS CAÇA-ESPIÕES

As letras eram muito feias, mas o que se podia esperar de Beth Ellen? Harriet sentou-se com um baque no chão molhado. Então era dela, Harriet, que eles estavam falando. Ela era a tal *ela*! Que esquisito, pensar na gente mesmo como *ela*. Pegou seu caderninho e escreveu:

ELES FIZERAM UM CLUBE E EU NÃO ESTOU PARTICI-PANDO. ALÉM DISSO, É UM CLUBE CONTRA MIM. ELES REALMENTE RESOLVERAM ME PEGAR. NUNCA PASSEI POR UMA SITUAÇÃO DESSAS. VOU TER QUE SER MUI-TO CORAJOSA. JAMAIS VOU DESISTIR DESSE CADERNI-NHO, MAS É ÓBVIO QUE ELES VÃO FAZER TUDO QUANTO É MALDADE PARA EU DESISTIR. SÓ QUE ELES NÃO CONHECEM HARRIET M. WELSCH.

Harriet levantou-se, caminhou decidida até o outro lado do quintal e pulou a cerca, fazendo barulho ao cair do outro lado. Nem se preocupou em saber se eles iam ouvir. Sabia o que tinha de fazer, e era isso que ia fazer.

# 12

Na manhã seguinte chegou muito cedo na escola e estava escrevendo furiosamente no seu caderninho quando o resto da turma apareceu. Vinham todos tagarelando, agitados, mas se congelaram quando a viram. Harriet continuou a escrever com entusiasmo redobrado, até que dona Teresa entrou na sala. Levantou-se junto com o resto da classe, mas logo voltou a sentar e escreveu mais um pouco. Quando dona Teresa devolveu as provas do dia anterior ela nem olhou, e continuou escrevendo. De vez em quando dava uma olhada carregada de significado para um dos outros, para que eles soubessem que *naquele momento* ela estava escrevendo sobre AQUELA PESSOA. Todos a observavam, nervosos. Na verdade, ela não estava fazendo nada disso. Tinha começado a escrever suas memórias, a partir do fato mais antigo de que se lembrava, que era estar de pé no bercinho, vendo a janela e o parque, e gritando e berrando com todas as forças. Agora estava escrevendo uma recordação de outra época:

LEMBRO QUANDO NÓS MORÁVAMOS NA ESQUINA DA QUINTA AVENIDA COM A RUA 77. TODO DIA EU TINHA DE IR PARA A ESCOLA DE ÔNIBUS, EM VEZ DE IR A PÉ. TINHA UM MENINO MUITO MALVADO QUE MORAVA NO APARTAMENTO VIZINHO. EU TINHA SETE ANOS E ELE TINHA TRÊS. O NOME DELE ERA CARTER WING-FELD E ELE VIVIA ARROTANDO. TINHA UMA CARA TÃO RUIM QUE UMA VEZ EU LHE DEI UM BELISCÃO QUAN-DO A MÃE DELE NÃO ESTAVA PERTO. A MINHA MÃE NÃO FICOU SABENDO, MAS A BÁ SOUBE E ME DEU UMA BOA LIÇÃO. ELA DISSE QUE, MESMO QUE ELE FOSSE A PESSOA MAIS HORROROSA DO MUNDO, EU DEVIA APENAS PENSAR SOBRE ISSO COMIGO MESMA E NÃO FAZER NADA COM ELE, PORQUE ELE NÃO PODIA DEIXAR DE SER HORROROSO DAQUELE JEITO.

Deu uma olhada pela sala. De vez em quando alguém lhe lançava um olhar apreensivo; fora isso, não acontecia nada de especial. Escreveu:

SERÁ QUE ELES NÃO PODEM DEIXAR DE FAZER O QUE ESTÃO FAZENDO? SÓ GOSTARIA DE SABER O QUE A BÁ IA ACHAR DISSO. EU <u>PRECISO</u> SABER O QUE ELA ACHA. COMO SERÁ QUE EU POSSO DESCOBRIR? ACHO QUE ELA DIRIA QUE ELES PODEM EVITAR, SIM, PORQUE ELES ESTÃO TENTANDO ME CONTROLAR, ME FAZER ENTREGAR ESSE CADERNINHO, E ELA SEMPRE DIZIA QUE AS PESSOAS QUE TENTAM CONTROLAR OS OU-TROS E MUDAR OS HÁBITOS DOS OUTROS SÃO AS QUE

MAIS CAUSAM PROBLEMAS. ELA DIZIA: "SE VOCÊ NÃO GOSTA DE UMA PESSOA, AFASTE-SE DELA, MAS NÃO TENTE FAZER COM QUE ELA SEJA IGUAL A VOCÊ". ACHO QUE A BÁ IA DETESTAR TUDO ISSO.

Levantou a vista e viu todo mundo fazendo sua lição. Arrancou uma folha de papel, sentindo-se desanimada, entediada. Começou a escrever seu nome no alto da página, mas não achou graça nem nisso. Olhou para todos em volta. A maioria não estava olhando para ela, mas os que estavam, em especial Marion e Raquel, tinham uma cara terrível. Voltou a olhar para o papel, desistiu de tentar interessar-se pelo seu próprio nome, e continuou a escrever no seu caderninho. Finalmente a voz áspera da dona Teresa a alcançou: "Harriet, você não está prestando atenção". Harriet levantou a cabeça e viu todos olhando para ela com desprezo. "Aposto que eles estão pensando: 'Claro, o que se pode esperar dela?' ", pensou ela. Pôs o caderninho no colo, debaixo da carteira, para dona Teresa não ver. Cada vez que a professora olhava para a lousa, Harriet escrevia um pouquinho:

AQUELE PINKY WHITEHEAD É A COISA MAIS NOJENTA QUE EU JÁ VI. O QUE SERÁ QUE A MÃE DELE ACHOU A PRIMEIRA VEZ QUE OLHOU PARA ELE? APOSTO QUE ELA VOMITOU.

Durante a aula de matemática escreveu o tempo todo. Todos estavam debruçados sobre seus cadernos de exercícios, e dona Ingrid, professora de matemática, era muito velha para ficar andando pela sala controlando todo mundo. Harriet se envolveu tanto escrevendo que nem se lembrava mais de onde estava. Nem sequer ouviu o sinal. De longe, muito longe, ouviu alguém dizer: "Harriet... Ah, Harriet!", e de repente: "Harriet Welsch!", muito alto. Quase caiu da cadeira. Quando viu, a sala estava vazia, exceto pela velha dona Ingrid, que a fitava com o olhar mais duro que ela já vira numa professora. Harriet olhou para ela, apavorada.

Dona Ingrid levantou-se. "Já é hora de ir para casa, Harriet, mas antes acho que é bom você me mostrar o que foi que deixou você tão absorvida durante toda a aula." A professora avançou devagar na direção de Harriet. Harriet viu sua mão, magra e ossuda como as garras de uma ave, cheia de manchas marrons, se esticando... *se esticando...*

Harriet levantou-se tão depressa que derrubou a cadeira. Viu dona Ingrid recuar com medo, enquanto deu um pulo tão grande até a porta que parecia uma prova de salto em distância. Dona Ingrid, boquiaberta, levou a mão ao peito, mas Harriet já estava lá fora, agarrando seu caderninho com todas as forças, correndo para salvar a pele.


O dia seguinte foi pior ainda. Ela nem tentou fingir que estava prestando atenção na aula. Apenas escreveu o tempo todo. Dona Teresa chamou sua atenção quatro vezes, e dona Ingrid gritou com ela outras três vezes, depois desistiu. No fim da tarde foi direto para casa, comeu seu bolo com leite, daí levou seu caderninho para o parque e sentou-se num banco. Descobriu que era gostoso escrever debaixo das árvores.

OUVI DIZER QUE OS POMBOS TRANSMITEM CÂNCER, ENTÃO VOU FICAR LONGE DELES. POR OUTRO LADO, ELES SÃO BONITINHOS. GOSTO DE OLHAR PARA A CASA DO PREFEITO. É UMA CASA BRANCA, BEM BONITA. UMA VEZ MEU PAI ME CONTOU QUE HAVIA UMA PORÇÃO DE CASAS COMO ESSA AO LONGO DO RIO, MAS DEPOIS ELES RESOLVERAM FAZER ESSE PARQUE E DERRUBARAM TODAS AS CASAS. ELES DEVIAM TER DEIXADO ALGUMAS CASAS VELHAS MAL-ASSOMBRADAS PARA AS CRIANÇAS BRINCAREM. EU GOSTARIA DE TRANCAR PINKY NO PORÃO DE UMA CASA MAL-ASSOMBRADA ATÉ O CABELO DELE FICAR BRANCO.

GOSTO DOS REBOCADORES. NÃO TENHO NINGUÉM COM QUEM BRINCAR. NÃO TENHO NEM MESMO NINGUÉM COM QUEM FALAR, AGORA QUE ELES MANDARAM A BÁ EMBORA. VOU TERMINAR MINHAS MEMÓRIAS E VENDÊ-LAS PARA O CLUBE DO LIVRO DO MÊS. DAÍ MINHA MÃE VAI RECEBER O LIVRO PELO CORREIO E VAI TER A MAIOR SURPRESA. DAÍ VOU FICAR TÃO RICA E FAMOSA QUE AS PESSOAS VÃO FAZER REVERÊNCIA PARA MIM NA RUA E DIZER: "LÁ VAI HARRIET M. WELSCH... SABE, AQUELA ESCRITORA FAMOSA". A RAQUEL HENNESSEY VAI MORRER DE INVEJA.

Harriet levantou a cabeça ao ouvir o *trrim-trrim* de um apito de brinquedo. Viu então algo que a deixou boquiaberta.

Estavam fazendo uma parada ao longo do rio. O Garoto das Meias Roxas, hoje usando meias verdes, caminhava na frente, levando o mastro com as meias roxas amarradas no alto. Ouvia-se o rataplã de um tambor de brinquedo que Pinky Whitehead vinha tocando. Atrás dos dois vinha o esquadrão formado por Raquel Hennessey, Marion Hawthorne, Carrie Andrews, Laura Paters, Beth Ellen, Sport e Jane. Marchavam em formação rígida como um pelotão militar, e quando viraram, Harriet viu um cartaz preso às costas de Beth Ellen, que dizia:

**ESTA PARADA
É CORTESIA DO
CLUBE CAÇA-ESPIÕES**

Harriet gelou ao vê-los marchando para cima e para baixo. Ficou com medo até de se mexer no banco, pois eles poderiam vê-la. Seu medo se materializou dali a um momento, quando Marion Hawthorne tocou o apito com toda a força, fazendo gestos frenéticos. Nove cabeças viraram-se para Harriet. Harriet ficou rígida. Eles vinham *marchando bem na sua direção.*

Entraram na alameda num passo cadenciado. Harriet não sabia o que fazer. Sentia que se demonstrasse qualquer reação, faria exatamente o que eles estavam querendo. Por outro lado, se não mostrasse nenhuma reação ao ver uma parada desfilar bem na frente do seu nariz, eles também perceberiam que a tinham afetado.

*212*

Ficou sentada no banco, congelada. Era uma situação horrivelmente embaraçosa. Teve a sensação de que eles levaram uma hora para chegar perto dela e passar na sua frente. Enquanto passavam, ela se sentiu como o general Eisenhower passando revista às tropas. Precisou fazer o maior esforço para não bater continência.

Quando a parada chegou mais perto, viu que o Garoto das Meias Roxas usava um cartaz pendurado no pescoço, que dizia:

## PEÇA PARA OUVIR
## A LENDA DAS MEIAS ROXAS
## 10 CENTAVOS

Quando passaram bem na frente dela, todos se viraram e lhe mostraram a língua ao mesmo tempo, como se tivessem ensaiado, e Pinky deu mais umas rufadas no tambor.

Marchando, foram embora. Será que iam voltar? Harriet abriu seu caderninho:

BOM, NÃO É CULPA MINHA. EU NUNCA MANDEI ELE USAR NEM DEIXAR DE USAR MEIAS ROXAS. ELE DEVERIA CONTINUAR USANDO ESSAS MEIAS ROXAS. TEM GENTE QUE VIRA MÁRTIR SÓ POR CAUSA DE UM CHAPÉU, OU UMA MEIA — HA, HA, HA. ESTOU OUVINDO ELES VOLTAREM. ACHO QUE VOU PARA CASA.

Harriet levantou-se e saiu andando com ar despreocupado. Vendo que eles chegavam outra vez, escondeu-se atrás de um arbusto até que eles passaram. Daí foi para casa, subiu até seu quarto e fechou a porta.

BOM, É MUITO SIMPLES: NÃO VOU MAIS AO PARQUE. GRANDE COISA! E QUEM QUER FICAR LÁ, SE O PARQUE ESTÁ CHEIO DE IDIOTAS MARCHANDO PARA CIMA E PARA BAIXO? POSSO MUITO BEM ESCREVER NO MEU CADERNO SENTADA NA MINHA CAMA. NÃO ESTOU NEM UM POUCO INTERESSADA NESSA PORCARIA DESSE CLUBE, SE A ÚNICA COISA QUE ELES FAZEM LÁ É FICAR MARCHANDO EM CÍRCULOS.

Ouviu alguém bater na porta. Perguntou: "O que foi?", e sua mãe entrou.

"Harriet, tenho que falar com você. Acabo de vir da sua escola. Dona Teresa me ligou e disse para eu ir até lá hoje, ter uma conversa sobre você."

Harriet sentiu sua garganta fechar-se.

"Não precisa ter medo. Ela só queria falar sobre o seu rendimento escolar. Ela disse que na semana passada você não fez nada de nada. O que me diz disso?"

"Não tenho nada para dizer."

"Como assim? Você fez suas lições ou não?"

"Não. Acho que não. Não lembro."

"Harriet, essas respostas são muito evasivas. Alguma coisa está perturbando você?"

"Não."

A mãe puxou uma cadeira, sentou-se junto à cama e olhou para Harriet. "O que é isso aí?"

"O quê?" Harriet olhou em volta com ar inocente.

"Você sabe muito bem. É o mesmo caderninho?"

"Não, é outro."

"Harriet, você *sabe* o que eu *quero dizer*. Você continua escrevendo còisas maldosas sobre as pessoas?"

"Não. Estou escrevendo minhas memórias."

Por algum motivo, a mãe achou isso engraçado e riu. Daí deu um sorriso carinhoso para Harriet. "Suas duas professoras, dona Teresa e dona Ingrid, dizem que você não faz mais nada além de escrever nesse caderninho. É verdade?"

"É."

"Elas dizem que eu tenho que tirar esse caderninho de você, senão você não vai aprender nada."

"Estou aprendendo um monte de coisas."

"O que você está aprendendo?"

"Tudo sobre todo mundo."

A sra. Welsch consultou uma folha de papel. "História, geografia, francês, ciências... tudo ruim. Você está indo mal até em inglês! E nós já *sabemos* que você não sabe somar nem subtrair."

Harriet continuou ali sentada. A escola lhe parecia a um milhão de quilômetros de distância, uma espécie de lua onde ela já estivera alguma vez.

"Sinto muito, mas você só vai poder brincar com esse caderninho depois da escola, mas não durante as horas de aula."

"Não estou *brincando*. Quem falou que eu estou *brincando*? Estou TRABALHANDO!"

"Escute, querida, a partir do momento em que você está na escola, seu trabalho é a escola. Do mesmo modo como seu pai trabalha no escritório, você trabalha na escola. As lições da escola são o seu trabalho."

"E *você*, o que você faz?"

"Uma porção de coisas que não são notadas nem apreciadas. Não é essa a questão. No momento, seu trabalho é ir à escola e aprender, e você não está fazendo isso. Você pode pegar seu caderninho assim que voltar da escola. Vou dá-lo à Cuca, com ordens de entregá-lo a você assim que você chegar em casa."

"Não", disse Harriet.

"Sim. Minha decisão é definitiva."

"Vou fazer um escândalo!"

"Pode fazer, só que eu não vou ficar aqui parada assistindo. Bem, amanhã de manhã não quero ver você saindo de casa com caderninho nenhum, nem chegando à escola com caderninho nenhum. Dona Teresa tem ordens de verificar."

Harriet deitou-se de bruços na cama e enfiou a cabeça no travesseiro.

"Querida, tem alguma coisa aborrecendo você?"

"Não." A resposta veio abafada.

# 13

Na manhã seguinte Harriet foi revistada pela mãe. O caderninho foi tomado e entregue à Cuca, que fez cara de quem queria comê-lo.

Harriet foi caminhando triste para a escola. Arrastava os pés e olhava fixo para as rachaduras na calçada. Foi se arrastando até o portão, depois escada acima até sua sala. Sentou-se e ficou olhando para o chão, sem ouvir nada que se passava ao redor.

Quando dona Teresa chegou e todos lhe deram bom-dia, foi imediatamente até Harriet e mandou-a ficar em pé. Revistou-a e revistou sua carteira. Harriet submeteu-se, passivamente. Quando nenhum caderninho foi encontrado, dona Teresa deu uns tapinhas na cabeça de Harriet como se ela fosse um cachorrinho obediente e voltou para sua mesa.

Alguns pares de olhos muito interessados acompanharam tudo isso. Quando terminou, todos deram risadinhas de escárnio. Cochichavam entre si e olhavam para Harriet, que olhava para o chão.

Harriet fez as lições. Não tinha mais vontade de

assinar o nome e não sentiu nenhum prazer em fazer os exercícios, mas fez tudo o que era necessário. Tudo a entediava. Descobriu que quando não tinha seu caderninho, era difícil até pensar. Os pensamentos vinham devagar, como se tivessem que passar por uma portinha bem estreita para chegar até ela, ao passo que quando escrevia as idéias jorravam tão rápido que ela mal conseguia anotá-las. Permaneceu ali sentada burramente, com a cabeça vazia, até que por fim um pensamento veio chegando devagar: "Estou me sentindo diferente". Ficou ali digerindo essa idéia como se fosse a ceia do Dia de Ação de Graças.

"Sim", pensou, depois de uma longa pausa. E depois de mais um tempo pensou: "Má. Eu me sinto má".

Olhou em volta, lançando um olhar maldoso para todo mundo. Ninguém viu. Sentiu seu rosto se contorcer. Era um momento impressionante, que todos estavam perdendo. Um momento que Harriet jamais esqueceria.

Quando o sinal tocou para o lanche, foi como se ela não precisasse mais pensar. As coisas aconteceram como se ela tivesse planejado, porém na verdade não planejara nada. Por exemplo, quando a campainha tocou, Pinky Whitehead deu um pulo e saiu correndo pelo corredor. Harriet esticou o pé e ele caiu de cara no chão.

Deitado no chão, Pinky lançou um grito terrível, e quando levantou estava com o nariz sangrando. Harriet fez uma cara totalmente inexpressiva. Lá dentro teve uma sensação de grande satisfação pessoal.

Levantou-se e saiu discretamente, passando por cima de Pinky, que se contorcia no chão. Sabia que ninguém ia achar que era ela, já que ela nunca tinha feito algo do gênero em toda a sua vida. Saiu e foi pegar seu sanduíche de tomate.

Durante o lanche ficou sentada sozinha, olhando fixo para a frente, com olhos de coruja. Sentia seus pensamentos irem e virem mancando, como crianças aleijadas. Quando o sinal tocou, levantou-se como um robô e voltou para sua sala.

Ao chegar foi empurrada sem dó nem piedade no redemoinho que se formava à porta. Carrie Andrews estava bem na sua frente. Sem pensar, Harriet lhe deu um esperto beliscão na perna. Carrie soltou um grito lancinante e olhou em volta, com o rosto vermelho como um pimentão.

Harriet olhava firme para a frente. Ninguém pensaria que tinha sido ela, pois ela nunca havia beliscado ninguém na vida. Aliás, Carrie Andrews às vezes dava uns beliscões, mas a única que era *famosa* por dar beliscões era Marion Hawthorne. Carrie então estendeu o braço e deu um tapão na cabeça de Marion, embora entre elas houvesse outras quatro pessoas, e Marion não poderia tê-la beliscado. Com isso começou uma refrega generalizada, e Harriet, espremendo-se por entre as crianças, pulou fora e foi para a aula de matemática.

Sentou-se e ficou olhando dona Ingrid bem nos olhos, com uma expressão perdida, enquanto os outros chegavam. Dona Ingrid, depois de checar se Harriet não estava com seu caderninho, tentou lhe dar um sorriso simpático, mas Harriet olhou para o outro lado.

Sem ter um caderninho, não havia nada mais a fazer além de ouvir dona Ingrid falar. Como nunca tinha feito isso, Harriet ficou completamente perdida. Dona Ingrid falava sem parar sobre uma certa ponte. Todos copiavam uma porção de números. Harriet também copiou, mas para ela não faziam o menor sentido. Daí passaram a uma animada discussão a respeito de vender e comprar umas costeletas que custavam tanto por quilo.

Harriet arrancou uma folha de caderno, fez uma bolinha de papel e, de novo sem pensar, mandou voando na orelha de Sport. O garoto levou um pequeno susto, mas se recuperou depressa. Na oportunidade seguinte, ele olhou em torno. Harriet lhe lançou um olhar sinistro. Sport ficou olhando para ela um momento, com os olhos bem abertos de perplexidade e medo. Daí desviou a vista depressa.

A classe estava agora numa discussão incompreensível sobre vários barcos e a que velocidade eles andavam. Harriet tentou raciocinar, mas era impossível. Abruptamente, jogou um lápis bem na cara de Beth Ellen.

Beth Ellen fez uma expressão de horror, e quando viu Harriet olhando para ela, desatou a chorar alto, com soluços ridículos de bebezinho.

Nisso o sinal tocou, e quando dona Ingrid foi consolar Beth Ellen, Harriet aproveitou para sair da sala e descer a escada. Correu até sua casa, desceu os degraus da cozinha, e *bam!*, deu uma trombada bem de frente na Cuca.

"Como é possível você fazer isso todo dia? Será que lá na sua escola eles jogam você direto bem em cima de mim?"

"Me dá meu caderninho, por favor."

"Que caderninho?"

"Como assim? Meu CADERNO! Meu CADERNINHO!"

Harriet viveu um momento de puro pânico.

"Escute aqui, primeiro me peça desculpas. Você quase me derrubou no chão!" Parada no meio da cozinha com as mãos na cintura, a cozinheira parecia não ter a mínima pressa.

"Desculpe."

"Tudo bem." Virou de costas, mal-humorada, e voltou a enfiar as mãos na pia cheia de água.

"MEU CADERNINHO!", gritou Harriet.

"Está bem, está bem! Não dá para você esperar um momento, só até eu enxaguar as mãos?"

"Não, não, não, não posso esperar. Quero AGORA!"

"Está bem, está bem." A Cuca lavou as mãos, enxugou-as, e se abaixou para abrir o armário debaixo da pia. Lá do fundo puxou o caderninho, que veio com um pouco de sapólio em pó na capa.

Harriet agarrou o caderninho e saiu correndo.

"Ei, e o seu bolo com leite?"

Harriet nem ouviu. Correu para o seu quarto e atirou-se na cama. Ficou deitada ali um instante, olhando com reverência para o caderninho, e só então o abriu. Sentira um medo irracional de que estaria vazio, mas ali estava a sua letra, tão tranqüilizadora, mesmo que não fosse bonita. Agarrou a caneta e sentiu com alegria os pensamentos chegando depressa, zunindo pela sua cabeça, pela caneta e pelo papel. "Que alívio", pensou, "cheguei a pensar que a fonte havia secado. Escreveu muitas páginas sobre tudo o que sentia, saboreando a alegria dos dedos deslizando pelo papel, o puro alívio da comunicação. Depois de um tempo encostou-se nas almofadas e começou a pensar concentradamente. Daí escreveu:

NÃO HÁ DÚVIDA DE QUE ALGUMA COISA ESTÁ ACONTECENDO COMIGO. ESTOU MUDANDO. NÃO ME SINTO EU MESMA, NEM UM POUCO. NÃO RIO MAIS, NEM ACHO GRAÇA EM NADA. SÓ ME SINTO MÁ, MALDOSA, PERVERSA, CRUEL. GOSTARIA DE MAGOAR CADA UM DELES DE UMA MANEIRA ESPECIAL, FAZER ALGO QUE IRIA MAGOAR SÓ AQUELA PESSOA.

E fez uma lista:

MARION HAWTHORNE: SAPOS. PÔR UM SAPO NA CADEIRA DELA. UMA COBRA SERIA MELHOR AINDA.

RAQUEL HENNESSEY: O PAI DELA. PERGUNTAR PARA ONDE ELE FOI.

LAURA PETERS: O CABELO DELA. CORTAR CURTO. OU FAZER UMA CARECA BEM EM CIMA.

PINKY WHITEHEAD: OLHARES SINISTROS. PARA ELE ISSO JÁ CHEGA.

CARRIE ANDREWS: CONTAR AO PAI DELA ALGUMA COISA TERRÍVEL SOBRE ELA, QUE SEJA MENTIRA.

BETH ELLEN HANSEN: DETESTA QUE BATAM NELA.

BATER NELA.

JANE: QUEBRAR O DEDO MINDINHO DELA.

SPORT: CHAMÁ-LO DE MULHERZINHA E CONTAR PARA TODO MUNDO QUE ELE LÊ LIVROS DE RECEITAS.

GAROTO DAS MEIAS ROXAS: ???

Não conseguia pensar em nada para ele, porque ele era insignificante demais. "Bem", pensou, "amanhã eu o observo melhor."

No dia seguinte, na escola, Harriet concentrou-se nessas coisas. Pensou tanto nelas que não fez nada das lições. Só abriu a boca para perguntar a Raquel por que o pai dela não morava em casa. Na verdade o que ela disse foi: "Você não tem pai, não é, Raquel?", num tom de conversa normal.

Raquel olhou para ela horrorizada e gritou: "CLARO que tenho".

Harriet disse depressa: "Não tem não".

"Tenho sim", gritou Raquel.

"Bom, mas ele não gosta de você."

"Gosta, sim!"

"Nesse caso, por que ele não mora com você?"

E Raquel desatou a chorar.

No dia seguinte, foi ao parque assim que acabou de tomar café. Ficou um bom tempo procurando no meio do mato e dos arbustos e por fim encontrou um sapo. Era um sapinho bem pequeno, talvez um filhote. Pegou-o na mão com todo o cuidado para não esmagá-lo e colocou-o no bolso do macacão. Daí foi correndo para a escola, segurando firme o bolso para o sapinho não pular. Correu para a sua sala, levantou a tampa da carteira de Marion Hawthorne e pôs o sapo lá dentro, com todo o cuidado. O sapo deu um pulinho e olhou para ela irritado. Ela lhe devolveu o olhar. Nessas alturas já estava ficando afeiçoada a ele. Só esperava que nada de mal lhe acontecesse na confusão.

Fechou o tampo devagarinho para não assustá-lo e foi sentar-se empertigada no seu lugar. As crianças todas foram chegando. Enquanto davam bom-dia um ao outro, Harriet agarrou uma mecha do cabelo de Laura Peters e cortou-a com uma tesoura, que tinha trazido. Laura Peters não sentiu nada. Sentou-se toda feliz, sem nem desconfiar que perdera um enorme tufo de cabelos. Harriet olhava para a careca na cabeça de Laura com uma espécie de alegria.

Assim que Sport, que vira tudo, ia dar o alarme, Marion Hawthorne abriu o tampo da carteira.

Harriet nunca tinha visto tamanha confusão nem escutado gritos tão altos na sua vida. Foi extremamente gratificante. Foi como se a classe inteira tivesse explodido numa erupção vulcânica de gritos, berros, correrias e corpos em atropelo. No início ninguém sabia o que tinha acontecido. Marion dava berros tão altos que ninguém queria nem se aproximar dela. Daí, quando viram aquela manchinha marrom pulando de carteira em carteira, para o ombro de uma criança, depois para a carteira de outra, dali para um braço ou uma perna, todos perderam a cabeça completamente, sem saber por quê. Na confusão, Harriet levantou-se, discreta, e foi para casa.

Quando entrou na cozinha, a Cuca disse baixinho: "O que é isso? Ainda não é hora de você estar em casa". "Pois estou em casa."

"Mas por quê?", perguntou a Cuca, ainda falando baixinho.

"Por que você está cochichando desse jeito?", gritou Harriet.

"Estou com um bolo no forno!", cochichou a Cuca. "Já, já vai estar pronto. Não pule, não corra, não pise forte, não fale alto, senão ele desanda!"

Harriet ficou parada ali na cozinha, mastigando um pensamento no cérebro. De repente correu para o centro da cozinha, derrubou uma cadeira e começou a pular e bater os pés no chão com toda a força.

A Cuca deu um longo grito e correu para o forno. "Olha só o que você fez, criança terrível! Pronto, isso é o fim. Desisto! Se eu tiver que agüentar você mais um dia vou ficar completamente doida, e não vale a pena, pelo salário que eu ganho."

Harriet saiu da cozinha.

A Cuca ficou ali olhando para o bolo todo caído e murcho na fôrma, como se alguém tivesse pisado em cima dele. "Tem alguma coisa errada nesta casa. As coisas nunca foram tão ruins. A senhora Welsch vai ouvir poucas e boas, ah, isso ela vai!"

Harriet ficou deitada no quarto o dia todo. Não olhou pela janela, não leu, não escreveu no seu caderninho. Ficou apenas deitada na cama, olhando para o teto. Pela sua mente passava e repassava um único nome, interminavelmente — Bá Golly, Bá Golly, Bá Golly —, como se falá-lo pudesse fazer a Bá aparecer.

No fim da tarde, ouviu a cozinheira falando alto com sua mãe: "Vou-me embora. Estou cansada de ouvir gritos e levar trombadas todo dia. E agora ela fez o meu bolo desandar, isso é o fim!".

"Ah, por favor, não vá embora agora. Nós PRECISAMOS de você!" A mãe de Harriet estava quase implorando.

"Não fico nem por todo o dinheiro do mundo. Estou indo embora agora mesmo!"

"Que tal um aumento de cinco dólares? Quem sabe a gente consegue se entender..."

"É melhor fazer alguma coisa com essa Harriet. Não quero deixar vocês assim no mato sem cachorro, mas se ela vier correndo por cima de mim mais uma vez, ou fizer uma malvadeza, como destruir meu bolo, é o fim, vou-me embora."

"Compreendo."

"Eu sou COZINHEIRA. Não sou BABÁ!"

Harriet, no seu quarto, pensou: "Bá Golly, Bá Golly, Bá Golly".

"Claro, compreendo perfeitamente."

A Cuca retirou-se para a cozinha, resmungando alto, e a mãe foi subindo a escada. Harriet ouvia seus passos. Continuou olhando para o teto. Havia um desenho no teto feito pela sombra das folhas da árvore logo ao lado da janela, um desenho muito interessante, que mudava o tempo todo.

"Harriet, o que está acontecendo com você?" A mãe estava parada na porta. Harriet não respondeu. Na sua cabeça aquela cantilena continuava: "Bá, por favor, Bá, por favor".

"Harriet, você sabe como foi meu dia? Eu estava no cabeleireiro e recebi um telefonema histérico para ir à sua escola imediatamente. Fui até lá e fiquei sabendo como você passou a manhã. Aquela Laura Peters vai ter que praticamente raspar a cabeça. Marion Hawthorne foi para casa se sentindo mal, e dona Teresa estava à beira das lágrimas, de tão nervosa. Acho que ela nunca mais vai se recuperar. Ela disse que reinou um pandemônio na sala durante horas. Daí eu chego em casa e encontro a cozinheira pedindo demissão! Bem, por sorte eu salvei a situação aqui em casa, mas, Harriet, isso já foi longe demais. Agora você vai ter que sentar e conversar comigo. Que negócio é esse? O que você está fazendo?"

Harriet não se mexeu. Lá dentro a cantilena havia parado, e ela sentiu uma vaga sensação de prazer, ao lado de uma corrente de medo que ia aumentando.

"Harriet?"

Ela continuava deitada.

Sua mãe virou-se e saiu do quarto, dizendo: "Seu pai vai chegar daqui a uma hora. Se você não falar comigo, vai ter que falar com ele". Harriet ficou deitada o resto da tarde, vendo o desenho das folhas mudar e desaparecer. Ouviu o pai chegar em casa.

"Não agüento essas coisas. Chego em casa do trabalho e quero descansar em paz e tomar um martíni. Pois hoje eu chego e o balde de gelo nem está cheio, e vocês aqui discutindo. Estou escutando essa troncha dessa cozinheira lá na cozinha, berrando como uma doida, e você vem me dizer que lhe deu um aumento de cinco dólares! Ora, mulher, qual é a lógica?"

Harriet ouviu então uma porção de cochichos, e a porta se fechou. A mãe tinha levado o pai para a biblioteca. A biblioteca era o lugar para onde se chamava alguém quando se queria falar sério.

Ficou deitada no escuro, olhando para o vazio. Compreendia que seu pai estivesse nervoso e zangado. Tudo isso era tão chato. Quando ela fechava os olhos, às vezes via uma mancha amarela. Quase adormeceu. Um raio de luz lhe passou pelo rosto. Abrindo uma frestinha do olho, viu seu pai parado na porta. Fechou os olhos.

"Harriet, você está dormindo?"

Harriet não se mexeu.

"Harriet, responda."

Harriet, deitada, mal respirava.

"Escuta, eu sei muito bem que você não está dormindo. Eu fazia a mesma coisa com *meu* pai. Portanto, trate de se sentar e falar comigo."

Harriet sentou-se depressa e, num gesto perfeitamente coordenado, pegou um sapato do chão e atirou-o no pai.

"Ora, com todos os... Temos que tomar uma providência... Essa criança... venha cá. Acho que é melhor chamar o... Mas que..." E a porta bateu com estrondo.

Harriet ficou deitada como se nunca tivesse se mexido na vida, nunca atirado um sapato, nunca sido infeliz, nunca apanhado um sapo. Pensou quietinha: "Espera só até eu quebrar o dedo da Jane". Daí adormeceu de repente. De madrugada acordou ao sentir sua mãe lhe vestindo o pijama e a cobrindo com cuidado. Dormiu feliz.

# 14

Quando Harriet acordou na manhã seguinte estava morrendo de fome, pois não tinha jantado na véspera. Desceu de pijama e sentou à mesa do café. "Harriet, volte lá para cima e vista sua roupa."
"Não."
"Como assim, 'não'?" Sua mãe a olhava com os olhos bem abertos.
"NÃO. Só isso. Não vou."
"Suba imediatamente aquela escada", disse o pai, "senão você vai levar uma surra que você nunca vai esquecer."
Harriet subiu e vestiu a roupa. Voltou e sentou de novo. Nem o pai nem a mãe estavam com o jornal na frente, e olhavam toda hora para ela.
"Você se lavou?"
"Não."
"Então volte lá para cima e se lave."
"Não."
"Harriet, vá se lavar."
Silêncio.

"Harriet, suba e vá se lavar."

"Não."

O pai olhou para a mãe. "Estou vendo que já é hora de fazer alguma coisa. Mas antes de começar a tentar pôr umas idéias novas em prática, permita-me dizer, Harriet, que você vai subir e se lavar neste minuto, senão vai ficar uma semana sem conseguir sentar."

Harriet subiu e se lavou. Por algum motivo, tudo aquilo a deixava satisfeita, e ao descer a escada, veio cantarolando.

"Hoje", disse a mãe, "você não vai para a escola."

"Já sei."

"Como é que você sabe? Harriet, você andou espionando?"

"Não."

"Então como é que você já sabia?"

"Porque eu resolvi que não vou. Não gosto mais da escola."

"Ora, não é isto que eu estou dizendo. Hoje você não vai para a escola porque vai comigo visitar uma pessoa."

O coração de Harriet deu um pulo. "Bá Golly? A Bá está aqui na cidade?"

A mãe e o pai se entreolharam. "Não", disse a mãe, "vamos conversar com um médico."

"Ah." Harriet começou a comer seus ovos com bacon. "É o doutor Andrews?", perguntou com naturalidade, planejando espalhar algum boato sobre Carrie quando estivesse no consultório.

"Não", disse a mãe, e olhou para o pai, meio pedindo socorro. O pai fez "Harrunf!" e limpou o pigarro da garganta algumas vezes. Daí disse: "É um sujeito bem agradável. Não é um troncho como a maioria dos médicos".

Harriet continuou comendo sem olhar para ele. "Quem sabe", pensou, "posso dizer simplesmente que meu pai acha o dr. Andrews um troncho, e isso já vai bastar para Carrie."

Quando estava pronta, ficou na calçada esperando a mãe. Olhou na direção da escola e viu aquele monte de crianças se atropelando na entrada. Nem se importava se nunca mais voltasse ali. Parecia que fazia cem anos que ela havia gostado de escrever Harriet M. Welsch no alto das páginas.

Por fim sua mãe chegou de carro e Harriet entrou. A mãe foi dirigindo até a esquina da rua 96 com a Quinta Avenida, depois deu três voltas no quarteirão procurando uma vaga para estacionar, e por fim pôs o carro num estacionamento, fuzilando de raiva o tempo todo.

No elevador Harriet disse de repente: "Para que eu estou vindo aqui? Não estou doente". Ainda que tenha se sentido um pouquinho doente ao dizer isso.

"Você vai só conversar com o médico. Ele não vai fazer nada em você."

"Mas eu nem conheço ele."

"Tudo bem. Ele é muito bonzinho."

"Mas sobre o que eu vou falar?"

"Sobre o que ele quiser."

Foram até o sétimo andar e a mãe tocou a campainha numa porta azul. Quase de imediato a porta se abriu e Harriet viu o homem mais esquisito que já tinha visto. Seu cabelo era ruivo, bem vermelho, todo eriçado em torno de uma careca no alto da cabeça; sua boca, enorme, ria com dentes amarelos; usava estranhos óculos de aro preto e grosso, e era muito alto — tão alto que andava meio curvado. Notou também que ele tinha um nariz *muito* esquisito e os pés enormes.

"Olá!", disse ele, alegre.

Harriet fez uma careta de desprezo. Detestava as pessoas que tentam fazer a gente gostar delas logo de cara.

"Olá, doutor Wagner. Esta é Harriet."

Harriet olhou para o outro lado. Estava se sentindo uma idiota ali parada. Os dois olhavam para ela.

"Então, não quer entrar no meu consultório para a gente conversar um pouquinho?"

"É a mesma história da biblioteca", pensou Harriet, "só que tivemos que andar tudo isso só para conversar." Sua mãe lhe deu um sorriso e foi para a sala de espera, enquanto Harriet seguia o altão ruivo. O consultório era grande, com um tapete azul-celeste, um sofá e, por algum motivo, uma espineta, uma espécie de piano antigo. Harriet ficou parada feito uma estátua no meio da sala, enquanto o dr. Wagner sentou-se numa poltrona enorme.

Olhou para ela de um jeito bastante agradável, com uma certa expectativa, e ela lhe devolveu o olhar. Houve um longo silêncio.

"E então?", disse Harriet, depois de muito tempo.

"Então o quê?", disse ele, num tom agradável.

"O que a gente faz agora?"

"Pode fazer o que quiser."

"Posso ir embora?"

"É isso que você quer fazer?"

"Bem, o que eu TENHO que fazer?" Harriet estava ficando brava.

O dr. Wagner coçou o nariz. "Bem, vamos ver. Poderíamos jogar alguma coisa. Você gosta de jogos?"

Essa foi a coisa mais idiota que Harriet já tinha ouvido. Vir a um lugar tão longe para jogar! Aposto que minha mãe não sabe disso, pensou. Mas qual era a desse homem, afinal? Achou que a única coisa agradável a fazer seria jogar um pouco com ele. "Sim... Gosto de jogos... tudo bem."

"Que tipo de jogos?"

Ah, que homem cansativo. "Sei lá, qualquer um. Foi o senhor que quis jogar."

"Você joga xadrez?"

"Não."

"A Bá ia me ensinar", pensou, "mas acabou não ensinando."

"Bem, que tal Banco Imobiliário?"

Justo esse, o jogo mais chato do mundo. Tinha tudo o que Harriet detestava. "OK, se o senhor quiser."

O dr. Wagner levantou e foi até um armário perto da porta. Quando o abriu, Harriet viu jogos de todos os tipos, e ainda bonecas, casas de boneca e caminhões. Tentou não ser desagradável, mas estava curiosa. "O senhor fica aqui o dia inteiro brincando com essas coisas?" Já imaginou quando a mãe dela ficasse sabendo daquilo?

Ele olhou para ela com astúcia. "O que você acha?"

"Como assim, o que eu acho?"

"Você acha, mesmo, que eu fico aqui o dia inteiro brincando com esses brinquedos?"

"Sei lá. O senhor tem um armário cheio."

"Você não tem brinquedos em casa?"

Isso já era demais. "Sim", gritou ela, "mas eu tenho onze anos!"

"Ah." Ele pareceu meio espantado, com a caixa do Banco Imobiliário nas mãos.

Harriet começou a ficar com pena dele. "Bem", disse ela, "vamos jogar uma partida?"

Ele pareceu aliviado. Pôs o tabuleiro com cuidado na mesa de café. Daí tirou da gaveta da escrivaninha um caderninho e uma caneta, e sentou-se na frente dela.

Harriet olhou para o caderninho. "O que é isso?"

"Um caderninho."

"Eu SEI!", gritou ela.

"Só faço umas anotações de vez em quando. Você não se importa, não é?"

"Depende das anotações."

"Como assim?"

"São maldosas, mesquinhas, ou só banais?"

"Por quê?"

"Bom, acho melhor eu avisar. As maldosas dão muito problema hoje em dia."

"Ah, compreendo. Obrigado pelo conselho. Não, são anotações banais."

"Aposto que ninguém arranca esse caderninho do *senhor*, não é?"

"Como assim?"

"Nada. Vamos jogar."

Jogaram uma partida. Harriet estava terrivelmente entediada, mas ganhou. O dr. Wagner fez um monte de anotações durante o jogo e também depois.

"Se o senhor não tomasse tantas notas, jogaria melhor."

"Você acha?"

Harriet lançou-lhe um olhar sinistro. Não era possível que ele fosse tão burro. Por que estava agindo dessa maneira?

Jogaram mais uma partida. Dessa vez ele fez menos anotações e ganhou.

"Viu!" Harriet estava radiante. "Tomar notas o tempo todo não é bom. Por que o senhor não guarda esse caderninho numa gaveta?" Ficou observando o médico, atenta.

Pela primeira vez ele pareceu ligeiramente divertido. "Imagine", disse ele devagar, "que eu dê um caderninho *para você*. Daí cada um de nós vai ter um, e vamos ficar taco a taco." Harriet olhou fixo para ele. Será que estava brincando? Ou querendo ver o que ela ia fazer? Seus dedos formigavam só de ela pensar: um caderninho, uma caneta voando pelas páginas, seus pensamentos, por fim livres, fluindo, jorrando. Ah, que importava a intenção dele!

"Tudo bem. O senhor tem outro?" Ela tentava parecer indiferente.

"Tenho sim." Foi até sua mesa e tirou um caderno lindo, de capa azul brilhante. Harriet tentou parecer indiferente, olhando para a espineta. O médico pegou também uma caneta muito bonitinha. Deu as duas coisas para Harriet. Ela se sentiu melhor assim que as segurou nas mãos.

O dr. Wagner sentou-se e começaram outra partida. Harriet escreveu:

O NARIZ MAIS ESQUISITO QUE EU JÁ VI. DESCE BEM PELO MEIO DA CARA FEITO UMA COBRA. ELE ME LEMBRA UM POUCO PINKY WHITEHEAD, MAS NÃO É TÃO NOJENTO. TEM O CABELO RUIVO E UNS DENTES MUITO ESQUISITOS, COMPRIDOS E AMARELADOS. ESSE CONSULTÓRIO TEM CHEIRO DE CHARUTO E DE GIZ. APOSTO QUE ELE BRINCA COM AQUELES BRINQUEDOS DEPOIS QUE TODO MUNDO VAI EMBORA.

Harriet tinha esquecido completamente o jogo. De repente ouviu o dr. Wagner dizer baixinho: "Harriet... Harriet, está na hora de ir embora". Ela não queria ir. "Bom, não posso ficar morando aqui", pensou. Levantou depressa e foi até a porta.

"Tchau, Harriet", disse ele com gentileza.

"Tchau", disse ela. Ele até que não era má pessoa, só um pouquinho pancada.

A mãe de Harriet lhe tirou o caderninho imediatamente. Na volta, Harriet sentiu-se vazia.

Chegando em casa a mãe desapareceu e a longa

tarde estendeu-se à sua frente. Sem ter um caderninho ela não podia espionar, não podia tomar notas, não podia brincar de Cidade, não podia fazer nada. Tinha medo de sair para comprar outro. E, contra seu costume, não estava com vontade de ler.

De repente se viu pensando no que aconteceria se fosse ver Sport e Jane e tentasse um contato amistoso com eles em particular. Afinal, como eram seus melhores amigos, os dois sempre souberam que ela era espiã e que ia ser escritora. Sendo assim, como é que podiam agir de repente como se isso fosse uma coisa terrível? E quem sabe eles já estavam cansados de ficar de mal.

Agarrou o casaco e correu escada abaixo. No caminho, ficou pensando se eles tinham conseguido pôr a Jane na escola de dança. Poderia começar com esse assunto para quebrar o gelo.

A empregada abriu a porta para Harriet e ela subiu a escada de trás, direto para o laboratório da Jane. Abriu a porta e ali estava Jane, tão envolvida no seu trabalho que nem levantou os olhos.

Harriet disse baixinho, para não assustá-la: "Jane?".

Jane virou-se depressa e ficou tão espantada que deixou cair o tubo de ensaio que estava segurando. Ficou paralisada ao ver Harriet, como fulminada por um raio. Daí viu a porcaria que tinha feito no chão. "Olha só o que eu fiz por sua causa! *Olha só!*"

Harriet olhou para o chão. Uma horrível mancha marrom se espalhava rapidamente pelo assoalho, e parecia estar queimando e corroendo os tacos.

*238*

"Mas que negócio é *esse*?"

Jane estava ocupada limpando o chão com um pano. Não disse nem uma palavra, só sorria aquele seu sorrisinho terrível e limpava o melhor possível, em silêncio. A mancha só diminuiu um pouco depois de muita limpeza. Harriet ficou ali sentindo uma das piores sensações que já experimentara na vida. Jane se comportava como se ela não existisse. Uma parte do assoalho estava toda corroída.

"Quem sabe a gente podia...", Harriet começou, hesitante.

"Você não acha que o que já fez é suficiente?" Nos olhos de Jane havia maldade.

"Eu ia dizer para você desenrolar o tapete e pôr aqui em cima, para ela não ver." Harriet tinha vontade de sair correndo.

"Certo. Assim, da próxima vez que você vier, você pode estragar o tapete, não é mesmo?"

Harriet olhou duro para Jane, que lhe devolveu o olhar.

Harriet foi até a porta. Deu as costas para Jane e não disse nem uma palavra, pois se tentasse dizer, ia chorar. Atravessou a rua, foi até o parque e sentou num banco. Começou a pensar melhor na idéia de ir até a casa de Sport. Uma lágrima lhe escorreu pelo nariz. Jane era uma coisa, Sport era outra. Sempre fora seu melhor amigo. E se ele se comportasse como Jane?

Esperou um momento alguma idéia aparecer. Mas não havia saída. Era agora ou nunca. Se Sport não fosse seu amigo, então era melhor saber disso já. Daí ela realmente estaria sozinha no mundo, e se estivesse mesmo sozinha no mundo, era melhor saber disso. Levantou do banco e foi num passo apressado até a casa de Sport. Subiu até seu apartamento. Quando estava prestes a bater na porta, ouviu risadas altas lá dentro, e uma risadinha de Sport. Por força do hábito, encostou o ouvido na porta e escutou. O pai de Sport ria muito e dizia "UAU!" e "Imagine só!". Daí falou: "Que tal o seu paizão, hein, Sport? O que você me diz disso? Olha só o cheque, o checão que eu consegui!". Harriet não agüentou o suspense. Bateu na porta.

Sport veio abrir, ainda rindo. Quando abriu a porta, ficou paralisado. O sorriso sumiu do seu rosto. Fez uma expressão triste. Seu pai continuava correndo pela sala, rindo e pulando em cima dos móveis. Era estranho ficar ali olhando para Sport, com o pai dele correndo e pulando pela casa feito um doido.

Harriet disse por fim: "Oi, Sport".

Sport abaixou a cabeça como se tivesse levado um soco. Olhou para o chão, daí deu um passo para trás, arrastou um pé, e disse: "Hã, oi, Harriet". Não era lá uma grande recepção, mas Harriet foi se enfiando na sala. O pai de Sport mal reparou nela.

Estava no telefone, abanando o cheque na mão e falando animadamente: "Eles aceitaram, rapaz, aceitaram! Vai ser publicado agora na primavera! O que você me diz, disso, hein?".

Harriet olhou para Sport, que continuava segurando a porta aberta. "Ele vendeu o livro dele?"

Mesmo sem querer, Sport deu um largo sorriso. "Vendeu", disse com reverência, "acaba de receber o cheque." E aí, como se se lembrasse de repente, voltou a abaixar os olhos.

"Ei, Sport, tenho que falar com você." Harriet se aproximou dele um milímetro.

"Que tal, hein? QUE TAL?" O pai de Sport bateu o telefone, veio correndo e levantou Sport para o alto. "Uuuuuaaaaaau!", gritou, girando Sport lá em cima como se ele fosse uma raquete de tênis. Daí o botou no chão de novo e lhe deu um abração bem apertado. "Rapaz! Estamos feitos! Um par de sapatos e uma roupa nova para você, e bife toda noite. Toda noite, filhão!" Sport riu, feliz. "Olá, Harriet! Eu não tinha visto você. O que me diz disso, hein? Consegui, garota, eles estão me dando DINHEIRO!"

Harriet riu para ele. "Que legal!" O pai de Sport era um homem bonito, de olhos sorridentes como os de Sport e um cabelo engraçado, caído por cima dos olhos. Usava sempre o mesmo suéter velho todo furado, a mesma calça cinza velha e tênis muito gastos. Às vezes ficava deprimido, mas como hoje estava feliz, seu sorriso enchia a sala toda. Harriet olhou para ele com admiração. Era um *escritor*. Um *escritor* de verdade! O que ele pensava? O que havia na sua cabeça? Olhando para o sr. Rocque, esqueceu-se completamente de Sport. Não resistiu à tentação de lhe fazer uma pergunta para incluir no seu caderno. Será que ele responderia a uma pergunta profunda?

"Qual é a sensação de ser pago para escrever?" O

que será que ele ia responder? Harriet esperou, prendendo a respiração.

"É o céu, garota, é o paraíso!"

Harriet ficou irritada. Será que ele era como todo mundo?

"Ei, Sport, ponha uma camisa limpa. Vou levar você para jantar fora." Sport correu para o quarto. "E você, Harriet? Quer jantar conosco?"

Antes que ela pudesse responder, Sport abriu a porta do quarto e gritou "NÃO!" com toda a força. Daí bateu a porta com estrondo.

"Bem...", disse o pai de Sport. Parecia constrangido. "Se conheço bem o meu garoto, ele está tentando me impedir de gastar esse cheque desde já."

"Bom, de qualquer modo tenho que ir para casa. Eu ia mesmo dizer isso", aqui Harriet começou a gritar, "eu ia mesmo dizer que não ia jantar com vocês DE MANEIRA NENHUMA!", berrou na direção da porta de Sport.

"Bem...", disse o pai de Sport novamente, olhando espantado para Harriet. Ela saiu e foi para casa.


Aquela noite Harriet teve outro pesadelo. Não começou como um pesadelo. Na verdade, começou como um sonho maravilhoso em que a Bá, sentada numa cadeira de balanço e usando um roupão amarelo de flanela bem quentinho, balançava Harriet no colo, abraçando-a bem apertado.

A mãe de Harriet entrou no quarto. Harriet continuava sonhando e gritando a plenos pulmões: "Bá Golly! Bá Golly! Bá Golly!". Continuou chorando baixinho mesmo depois que sua mãe a tomou nos braços. Daí percebeu onde estava e virou a cara para a parede. Fingiu que estava dormindo até a mãe sair. Daí chorou mais um pouquinho e adormeceu de verdade.

# TERCEIRA PARTE

# 15

Quando Harriet acordou, teve a sensação de que já era muito tarde. Não fora despertada pela mãe, mas por um raio de sol que lhe bateu no rosto. Sentou-se bem ereta na cama. Não ouviu nenhum som vindo lá de baixo. Levantou depressa, vestiu-se e desceu correndo, sentindo vagamente que alguma coisa estava errada.

Não havia ninguém na sala de jantar; aliás, a mesa nem estava posta. Correu para a cozinha, escapando por um triz de dar uma trombada na Cuca, que se desviou bem a tempo.

"Cadê meu café da manhã?"

"Almoço, melhor dizendo."

"Como assim?"

"Já é meio-dia. Você dormiu até tarde."

"E por que vocês não me acordaram? Estou atrasada para a escola!", gritou Harriet.

"Não grite comigo senão eu vou embora. Sua mãe mandou não acordar você."

"Onde ela está?"

"Lá em cima. Os dois. Estão lá dentro, falando de você."

"Onde? Como assim?" Harriet ficou histérica.

"Lá em cima." Saboreando o momento, a Cuca apontou para cima num gesto despreocupado.

Harriet subiu a escada correndo. A porta da biblioteca estava fechada. Ouviu murmúrios através da porta. Aproximou-se de mansinho e escutou o pai falando no telefone: "Bem, doutor Wagner, deixe-me fazer uma pergunta... sim, eu sei que ela é uma criança muito inteligente... Sim, nós sabemos muito bem que ela é muito curiosa... Sim, é sinal de inteligência, certíssimo, concordo... Agora, doutor, o problema é que... Sim, acho que ela pode realmente... talvez uma escritora... O quê? um projeto? ah... na escola... sim, talvez... Sim, vamos falar com a diretora... Alguns dias de ausência? Bem, acho que podemos conseguir... Mas o senhor tem certeza de que está tudo bem com ela?... Certeza absoluta?... Sim... sim, excepcional... Bem, acho que já sabemos disso... o quê?... Ah, sim, como eu já lhe expliquei, ela foi embora... Mas o senhor acha mesmo?... Sim, compreendo... Bem, acho que temos o endereço dela. Acha que seria uma boa idéia?... Sim... compreendo... Bem, muito obrigado, doutor. O senhor ajudou muito... Sim, compreendo, e concordo com o senhor, ela sempre ouvia o que ela dizia... Sim, uma regressão, sim... Mais uma coisa, doutor, o senhor tem certeza?... Sim, muito bem. Então, obrigado mais uma vez. Até logo".

As orelhas de Harriet já estavam saltando fora. "É

claro que sou eu", pensou ela. "É claro que eu sou inteligente."

"Ele acha que nós devemos bzz... bzz... bzz..."

Ah, que irritante! Quando o pai não estava gritando no telefone era impossível ouvi-lo.

"É uma bzz... esplêndida!" Também não dava para ouvir a voz da sra. Welsch.

"E ela poderia bzz.... na escola. Talvez um projeto ajudaria a bzz... bzz.... E daí esse bzz... não iria dominar tanto... mais atenção, é claro... mas vou falar com dona Ângela e começar logo essa bzz... Ele não é nenhum troncho. Acho que devemos ouvir o que ele diz."

"Claro, é muito importante. E ele falou que ela não está bzz...?"

"Nem um pouquinho. Na verdade, está bem bzz... Ela é uma bzz... extraordinária e algum dia pode vir a ser uma grande bzz..."

Mas que enervante! Era de deixar a gente furiosa. Imagine, aquilo que a gente sempre sonhou, um dia acontece! "Eu *sempre* quis ouvir as pessoas falando de mim", pensou Harriet, "e agora não consigo escutar o que elas estão dizendo!"

De repente a maçaneta girou. Harriet deu um salto para trás, mas não foi rápida o suficiente. Resolveu então aproveitar aquela cena ao máximo e gritou: "BUUU!". A mãe deu um pulo.

"Meu Deus! Harriet, você me assustou! O que você estava fazendo aí? Nos espionando?"

"Não. Não consegui escutar."

"Ah, mas não foi por falta de tentar! Já tomou café?"

"Não."

"Então corra lá embaixo e tome. Você hoje não vai à escola, querida..."

"Já sei. Isso eu ouvi."

"Que mais você ouviu? Vamos, Harriet, fale logo."

A sra. Welsch fechou a porta depressa ao ouvir o marido dizer ao telefone: "Alô, dona Ângela?".

"Nada", disse Harriet.

"Verdade?"

"Verdade."

"Muito bem, então vá tomar seu café. Preciso escrever uma carta."

"Só queria saber", pensou Harriet, "o que está acontecendo."

Dois dias depois ela continuava querendo saber e não conseguia. Teve tempo de pôr em dia suas tarefas de espionagem, mas surpreendeu-se ao descobrir que no terceiro dia sem ir à escola começou a sentir falta. Nos primeiros dois dias percorreu sua rota de espionagem dedicando bastante tempo a cada caso, mas na verdade não havia grandes coisas acontecendo.

Zé Mostarda foi readmitido depois de dizer que estava apenas com fome. Isso tocou o coração da Mamma Dei Santi. No dia seguinte, porém, foi pego outra vez com um presunto inteiro. Harriet viu tudo o que aconteceu. Foi muito excitante, pois ele foi pego não só quando estava roubando o presunto, como também no momento exato em que dava um pedaço para três crianças com as caras mais felizes que já se viu. Harriet escreveu no seu caderninho:

ESSA FOI UMA CENA QUE FIQUEI CONTENTE DE VER, PORQUE ACHEI QUE A MAMMA DEI SANTI ESTAVA PRONTA PARA DAR UMA PAULADA NA CABEÇA DELE, MAS QUANDO ELA VIU AS CRIANÇAS DESATOU A CHORAR, GRITAR, UIVAR, E A DAR PARA ELAS TUDO O QUE HAVIA POR PERTO, ATÉ UM SALAME INTEIRO. DAÍ ELA ENXOTOU OS TRÊS E MANDOU ELES NÃO VOLTAREM NUNCA MAIS, SENÃO ELA IA CHAMAR A POLÍCIA. AS PESSOAS SÃO MUITO ENGRAÇADAS. E ELA TAMBÉM NÃO DESPEDIU O ZÉ MOSTARDA. SÓ FALOU PARA ELE IR AO MÉDICO, PORQUE ELE COME DEMAIS.

Quanto a dona Ágata, o médico lhe disse que ela podia se levantar. E pelo que Harriet viu, ela nem se deitou mais na cama: corria o dia todo de uma festa para outra, fazia trabalhos de caridade incessantemente, e segundo suas conversas no telefone, também ficava fora de casa até de madrugada.

Os Robinson mostraram sua boneca nova para uma porção de gente.

A família Dei Santi, tirando aquele incidente com o Zé Mostarda, teve uma semana muito corriqueira. Fábio trabalhava duro, mais até do que Bruno. Franca levou bomba numa prova e voltou para casa chorando. Dino, o caçula, pegou catapora, e a Mamma Dei Santi teve que ficar em casa com ele.

O mais surpreendente foi Harrison Withers. Harriet passou por lá esperando vê-lo choramingando por causa dos gatos, mas ali estava ele cantarolando e consertando uma gaiola, com o jeito mais feliz do mundo. Não dava para entender. Ele até levantou e comeu um lanche: sanduíche de atum e Coca-Cola. Harriet apoiou as costas na parede e escreveu:

ISSO EU NÃO CONSIGO COMPREENDER. JÁ SEI, QUEM SABE ANTES ELE NÃO TINHA DINHEIRO PARA COMER PORQUE PRECISAVA COMPRAR AQUELE MONTE DE RINS PARA OS GATOS. OU TALVEZ ELE NUNCA TIVESSE CONSEGUIDO COMER ATUM, E ERA DISSO QUE ELE GOSTAVA. QUEM SABE OS GATOS SEMPRE TIRAVAM O ATUM DELE.

Debruçou-se de novo no parapeito para estudar melhor o problema. Harrison Withers continuava cantarolando, até batendo o ritmo com o pé enquanto trabalhava. Ela ficou olhando intrigada, até que de repente ele olhou para a porta da cozinha. Então ela viu. De lá veio entrando, como se fosse o dono da casa, acompanhado por muitas palavras carinhosas de Harrison Withers, o menor gatinho que Harriet já vira. Era um gatinho preto e branco muito engraçado, com um bigode grande que lhe dava uma aparência de gozador. O gatinho parou, olhou para Harrison Withers como se este fosse uma curiosidade qualquer, e continuou caminhando desdenhosamente pela sala. Harrison Withers o observava, em adoração. Harriet apoiou-se na parede e escreveu:

ENTÃO É ISSO! ONDE SERÁ QUE ELE ARRANJOU ESSE GATINHO? BOM, ACHO QUE SE A GENTE QUER UM GATO, ACABA DANDO DE CARA COM UM. HA, HA! NINGUÉM VAI CONSEGUIR MUDAR O HARRISON WITHERS!

E por algum motivo, enquanto voltava para casa Harriet sentiu uma felicidade inexplicável.

No terceiro dia Harriet acordou e descobriu que estava realmente desejando ir à escola. Mas não disse nada a sua mãe, porque não queria ir *tanto* assim. À tarde resolveu ir ver o que estava acontecendo no clubinho. Esperou até a saída da escola, foi até lá pulando as cercas e chegou ao seu posto de observação. Raquel voltava para casa, trazendo Marion Hawthorne. As duas caminhavam devagar.

"Elas andam como duas velhas", pensou Harriet.

"Raquel, você não acha que seria bacana a gente jogar bridge à tarde?" Marion tinha uma voz rouca feito um corvo.

"Não", disse Raquel, "eu não sei jogar..."

"Ah, é fácil. Já vi minha mãe jogar uma porção de vezes", disse Marion com autoridade. "Ou então por que a gente não joga buraco? Eu gosto."

"Bem, eu acho que bridge é MUITO mais chique, mas se você quiser, podemos jogar buraco. Você tem baralho?"

"Tenho. Quer dizer, é da minha mãe."

"Bridge? Buraco?", pensou Harriet. "Mas será que elas acham que enganam alguém com isso? Espera só até eu contar para o Sport!"

Beth Ellen chegou. Raquel e Marion a cumprimentaram com um gesto de cabeça. "Eu acho", disse Marion, "que a gente deveria manter certos critérios neste clube."

"Ah, é?", disse Raquel, com cara de quem não fazia a menor idéia de onde Marion queria chegar.

"Você não acha, Beth Ellen?", perguntou Marion, incisiva.

"Acho", disse Beth Ellen baixinho.

"Quer dizer, acho que temos que verificar muito bem quem nós aceitamos, e também...", lançou um olhar dramático ao redor, "quem nós DEIXAMOS FICAR."

"Ah, sei", disse Beth Ellen, "assim como num country club?"

"Isso", disse Marion, "exatamente. Acho que qualquer pessoa que quiser ter uma vida social à tarde será bem-vinda, isto é", acrescentou cheia de mistério, "se for o tipo certo de pessoa."

"Isso mesmo", disse Raquel.

"Isso mesmo", murmurou Beth Ellen.

"Outra coisa que eu pensei e não sei o que vocês vão achar", aqui Marion se esticou bem, até ficar parecida com a mãe dela, "mas eu acho que, considerando que sou a representante da classe, eu deveria ser presidente do clube."

"Bem", pensou Harriet, "sorte sua que eu não estou nesse clube, senão agora eu acertava um tapão na sua orelha."

"Sendo assim, proponho meu nome para presidente."

"Apoiado", disse Raquel.

"Acho que essa aí apóia as coisas até dormindo", pensou Harriet.

"Proposta aprovada", gritou Beth Ellen, e caiu num ataque de riso.

Marion fez cara feia para Beth Ellen, que se calou.

"Agora que esse assunto está resolvido, vou tomar algumas decisões. Primeiro, acho que devíamos servir chá."

"Minha mãe não vai gostar nada disso", disse Raquel.

"Bom, não é chá de verdade, só leite, mas em xícaras de chá. Nós PRECISAMOS APRENDER, sabe como é."

"Mas isso de servir na xícara, ela também não vai gostar."

"Bem, então cada uma traz a sua xícara. Segundo, temos que colocar uma mesa de jogo com cadeiras. Terceiro", ela se levantou e esticou o braço com o dedo em riste, como se estivesse dando a cada uma um título de nobreza, "Raquel, nomeio você vice-presidente. E você, Beth Ellen, é a secretária-tesoureira."

"Eu? E o que eu tenho que fazer?" Beth Ellen parecia aterrorizada.

"Você escreve a ata das reuniões, recolhe o dinheiro e serve o chá."

"Ah."

"Em outras palavras", pensou Harriet, "faz tudo."

"Também acho que nós devemos discutir outro assunto: certas pessoas que têm atitudes erradas." Marion estava gostando cada vez mais do seu cargo. "Acho que na última reunião nós todas percebemos uma atitude muito errada da parte de Sport e Jane." "Naturalmente, sua idiota", pensou Harriet. "Espere até eles descobrirem que você é presidente." No momento em que os outros começaram a chegar da escola, uma chuva repentina fez todos entrarem correndo na casinha do clube. Harriet ficou olhando um momento e viu Sport e Jane atravessarem o quintal na corrida, os últimos a chegar. Harriet então se pôs a correr como um bólido, mas quando chegou em casa já estava pingando.

Lá em cima, depois de tirar a roupa encharcada e vestir o roupão, escreveu um longo relato de tudo o que tinha visto, acrescentando no fim:

MARION HAWTHORNE PENSA QUE É A TAL. MAS ELA VAI VER O QUE É BOM!

Três dias depois, Harriet estava se acabando de tédio. Já tinha brincado de Cidade a manhã inteira no seu quarto e começava, pela primeira vez na vida, a entediar-se com a própria cabeça. Já estava a ponto de atirar seu caderninho na parede quando a campainha tocou. Deu um pulo e desceu a escada como um rojão. Sua mãe estava na porta, recebendo do carteiro uma carta registrada.

"O que é?", perguntou Harriet, ansiosa.

"Bom... para falar a verdade", disse a mãe, examinando bem a carta, "é uma carta para você, Harriet." A mãe sorriu para ela.

"De quem?"

"Ora, não faço a menor idéia", disse a mãe despreocupada, e entregando a carta a Harriet desapareceu na biblioteca.

"Eu nunca recebo cartas", pensou Harriet, e abriu o envelope. Reconheceu imediatamente a caligrafia.

*Querida Harriet,*

*Tenho pensado sobre você e cheguei à conclusão de que se você realmente quer ser escritora, já é hora de sair da casca. Você tem onze anos e ainda não escreveu nada além de anotações. Faça uma história a partir de algumas dessas anotações e mande para mim.*

*"A beleza é a verdade, a verdade é a beleza"*
*— É tudo o que há para saber, e nada mais.*

*John Keats. E nunca se esqueça disso.*

*Agora, caso você se depare com o seguinte problema, quero lhe falar a respeito. Naturalmente, você escreve a verdade nos seus caderninhos. Que sentido teria se não fosse assim? E naturalmente esses caderninhos não devem ser lidos por ninguém; mas se forem, então, Harriet, você tem de fazer duas coisas, e você não gosta de nenhuma delas:*

*1. Você tem de pedir desculpas.*

*2. Você tem de mentir.*

*Senão, você vai perder um amigo. Não é errado dizer uma pequena mentira que faz os outros se sentirem melhor, como por exemplo agradecer a alguém pelo almoço que lhe ofereceu, mesmo se você detestou a comida, ou dizer a uma pessoa doente que ela está com aparência melhor, mesmo que não esteja, ou elogiar o chapéu novo de alguém, mesmo que seja horrível. Lembre-se que escrever é pôr amor no mundo, e não ir contra os seus amigos. Mas, para você mesma, fale sempre a verdade.*

*Outra coisa. Se você está com saudade de mim, saiba que eu não estou com saudade de você. O que passou, passou. Nunca sinto falta de ninguém nem de nada, porque tudo se transforma numa linda recordação. Eu guardo minhas lembranças e as estimo, mas não me deito em cima delas. Você pode até escrever histórias a partir de suas lembranças, mas lembre-se que elas não voltam mais. Aliás, imagine como seria horrível se elas voltassem! Você não precisa mais de mim. Já está com onze anos, idade suficiente para ocupar-se de crescer e ser a pessoa que você quer ser.*

*Chega de absurdos.*
*Bá Golly Waldenstein*

Ao acabar de ler, Harriet estava com um largo sorriso no rosto. Subiu correndo, segurando a carta como se fosse um tesouro encontrado na praia. Entrou no quarto, sentou à sua escrivaninha, e releu a carta inteira duas vezes. Daí pegou uma caneta e uma folha em branco. Ficou ali sentada segurando a caneta sobre o papel. Nada acontecia. Consultou suas anotações. Ainda nada. De repente deu um pulo, desceu correndo para a biblioteca, pegou a pesada máquina de escrever do pai e arrastou-a escada acima. Com muito esforço, colocou-a na sua escrivaninha. A primeira folha de papel que tentou pôr na máquina amassou toda e ficou imprestável. Harriet rasgou-a e pôs outra. Daí começou a escrever furiosamente.


No dia seguinte Harriet voltou para a escola. A sensação era de que o semestre acabava de começar.

Passeou pelos corredores vazios, bastante atrasada, pois queria fazer uma entrada triunfal. Como sua mãe e seu pai não estavam em casa quando acordou, decidiu ir à escola escondido. "Bem, acho que chega", pensou enquanto passava pela porta da diretora. Decidiu de repente anotar como se sentia, e enfiou-se num nicho da parede reservado para uma escultura.

ACHO QUE CHEGA. É HORA DE ME LEVANTAR E BRILHAR. SÓ QUERO VER QUANDO A REVISTA NEW YORKER RECEBER ESSA HISTÓRIA! FOI DIFÍCIL INVENTAR AQUELE PEDAÇO EM QUE ELE ENCONTRA O GATO, MAS ACHO QUE FIZ UMA BOA MORAL DA HISTÓRIA — ISTO É, QUE ALGUMAS PESSOAS SÃO DE UM JEITO E OUTRAS SÃO DE OUTRO, E É ISSO AÍ.

A porta da sala da diretora se abriu e Harriet viu, horrorizada, sua mãe e seu pai saindo dali. Enfiou-se de volta no nicho. "Quem sabe", pensou, "se eu não respirar, não fico parecendo uma estátua?" Prendeu a respiração e sua mãe e seu pai passaram pelo corredor sem vê-la. Estavam rindo e olhando um para o outro, por isso nem a notaram.

"Espere até ela saber disso!", disse o pai.

"Ela vai ficar insuportável", disse a mãe, sorrindo.

"Sabe de uma coisa?", disse o sr. Welsch. "Aposto que ela vai fazer um bom serviço."

Foram saindo da escola pelo portão da frente e Harriet soltou um enorme suspiro. "Quase eu estouro de tanto prender a respiração", pensou. Saiu do nicho e correu para a sua sala. Ao chegar viu uma tremenda confusão, indicando que dona Teresa não tinha chegado. Cada um atirava alguma coisa nos outros, inclusive pedaços de chiclete que se grudavam nos cabelos. Marion Hawthorne, atrás da mesa da professora, estava roxa de tanto gritar pedindo silêncio. Ninguém prestava a mínima atenção nela, e o caos era tamanho que Harriet conseguiu, aliviada, sentar discretamente no seu lugar sem ser notada. Em casa pensara em fazer uma entrada espetacular, talvez com um chapéu engraçado, mas quando chegou na porta sentiu um certo terror, e agora estava feliz por não ter feito nada disso. Ficou sentada quietinha, vendo todo mundo gritar e correr loucamente. Anotou no seu caderninho:

VOU ESCREVER UMA HISTÓRIA SOBRE ESSAS PESSOAS. ELAS SÃO TOTALMENTE MALUCAS. METADE NEM SEQUER TEM UMA PROFISSÃO.

Dona Teresa entrou e fez-se um silêncio instantâneo. Cada um marchou para sua carteira. Sport fez uma cara de quem ia desmaiar quando viu Harriet, e Jane lançou um sorriso malévolo para ela. Ninguém mais pareceu notar sua presença. Dona Teresa levantou-se.

"Estou contente de ver que você está de volta conosco, Harriet." Deu-lhe um sorriso adocicado, e dez cabeças giraram no pescoço como chaves em fechaduras. Harriet tentou sorrir para dona Teresa e lançar um olhar feroz para os outros, mas como era impossível fazer as duas coisas ao mesmo tempo, acabou com uma expressão idiota no rosto.

"Estou especialmente contente", continuou dona Teresa, "porque tenho um aviso para dar sobre uma mudança nas normas da escola."

"Mas o que será que isso tem a ver comigo?", pensou Harriet.

"Como vocês sabem, sempre deixamos vocês elegerem o representante da classe, e o representante da classe sempre foi, automaticamente, o editor da Página da Sexta Série. Porém, agora resolvemos que isso é trabalho demais para uma pessoa só..."

Marion Hawthorne prendeu a respiração, fazendo um ruído audível.

"...e portanto decidimos que daqui por diante as professoras irão escolher outra pessoa para ser responsável pela nossa página do jornal.

"Fizemos essa escolha com base na capacidade de cada um. Examinando todas as composições entregues pela classe, eu e dona Ângela chegamos à conclusão de que vários de vocês têm talento para escrever, e devem se revezar editando o jornal. A seleção já foi feita, e a editora para este semestre será...", fez uma pausa dramática e sorriu, "...Harriet M. Welsch."

Daria para ouvir um alfinete cair no chão. Harriet ficou olhando para dona Teresa sem acreditar. Todos olhavam para a professora. Ninguém olhou para Harriet. "A escolhida", continuou ela, "foi Harriet para o primeiro semestre e Beth Ellen para o segundo. Os outros terão sua chance ano que vem."

Beth Ellen ficou vermelha como uma beterraba e quase desmaiou. Harriet olhou em volta. Todo mundo estava olhando ou para ela ou para Beth Ellen, o que deixava Beth Ellen num constrangimento indescritível. Parecia haver um mal-estar geral na sala. Dona Teresa pareceu não notar, e pegando um livro, disse: "E hoje, crianças, vamos estudar o...".

"Dona Teresa", Marion Hawthorne levantou-se, "quero registrar um protesto junto à escola em nome de um grupo do qual eu casualmente sou presidente e que, por um acordo geral, concluiu que essa decisão é injusta para toda a classe, que a grande maioria dela pertence..."

"*Cuja* grande maioria pertence, Marion", corrigiu dona Teresa.

"...pertence a esse clube CUJA presidente sou eu. Agora, portanto..."

"Basta, Marion, sente-se. Creio que você já se expressou claramente. Eu gostaria de saber quando foi que você teve tempo para reunir toda essa avalanche de opinião pública. Não a vi perguntando nada para ninguém depois que eu falei." Marion sentou-se, calada, incapaz de se sair com uma resposta.

"Portanto, Marion, creio que apenas para esclarecê-la quanto às opiniões dos seus seguidores, e por nenhum outro motivo, devemos fazer uma votação. Quero deixar perfeitamente claro que o único resultado dessa votação pode ser uma conversa com dona Ângela, mas duvido que seja possível mudar a decisão. Tenho certeza de que já é tarde demais. Mas acredito que podemos fazer uma experiência interessante em termos de democracia. Sempre fui da opinião de que *nunca* se sabe o resultado de uma eleição, por mais que tenhamos certeza dele. E Marion parece estar com uma certeza terrível. Portanto, creio que devemos verificar. Por favor, levantem a mão. Quem quer Harriet e Beth Ellen no jornal este ano?"

Marion e Raquel cerraram os punhos e colaram firmemente os braços ao lado do corpo, como se eles pudessem levantar sozinhos. Marion chegou a sentar em cima das próprias mãos.

Harriet e Beth Ellen, naturalmente, votaram em si mesmas. A mão de Harriet levantou-se como numa saudação nazista; a de Beth Ellen, trêmula e hesitante como se estivesse dando adeus.

"Dois contra dois", pensou Harriet.

Sport levantou a mão. "Ele acha que a Marion só escreve bobagens no jornal", pensou Harriet; "não tem nada a ver com estar do meu lado." Jane levantou a mão. "A mesma coisa", pensou Harriet; "ela apenas quer um jornal melhor para ler."

Laura Peters, Pinky Whitehead e o Garoto das Meias Verdes não levantaram a mão.

"Ah-ah", pensou Harriet, "com isso estamos em cinco a quatro. Ou será que eles não decidiram? Onde está a Carrie Andrews? Faltou hoje."

Bem devagar, com seu jeito estranho, Pinky Whitehead levantou a mão. "Puxa", pensou Harriet, "nunca imaginei que chegaria o dia em que o Pinky Whitehead salvaria minha vida!" Ele olhou para ela. Ela lhe deu um sorriso radiante e se sentiu uma perfeita hipócrita.

"Pois muito bem", disse dona Teresa, "isso decide.

Acho que podemos aprender com isso, crianças, e especialmente você, Marion, a nunca contar com os ovos antes dos votos." Beth Ellen caiu na gargalhada, daí parou e olhou para todo mundo em volta como se de repente se desse conta das suas responsabilidades.

# 16

Harriet preparou a primeira edição em tempo recorde. Quando entregou os originais, a aluna da última série, que era editora-chefe do jornal, disse que nunca tinha visto ninguém escrever tão depressa. No dia em que o jornal saiu, Harriet ficou num nervosismo horrível. "E se de repente", pensou a caminho da escola, "eu for uma porcaria? Imagine se cada um olhar para o outro e disser: 'Mas por que nós mandamos a Marion embora? Está certo que ela não era nenhum Dostoiévski, mas pelo menos dava para ler'. Imagine", e aqui Harriet mordeu o lábio, refletindo, "se eles pedirem uma recontagem dos votos?" Ao chegar na classe estava tremendo.

Cada aluno, em cada carteira, tinha seu exemplar do jornal. Todos estavam com o nariz enfiado na Página da Sexta Série. Harriet não agüentou olhar em volta. Enfiou-se no seu lugar e, com um sentimento de culpa, começou a ler o seu exemplar, que também estava na sua carteira.

Leu suas próprias palavras impressas com uma mistura de horror e alegria.

A SRA. ÁGATA PLUMBER É UMA MULHER RICA DA AVENIDA EAST END QUE ACHOU QUE TINHA DESCOBERTO O SEGREDO DA VIDA: FICAR NA CAMA O TEMPO TODO. ELA É UMA MULHER MUITO BURRA. E DAÍ, VEJAM SÓ, O MÉDICO LHE MANDOU FICAR DE CAMA MESMO, E ELA DESMAIOU DE SURPRESA. DAÍ ELE LHE DISSE QUE TINHA SE ENGANADO, E DESDE ENTÃO ELA NUNCA MAIS DEITOU NA CAMA. ACHO QUE ISSO FOI UM TRUQUE DO MÉDICO, PORQUE ELA SÓ QUERIA FICAR DE CAMA, O QUE É UMA COISA MUITO IDIOTA. ISTO NOS MOSTRA DUAS COISAS — QUE ÀS VEZES AQUILO QUE A GENTE QUER É UMA BESTEIRA E QUE OS MÉDICOS SÃO UNS TRONCHOS.

Relendo, Harriet sentiu que o trecho tinha um apelo muito forte. Olhou em volta e viu todo mundo lendo. "Eles só estão procurando erros", pensou. "O que será que cada um está lendo? Será que os escritores às vezes vêem alguém lendo um livro deles, talvez no metrô?" Voltou para o jornal. Tinha tido muita dificuldade para escolher entre uma história sobre Fábio e outra sobre os Robinson. Por fim decidiu escrever sobre Franca Dei Santi, porque era da idade do pessoal da classe, e portanto poderia interessá-los mais.

FRANCA DEI SANTI TEM UMA DAS FISIONOMIAS MAIS ESTÚPIDAS QUE SE PODEM ENCONTRAR NA VIDA. NÃO SEI COMO ELA CONSEGUE ATRAVESSAR O DIA. PRECISA ATÉ FICAR APOIADA NOS MÓVEIS E NA PAREDE. ELA É MAIS OU MENOS DA NOSSA IDADE E FRE-

QÜENTA UMA ESCOLA PÚBLICA, ONDE ESTÁ SEMPRE LEVANDO BOMBA EM MATÉRIAS QUE NÓS NÃO TEMOS, COMO COMÉRCIO. ACHO QUE LÁ ELES ENSINAM COMO ADMINISTRAR UMA LOJA. DE QUALQUER JEITO, ISSO NÃO VAI ADIANTAR NADA PARA FRANCA, PORQUE ELA NUNCA VAI APRENDER NADA. O PAI DELA TEM UMA LOJA NA RUA 86 E QUEM QUISER PODE IR ATÉ LÁ OLHAR PELA JANELA DE TRÁS E VER FRANCA. ELA É A MAIS BAIXINHA E ESTÁ SEMPRE GEMENDO PELOS CANTOS. É MUITO FÁCIL RECONHECÊ-LA. UM DIA VI FRANCA NA RUA. ELA ESTAVA ANDANDO NA MINHA FRENTE, ARRASTANDO OS PÉS. EU SABIA QUE ERA ELA PORQUE ELA SEMPRE ANDA COM A CABEÇA TORTA PARA UM LADO. NÃO SEI POR QUÊ. VAI VER QUE A CABEÇA DELA É MUITO PESADA. BEM, O FATO É QUE FIQUEI OLHANDO PARA ELA E VI ELA FAZER UMA COISA EXTREMAMENTE IDIOTA. ELA FOI ATÉ O PARQUE E CORREU DIRETO PARA UNS POMBOS, QUE PARECIAM QUE JÁ ESTAVAM ESPERANDO POR ELA. DAÍ ELA TEVE UMA LONGA CONVERSA COM OS POMBOS. FIQUEI ESCONDIDA ATRÁS DE UMA ÁRVORE E NÃO CONSEGUI ESCUTAR NADA, MAS PARECIA QUE FRANCA ESTAVA SE DIVERTINDO MUITO. NA CASA DELA ELA NÃO SE DIVERTE, PORQUE TODO MUNDO SABE COMO ELA É BURRA E NINGUÉM CONVERSA COM ELA.

Quando Harriet terminou de ler, dona Teresa entrou, e todo mundo guardou seu jornal. Todos olhavam para Harriet de uma maneira subreptícia, mas ela não sabia o que pensar das suas expressões. Apenas olhavam para ela com curiosidade.

Notou, porém, que na hora do lanche todos os narizes se enfiaram de novo no jornal.

Aquela noite, no jantar, Harriet de repente se sentiu como uma grande orelha. Cada coisinha que sua mãe e seu pai diziam lhe parecia importante. Algumas coisas ela não compreendia, mas mesmo assim eram intrigantes.

"Eu não entendo a Mabel Gibbs. Primeiro inventou aquela tremenda história sobre a escola de dança das crianças. Do jeito que ela falava, parecia que as meninas iam ficar como uns macacos no salão se a gente não as mandasse para a aula de dança. E eu falei para ela, na época, que achava Harriet muito nova. *Naturalmente,* ela *vai* para a escola de dança, mas acho que doze anos talvez seja uma idade melhor, só isso. Bem, imagine que depois de tudo isso Mabel vem me dizer outro dia, com a maior calma: 'Acho que a Jane ainda não está preparada'. Imagine só!"

"Ela quer economizar o dinheiro", interrompeu Harriet.

"Harriet, não diga uma coisa dessas", disse a sra. Welsch.

"Por que não? É a pura verdade", disse o sr. Welsch.

"Bem, disso nós não podemos ter *certeza*. Na verdade, ela disse que não consegue obrigar Jane a fazer nada, e que não quer ter o trabalho de obrigá-la a botar um vestido de veludo preto toda sexta-feira à noite. Simplesmente não vale a pena. Ela tem esperanças de que um belo dia Jane se transforme de repente..."

"Numa abóbora", disse Harriet.

"Numa dama", continuou a sra. Welsch.

"Tem tempo para isso", disse o sr. Welsch.

"Sabe, outro dia eu estava pensando", a sra. Welsch mudou de assunto, "que Milly Andrews não tem nenhum bom senso. Você viu o que ela fez na festa dos Peters? Bem, não sei o que *você* estava fazendo, mas *todo mundo* falava sobre isso. Jack Peters estava completamente bêbado, caindo do banquinho do bar, e Milly Andrews sorrindo para ele como uma idiota."

O sr. Welsch não disse nada. Estava comendo. Ia falar quando o telefone tocou. Jogou o guardanapo na mesa e levantou-se. "Espero que seja o *Times*. Se eles não publicarem aquela errata amanhã, vou ficar uma onça."

Avançou irado para o telefone.

"O que é errata?", perguntou Harriet.

"Bem, é assim: se um jornal traz um erro e alguém avisa, eles publicam uma nota dizendo que cometeram um erro, e dão a informação correta."

"Ah", disse Harriet. Aquela noite, quando foi deitar, fez dúzias de anotações. Mais tarde, debaixo das cobertas, leu um livro sobre reportagens jornalísticas, tirado da biblioteca da escola.


Na edição seguinte do jornal a Página da Sexta Série trazia as seguintes notícias:

JANE GIBBS VENCEU SUA BATALHA. ISSO DEVE SERVIR A TODOS VOCÊS COMO UMA LIÇÃO DE CORAGEM E

DETERMINAÇÃO. SE VOCÊS NÃO SABEM DO QUE ESTOU FALANDO, PERGUNTEM A ELA.

JACK PETERS (PAI DE LAURA PETERS) ESTAVA COMPLETAMENTE BÊBADO NUMA FESTA EM SUA CASA SÁBADO À NOITE. MILLY ANDREWS (MÃE DE CARRIE ANDREWS) SÓ FICOU SORRINDO PARA ELE FEITO UMA IDIOTA.

PARA QUEM NÃO SABE, <u>ERRATA</u> SIGNIFICA QUE UM JORNAL ESTÁ CORRIGINDO SEUS ERROS. ATÉ AGORA ESTA PÁGINA NÃO COMETEU NENHUM ERRO.

Nas semanas seguintes as outras notícias deixaram a classe fascinada.

O SR. HARRY WELSCH QUASE PERDEU O SEU EMPREGO A SEMANA PASSADA PORQUE ESTAVA ATRASADO. ELE SEMPRE FAZ TUDO MUITO DEVAGAR PELA MANHÃ.

PERGUNTEM PARA CARRIE ANDREWS SE ELA ESTÁ SE SENTINDO BEM.

E uma semana depois:

PERGUNTEM PARA LAURA PETERS SE TUDO ESTÁ CORRENDO BEM NA CASA DELA.

OUTRO DIA DONA TERESA FOI SEGUIDA DA ESCOLA ATÉ A SUA CASA, E A CONCLUSÃO É QUE ELA MORA NUM APARTAMENTO QUE É UM VERDADEIRO BURACO DE RATO. TALVEZ A ESCOLA NÃO LHE PAGUE O BAS-

TANTE PARA MORAR NUM LUGAR DECENTE. HAVERÁ UM EDITORIAL VEEMENTE SOBRE ESSE TEMA NA PRÓXIMA SEMANA.

Uma notícia quentíssima foi:

EXISTEM CERTAS PESSOAS NUM CERTO CLUBE QUE DEVERIAM TOMAR CUIDADO, PORQUE EXISTEM CERTAS OUTRAS PESSOAS QUE QUEREM TOMAR O LUGAR DE CERTAS OUTRAS PESSOAS PORQUE CERTAS OUTRAS PESSOAS NÃO QUEREM PASSAR A TARDE INTEIRA TOMANDO CHÁ E JOGANDO UM CERTO JOGO.

Depois dessa última notícia Harriet ficou observando o grupo com toda a atenção. Percebeu um toque de mal-estar, mas nada de concreto aconteceu na escola. Assim, aquela tarde foi espionar o clube. Ficou totalmente gratificada com o que viu e ouviu. Marion, Raquel, Laura, Carrie, o Garoto das Meias Verdes e Pinky Whitehead estavam todos lá, no meio de uma discussão, quando ela chegou.

"Isso é uma afronta!", disse Marion, estourando de mau humor.

"Um escândalo!", ecoou Raquel.

"As coisas que ela escreve são absurdas", continuou Marion. "Quem já ouviu falar de coisas assim num jornal? Quando eu era editora da nossa Página, ninguém lia coisas assim. Esse tipo de coisa não tem nada a ver num jornal. Alguém devia impedi-la!"

"Eu gosto de ler essas coisas", disse Pinky.

"Esse é o velho Pinky", pensou Harriet.

"Ninguém pode impedi-la", disse Carrie. "Ela é a editora."

"Mesmo assim", disse Marion, "alguém não devia deixar." Fez uma pausa dramática. "*Nós* não devíamos deixar!"

"Mas o que ela queria dizer com aquele negócio do clube?", perguntou Pinky.

Marion, Raquel, Laura e Carrie ficaram de olhos fixos no horizonte. "É óbvio", pensou Harriet, "que essas quatro jogam bridge."

"Epa", disse Marion, "aí vem problema."

Sport e Jane apareceram no portão de trás. Os dois estavam furiosos. Atravessaram o quintal marchando como dois policiais nazistas prontos para fazer um interrogatório.

"Acho", disse Jane, "que é melhor a gente resolver isso de uma vez."

"Isso já foi longe demais", disse Sport, e olhou para Pinky e para o Garoto das Meias Verdes. "Não consigo imaginar o que vocês, HOMENS, estão fazendo aqui."

"O quê? O quê?", disseram juntos os dois garotos.

"Bem, pensem numa coisa", continuou Sport. "Quantos homens vocês conhecem que jogam bridge à tarde?"

"Meu pai joga bridge", disse Pinky, na defensiva.

"Mas não à tarde", disse Jane com desprezo. "Ele joga bridge *à noite.*"

"Isso quando ele é *obrigado*", disse Sport.

"Do que vocês dois estão falando?", disse Marion, levantando-se.

"Você sabe perfeitamente bem", disse Sport. "Já faz duas semanas que você só fica aqui remexendo com essas cartas e essas xícaras de chá, e eu nem sei por que nós perdemos nosso tempo escutando você falar, porque temos tanto direito aqui nesse clube como você."

"Bem, eu sou a PRESIDENTE."

"Não é mais, a partir de agora", disse Jane.

Beth Ellen se encolheu toda. Jane lhe atirou um longo olhar. "E você também não é mais secretária-tesoureira."

Beth Ellen disse de repente: "Nem ligo. Não quis ser nada disso, nunca, e além do mais eu *odeio* bridge".

Todos olharam para ela, porque ela nunca tinha dito uma sentença tão longa.

"As pessoas", disse Marion de uma maneira bem lenta e dura, "que não pertencem ao clube podem IR EMBORA."

"O clube é nosso também!", gritou Sport. "Vocês não iam nem conseguir CONSTRUIR esse clube sem mim."

"Isso mesmo", disse Jane. "E o principal é que nós temos que discutir para que, exatamente, serve o clube."

Houve um longo silêncio. Alguns chutavam a poeira com a ponta dos pés. Outros olhavam para o céu. Harriet de repente notou que Raquel estava lançando para Jane um longo olhar cheio de ódio. Por fim Raquel disse: "*O CLUBE* pode ser de vocês, mas o *QUINTAL* é *MEU*".

Esta observação caiu pesadamente no grupo. "E agora?", pensou Harriet, empolgada.

"Bem", disse Jane por fim, "isso resolve a questão." Virou-se e foi saindo pelo portão de trás.

"Resolve mesmo", disse Sport, e foi atrás da Jane. Bateram a porta de trás com toda a força, produzindo um distante gemido da sra. Hennessey.

"Concordo com eles", disse Beth Ellen, e saiu pisando duro.

"Mas o que será que aconteceu com a Beth Ellen?", pensou Harriet. "Ela não é mais um ratinho." Harriet viu com alegria as crianças saírem, uma a uma. Por fim Marion e Raquel ficaram sentadas sozinhas. Olharam uma para a outra e depois desviaram o olhar.

"Bem", disse Raquel, um pouco constrangida, "acho que vou ver se o bolo está pronto." Já ia se levantando, com um jeito desolado, quando de repente Laura e Carrie voltaram.

"Chegamos à conclusão de que hoje não temos mais nada para fazer, mesmo, então podíamos jogar bridge", disse Laura.

"Além disso", disse Carrie, "eu até que gosto de bridge."

Harriet ficou vendo-as armar uma mesinha de jogo meio cai-não-cai, pôr ali algumas xícaras lascadas e cortar o bolo. Quando começaram a dar as cartas, ela foi embora. Ao pular a cerca pensou: "Que bom que a minha vida é diferente. Aposto que elas vão continuar fazendo isso o resto da vida", e por um momento sentiu um pouco de pena delas. Mas só por um momento.

Caminhando pela rua pensou: "Eu tenho uma vida legal. Com ou sem a Bá, minha vida é legal".

"Chegou a hora", pensou Harriet, entrando no escritório da editora-chefe. Teve então uma longa conversa particular com a editora-chefe, que se chamava Lisa Quackenbush. Era uma moça alta, que cuspia muito quando falava, e pelo jeito achava Harriet tão engraçada quanto uma comediante de TV. Como Harriet não achava graça nenhuma no que estava contando para a srta. Quackenbush, tomou algumas notas rápidas depois de sair do escritório:

A SRTA. QUACKENBUSH OU É LOUCA OU TEM UMA RISADA MUITO NERVOSA.

Uma semana após essa entrevista, apareceu na Página da Sexta Série o seguinte anúncio, num lugar proeminente, bem no centro da página, destacado por uma margem em torno:

ESTA PÁGINA DESEJA FAZER UMA ERRATA A RESPEITO DE CERTAS AFIRMAÇÕES ESCRITAS NUM CERTO CADERNO PELA EDITORA DA PÁGINA DA SEXTA SÉRIE, QUE ERAM AFIRMAÇÕES INJUSTAS E ALÉM DISSO ERAM MENTIRAS. QUALQUER PESSOA QUE TENHA LIDO ESSAS DECLARAÇÕES FICA, PORTANTO, AVISADA DE QUE SE TRATA DE MENTIRAS E QUE UM PEDIDO DE DESCULPAS GENERALIZADO ESTÁ SENDO APRESENTADO PELA EDITORA DA PÁGINA DA SEXTA SÉRIE.

No dia em que o anúncio apareceu, Harriet ficou em casa de puro constrangimento. Conseguiu convencer sua mãe de que estava prestes a cair de cama com um terrível resfriado, o tipo de resfriado que se pode cortar pela raiz bastando apenas ficar um diazinho sem ir à escola. É lógico que não existe no mundo um resfriado assim, mas a mãe de Harriet já acreditava na sua existência, pois era algo que funcionara muitas vezes. Harriet sabia perfeitamente quais sinais de fraqueza eram necessários para convencer a mãe. Portanto, ficou de cama toda lânguida e desanimada, até ouvir a mãe sair de casa para fazer compras. No instante em que a porta se fechou Harriet pulou da cama como se tivesse sido cuspida por um canhão.

Trabalhou o dia inteiro na sua história, isto é, das dez da manhã até as três da tarde. Daí levantou-se, espreguiçou, e sentindo-se muito virtuosa, foi dar uma volta perto do rio. Soprava de lá um vento frio, mas era um dia ensolarado, brilhante, esplêndido, desses que a faziam sentir que o mundo é belo, sempre vai ser, sempre vai cantar, e não contém nenhuma desilusão.

Foi andando e saltando ao longo da margem, parando para olhar um rebocador, depois seguindo uma velha até a casa do prefeito. Tomou algumas notas concentrando-se na descrição, que sentia ser seu ponto mais fraco.

ONTEM, QUANDO ENTREI NAQUELA LOJA DE FERRAGENS, TINHA UM CHEIRO IGUAL AO DO INTERIOR DE UMA GARRAFA TÉRMICA VELHA.

TENHO PENSADO MUITO SOBRE SER COISAS DESDE AQUELA VEZ QUE TENTEI SER UMA CEBOLA. JÁ TENTEI SER UM BANCO DO PARQUE, UM SUÉTER VELHO, UM GATO E MINHA CANECA DE ESCOVAR OS DENTES. ACHO QUE A CANECA FOI ONDE ME SAÍ MELHOR, PORQUE QUANDO OLHEI PARA ELA, SENTI A CANECA OLHANDO DE VOLTA PARA MIM E SENTI COMO SE NÓS FÔSSEMOS DUAS CANECAS OLHANDO UMA PARA A OUTRA. SERÁ QUE A GRAMA FALA?

Ficou sentada ali, pensando, sentindo-se muito calma, feliz e imensamente satisfeita com sua própria mente. Olhou para a alameda à esquerda e à direita. Ninguém à vista. Olhou do outro lado do rio até o anúncio de neon, cujo cor-de-rosa gritante estragava a paisagem à noite. Quando olhou para trás, viu os dois vindo na sua direção. Andavam tão devagarinho que mal pareciam estar se mexendo. Sport tinha as mãos nos bolsos e olhava ao longe, para o rio. Jane caminhava olhando para o céu. Se houvesse alguma coisa bem na sua frente, ela iria quebrar o pescoço. Pelo jeito os dois não estavam conversando, mas àquela distância Harriet não podia ter certeza.

Estavam tão longe que pareciam dois bonequinhos. Pareciam as pessoas que ela imaginava quando brincava de Cidade. E, também, desse jeito ela conseguia enxergá-los melhor do que nunca. Olhou para cada um dos dois minuciosamente, no longo tempo que levaram até chegar. Imaginou-se andando com os sapatos de Sport, sentindo os buracos das meias se esfregando nos calcanhares. Imaginou que estava com o nariz coçando quando Jane levantou uma das mãos distraída para coçar-se. Sentiu o que seria ter sardas e cabelo loiro como Jane, depois as orelhas meio estranhas e os ombros magrinhos como Sport.

Quando eles chegaram, ficaram parados na sua frente, cada um olhando numa direção. O vento estava terrivelmente frio. Harriet olhou para os pés deles. Eles olharam para os pés dela. Daí cada um olhou para os próprios pés.

"Bem", pensou Harriet. Abriu seu caderninho com o maior cuidado, observando os olhos deles. Eles também a observavam. Escreveu:

A BÁ TEM RAZÃO. ÀS VEZES A GENTE TEM QUE MENTIR.

Levantou a vista para Sport e Jane. Eles não pareciam zangados. Estavam apenas esperando que ela terminasse. Continuou:

AGORA QUE AS COISAS VOLTARAM AO NORMAL, POSSO TRABALHAR DE VERDADE.

Fechou o caderninho de um golpe e levantou-se. Os três então saíram caminhando ao longo do rio.

A letra da música na página 74 foi tirada da canção "Yes, sir, that's my baby", de Gus Kahn e Walter Donaldson. Copyright © 1925 by Bourne, Inc., Nova York. Copyright renovado. Usado com permissão.

Trecho do poema "Se" de Rudyard Kipling, página 199: tradução de Guilherme de Almeida.

Trecho do poema "Ode sobre uma urna grega" de John Keats, página 257: tradução de Augusto de Campos.

1ª EDIÇÃO [1997] 6 reimpressões

ESTA OBRA FOI COMPOSTA PELA MACQUETE EM NEW BASKERVILLE
E IMPRESSA PELA GEOGRÁFICA EM OFSETE SOBRE PAPEL PÓLEN SOFT DA
SUZANO PAPEL E CELULOSE PARA A EDITORA SCHWARCZ EM AGOSTO DE 2017

A marca FSC® é a garantia de que a madeira utilizada na fabricação do papel deste livro provém de florestas que foram gerenciadas de maneira ambientalmente correta, socialmente justa e economicamente viável, além de outras fontes de origem controlada.